A Abadia de Northanger

Jane Austen

PÉ da letra

A Abadia de Northanger

Jane Austen

Tradução
Erika Patrícia Moreira
João Pedro Nodari

Revisão
Ana Carolina Morais

PÉ da letra

Dados Internacionais de Catalogação na Publicação (CIP)
Angélica Ilacqua CRB-8/7057

Austen, Jane, 1775-1817

A abadia de Northanger / Jane Austen ; tradução de Erika Patrícia Moreira. -- Brasil : Pé da Letra, 2021.
240 p. ; 16 x 23 cm

ISBN 978-65-5888-303-6
Título original: Northanger Abbey

1. Literatura inglesa – Ficção inglesa I. Título II. Moreira, Erika Patricia III. Nodari, João Pedro

21-3178 CDD 823

Índices para catálogo sistemático:
1. Literatura inglesa

Diretor
James Misse

Coordenação Editorial
James Misse

Direção de Arte
Luciano F. Marcon

Diagramação
Luciano F. Marcon

Tradução
Erika Patrícia Moreira
João Pedro Nodari

Revisão
Ana Carolina Morais

Contato
atendimento@editorapedaletra.com.br

1ª edição em 2021
www.editorapedaletra.com.br

SUMÁRIO

CAPÍTULO 1

Ninguém que tenha convivido com Catherine Morland enquanto criança poderia imaginar que ela tivesse nascido para ser uma heroína. Sua situação na vida, o caráter de seu pai e de sua mãe, sua própria pessoa e seu ânimo, tudo se mostrava contra ela. Seu pai, um clérigo, não era desafortunado ou pobre, um homem muito respeitável, embora seu nome fosse Richard, e nunca tenha sido bonito. Tinha uma considerável autonomia, além de um bom salário; e nem de longe era dado a trancafiar suas filhas. Sua mãe, dona de um apropriado senso comum, tinha uma boa índole e, o que era mais notável, uma boa corpulência. Teve três filhos antes de Catherine nascer. E, ao invés de morrer ao trazer esta última ao mundo, como seria de se esperar, ela ainda viveu para ter mais outros seis filhos e vê-los crescer ao seu redor, enquanto gozava de excelente saúde. Uma família de dez filhos sempre será chamada de uma família admirável, em que há cabeças, braços e pernas suficientes para o adjetivo. Mas os Morland tinham outro pequeno direito sobre a palavra, pois eram, em geral, muito simples e corretos, sendo que Catherine, por muitos anos, foi tão correta quanto os outros. Ela tinha uma aparência esguia e estranha, pele pálida, sem cor, cabelos escuros e escorridos, e traços fortes – excessivamente fortes para a sua pessoa. E não menos inapropriada para o heroísmo parecia a sua mente. Ela era apaixonada pelas brincadeiras dos garotos e preferia críquete não apenas em relação às bonecas, mas também às diversões mais heroicas da infância, como alimentar um canário ou regar uma roseira. Na verdade, ela não gostava do jardim. E se colhia flores era principalmente pelo prazer de enganar, pelo menos assim foi conjecturado por ela, pois sempre preferia aquelas proibidas de serem colhidas. Tais eram suas propensões. E suas habilidades eram igualmente extraordinárias. Ela nunca podia aprender ou entender qualquer coisa antes de ser ensinada. E, às vezes, nem mesmo assim, pois era muito desatenta e, ocasionalmente, estúpida. Sua mãe levou três meses para ensiná-la a repetir o poema "A petição do mendigo" no entanto sua irmã mais nova, Sally, podia recitá-lo melhor do que ela. Não que Catherine fosse sempre estúpida, de jeito nenhum. Ela aprendeu a fábula "A lebre e seus amigos" tão rápido quanto qualquer garota na Inglaterra. Sua mãe queria que ela aprendesse música, e Catherine estava certa de que gostaria disso, pois adorava pressionar as teclas da velha e abandonada espineta, assim, começou aos oito anos, estudando por um ano apenas, pois já não aguentava mais, e senhora Morland, que não insistia em tornar prendadas suas filhas, apesar da incapacidade ou aversão, permitiu que ela deixasse os estudos. O dia em que mandou embora o mestre de música foi um dos mais felizes da vida de Catherine. Seu gosto por desenho não era superior, se bem que, sempre que encontrava uma carta jogada fora por sua mãe ou qualquer pedaço de papel, ela fazia o que podia, desenhando casas e árvores, galinhas e galos, tudo muito parecido um com o outro. Seu pai lhe ensinava a escrever e a fazer contas; sua mãe, francês. Sua habilidade em qualquer destas disciplinas não era notável e ela se esquivava das lições sempre que podia. Que caráter estranho e irresponsável! Com todos esses sintomas de má conduta, ela não tinha um mau coração ou um temperamento ruim. Raramente era teimosa e muito menos emburrada. Pelo contrário, muito bondosa com os menores, e raramente autoritária. Ela era bem mais barulhenta e irrequieta, odiava o confinamento e a limpeza, e amava, mais do que tudo, rolar pela verde encosta abaixo, atrás de sua casa.

Dessa maneira era Catherine Morland aos dez anos. Aos quinze, as aparências se corrigiram. Começou a encaracolar os cabelos e a procurar por bailes, encorpou e seus traços suavizaram-se, com exuberância e colorido. Seus olhos ganharam mais alegria e sua figura ficou mais imponente. Seu amor pela sujeira deu lugar a uma inclinação pela sofisticação, à medida que crescia, tornava-se mais limpa e mais esperta e agora tinha o prazer de ouvir, às vezes, seu pai sua mãe comentarem sobre seu aperfeiçoamento pessoal. "Catherine está crescendo e se tornando uma menina muito bonita, ela está quase encantadora", eram palavras que agarravam seus ouvidos, de vez em quando. E como eram prazerosas tais palavras. Parecer-se quase encantadora é uma aquisição mais interessante para uma menina de aparência simples, pelos primeiros quinze anos de sua vida, do que para uma menina bonita desde o berço.

A senhora Morland era uma mulher muito boa e ansiava por seus filhos terem tudo o que desejassem. Mas estava sempre tão ocupada em cuidar e em ensinar os mais novos, que os mais velhos eram deixados aos próprios cuidados, e então, não era muito intrigante que Catherine, que por natureza nada tinha de heroica em si, preferisse, na idade de catorze anos, críquete, beisebol, montar a cavalo e correr pelos campos, a livros, ou, pelo menos, livros educativos. No entanto, dado que nada como um conhecimento útil poderia ser obtido disso e que eram apenas histórias e não reflexões, ela nunca tinha qualquer objeção a livros. Mas, dos quinze aos dezessete anos, ela estava em treinamento para se tornar uma heroína. Leu todos os livros que as heroínas deveriam ler para fornecer em suas memórias aquelas citações que eram tão úteis e tranquilizantes durante as vicissitudes de suas agitadas vidas.

Com Pope, ela aprendeu a censurar aqueles que "fazem zombaria dos aflitos."

Com Gray, que "muitas flores nascem para florir sem serem vistas, e desperdiçam sua fragrância no ar deserto."

Com Thompson, que "é uma deliciosa tarefa ensinar a uma jovem ideia como se desenvolver."

E, de Shakespeare, ela recebeu muito aprendizado, dentre eles, que "fios leves como o ar são, para o ciumento, confirmação evidente como provas das Santas Escrituras."

E ainda, que "O pobre inseto, quando pisado, sente, em sofrimento corporal, uma dor tão grande quanto a de um gigante que morre."

E que uma jovem mulher apaixonada sempre se mostra "como a Paciência em um monumento, sorrindo para a dor."

Até aquele momento, seu aprimoramento era suficiente, e, em muitos outros aspectos, ela ia muito bem. Apesar de não conseguir escrever sonetos, obrigava-se a lê-los, e embora parecesse não haver chances de levar todo um grupo ao choro em um prelúdio ao piano de composição autoral, podia ouvir o desempenho de outros, sem o menor cansaço. Sua maior deficiência estava no lápis. Não tinha noção alguma de pinturas, nem mesmo para tentar um esboço do perfil de seu amado. Era quando ficava miseravelmente menor que a verdadeira altura heroica. Até o momento, ela não conhecia sua própria miséria, pois não tivera um amado para retratar. Ela chegou aos dezessete anos sem ter visto um jovem amável que pudesse despertar sua sensibilidade, sem ter inspirado uma paixão verdadeira, e sem ter levantado mesmo qualquer admiração, além daquelas moderadas e passageiras. Isso era realmente estranho! Mas coisas estranhas podem ser geralmente contabilizadas se sua causa for bem pesquisada. Não havia nenhum lorde na vizinhança, nem mesmo um barão; não havia nenhuma família em seus relacionamentos que tivesse abrigado e cuidado de um garoto acidentalmente encontrado em sua porta, nenhum jovem rapaz cuja origem fosse desconhecida; seu pai não tinha nenhum protegido, e o escudeiro da paróquia, nenhum filho.

Porém, quando é o destino de uma jovem dama ser uma heroína, a maldade de quarenta famílias ao redor não pode impedi-la. Algo irá, acontecer para lançar um herói em seu caminho.

O senhor Allen, então proprietário da maior parte das terras perto de Fullerton, a vila em Wiltshire onde moravam os Morland, foi enviado a Bath para cuidar de sua gota, e sua esposa, uma mulher bem-humorada, que gostava da senhorita Morland, e provavelmente sabendo que, se as aventuras não recaíssem sobre uma jovem dama em sua própria vila, iria buscá-las fora, convidou-a a acompanhá-los. O senhor e a senhora Morland eram só bondade, e Catherine, só alegria.

CAPÍTULO 2

Além do que já foi comentado a respeito das faculdades pessoais e mentais de Catherine Morland, quando ela estava quase para ser jogada contra todas as dificuldades e aos perigos de uma estadia de seis semanas em Bath, pode-se dizer, para melhor entendimento do leitor, a menos que as páginas seguintes não consigam dar qualquer ideia do que a personalidade dela deveria ser, que seu coração era afetuoso, seu temperamento alegre e aberto, sem preconceitos ou afetação de qualquer tipo, suas maneiras recém-libertadas do constrangimento e da timidez de uma garota, sua pessoa agradável e, quando bem vestida, bonita, e sua mente tão ignorante e desinformada quanto uma mente feminina aos dezessete anos constuma ser.

Quando se aproximou a hora da partida, a ansiedade maternal da senhora Morland deveria, naturalmente, tornar-se mais ardente. Muitos pressentimentos alarmantes sobre sua querida Catherine, por essa terrível separação, apertavam seu coração com tristeza e a afogava em lágrimas no último ou penúltimo dia juntas, e o conselho da mais importante e aplicável natureza deveria, claro, fluir de seus sábios lábios, na conversa de despedida em seu quarto. Avisos contra a violência de lordes e de barões quanto ao deleite em forçar jovens damas para alguma remota casa no campo deveriam, em tal momento, aliviar seu ansioso coração. Quem não pensaria assim? Mas a Sra. Morland sabia tão pouco sobre senhores e barões, que não tinha nenhuma noção de suas maldades em geral, e era totalmente ingênua quanto aos perigos das maquinações contra sua filha. Suas precauções se restringiram ao seguinte:

“Te peço, Catherine, que sempre se agasalhe muito bem na garganta, ao sair dos salões à noite. Espero que sempre tente manter conta do dinheiro que gastar. Para isso, leve esta pequena caderneta”.

Sally, ou como ela prefere, Sarah (visto que, qual menina com um nome comum chega aos dezesseis anos sem mudar seu nome para o mais diferente possível?) deveria, por conta daquela situação, ser a amiga íntima e a confidente de sua irmã. É de se notar, entretanto, que ela nem tenha insistido para que Catherine lhe enviasse uma carta a cada passagem do carteiro, nem cobrasse dela a promessa de transmitir o caráter de cada novo amigo, ou o detalhe de cada conversa interessante que Bath pudesse produzir. Tudo aquilo que tinha relação direta com essa viagem foi feito pelos Morland com uma dose de moderação, o que parecia bem mais coerente com os sentimentos da vida cotidiana, do que com as refinadas suscetibilidades ou as suaves emoções que a primeira separação de uma heroína de sua família sempre deveria produzir. Seu pai, ao invés de lhe dar uma ordem ilimitada ao seu banqueiro, ou mesmo colocar uma nota de cem libras em suas mãos, deu-lhe apenas dez guinéus e prometeu mais assim que ela quisesse.

Sob essas recomendações nada promissoras, a separação ocorreu, e a jornada teve início. Foi executada com quietude e sem intercorrências. Nem ladrões ou tempestades os acompanharam. Nem uma afortunada reviravolta para apresentá-los a um herói. Nada mais alarmante ocorreu além de um susto, da parte da senhora Allen, por ter esquecido seus tamancos em uma estalagem, o que se provou, por sorte, não ter fundamento.

Chegaram a Bath. Catherine estava toda ansiosa e encantada. Seus olhos estavam aqui, ali, em todo o lugar, enquanto se aproximavam de seus belos e impressionante arredores, passando, em seguida, por aquelas ruas que os conduziam ao hotel. Ela queria estar feliz e já se sentia assim.

Logo se instalaram em confortáveis habitações em Pulteney Street.

Agora é conveniente fornecer alguma descrição da senhora Allen, para que o leitor possa ser capaz de julgar de que maneira suas ações irão, doravante, inclinar-se em promover a desgraça de todos os acontecimentos, e como ela provavelmente contribuirá para submeter a pobre Catherine à infelicidade e ao desespero, fazendo com que uma nova obra fosse necessária , seja pela sua imprudência, vulgaridade ou ciúme, seja por interceptar suas cartas, destruir seu caráter ou expulsá-la de casa.

A senhora Allen era daquele tipo de mulher cuja companhia poderia suscitar nenhuma outra emoção que a surpresa por haver algum homem no mundo que a apreciaria tanto, a ponto de se casar com ela. Não tinha nenhuma beleza, gênio, prendas ou modos. O ar de uma dama, uma boa porção de temperamento tranquilo por natureza, um insignificante voluteio de espírito, era tudo o que se podia atribuir para que ela fosse a escolha de um homem sensível e inteligente como o senhor Allen. Em um aspecto ela era admiravelmente preparada: em apresentar uma jovem dama ao público, pois ela era tão apaixonada por ir a todos os lugares e ver a tudo, que qualquer jovem dama poderia se tornar também. A moda era sua paixão. Ela tinha um prazer bem inofensivo em estar elegante. E a entrada da nossa heroína na vida não poderia acontecer antes de três ou quatro dias aprendendo o que mais se usava, e de sua acompanhante ganhar um vestido da última moda. Catherine também fez, sozinha, algumas compras, e quando todos esses assuntos foram resolvidos, a importante noite em que ela seria levada aos Salões Superiores chegou. Ela cortou o cabelo e se vestiu com as melhores roupas, suas roupas foram colocadas com cuidado, e tanto a senhora Allen quanto sua criada declararam que ela se aparentava como deveria. Com tal incentivo, Catherine esperou pelo menos passar sem a desaprovação da multidão. Quanto à admiração, era sempre bem-vinda quando aparecia, mas ela não dependia disso.

A senhora Allen demorou-se tanto a se aprontar que elas adentraram pelo salão de baile quando já era tarde. A temporada estava cheia, a sala repleta, e as duas damas se esgueiraram o quanto puderam. Quanto ao senhor Allen, ele se dirigiu diretamente ao salão de jogos e as deixou para que apreciassem a turba por si mesmas. Com mais cuidado pela segurança de seu novo vestido do que pelo conforto de sua protegida, a senhora Allen abria seu caminho pela aglomeração de homens à porta, tão agilmente quanto a necessária precaução poderia permitir. Catherine, porém, mantinha-se imediatamente ao seu lado e prendeu seu braço tão firme ao de sua amiga para que só pudesse ser separada por algum esforço conjunto de uma multidão em luta. Mas, para sua extrema surpresa, ela descobriu que para seguir adiante pelo salão não era, de forma alguma, o modo como se desprendia da aglomeração. Esta, ao contrário, parecia aumentar à medida que seguiam, enquanto ela imaginou que, uma vez depois da porta, elas facilmente encontrariam assentos e seriam capazes de assistir as danças com perfeita conveniência. Mas isto estava longe de ser o caso e, por meio de incansável diligência, mesmo ao chegarem ao topo do salão, a situação delas ainda era a mesma. Nada viam dos dançarinos, além das penas no topo dos chapéus das damas. Ainda assim, elas seguiram em frente e algo melhor ainda estava para ser visto. E, pela aplicação continuada de força e engenho, encontraram-se, finalmente, na passagem atrás da mais alta bancada. Havia menos gente do que embaixo, e, portanto, a senhorita Morland tinha uma visão abrangente de toda a companhia sobre ela e de todos os perigos de sua recém-terminada passagem por ela. Era uma vista esplêndida, e ela começou, pela primeira vez naquela noite, a se sentir ela mesma em um baile e ansiava por dançar, mas não conhecia ninguém no salão. A senhora Allen fazia o que podia, em tal caso, ao dizer muito placidamente, a cada momento: "Queria que você dançasse, minha querida, queria que encontrasse um parceiro". Por algum tempo, sua jovem amiga se sentiu agradecida por tais desejos, mas estes foram repetidos com tanta frequência e se provaram tão artificiais que, por fim, Catherine se cansou e já não mais lhe agradecia.

Eles não puderam, no entanto, desfrutar do repouso da eminência que haviam ganhado tão laboriosamente. Logo, todos estavam se movimentando pelo chá, e elas deveriam se esgueirar assim como o resto. Catherine começou a se sentir um pouco decepcionada, ela estava cansada de ser seguidamente prensada contra as pessoas, a generalidade daqueles rostos não possuía nada de interessante e, com todos aqueles a quem ela era completamente desconhecida, e não poderia se aliviar do aborrecimento daquela prisão com a troca de uma sílaba com qualquer um dos seus companheiros reféns. E quando finalmente chegaram à sala de chá, ela sentiu ainda mais o constrangimento de não ter nenhum grupo para se juntar, nenhum conhecido para reclamar, nenhum cavalheiro para ajudá-las. Não viram o senhor Allen. Depois de procurarem em vão ao redor da sala por uma situação mais favorável, foram obrigadas a se sentar na ponta de uma mesa, na qual um grupo grande já ocupava lugares, sem ter o que fazer ou alguém para conversar, além delas mesmas.

A senhora Allen se felicitava, assim que se sentaram, por ter preservado seu vestido de algum dano.

– Teria sido chocante se ele tivesse rasgado – ela disse –, não é mesmo? É uma seda musseline muito delicada. De minha parte, não vi nada que eu gostasse tanto em toda a sala, garanto-lhe.

– Como é desconfortável – sussurrou Catherine –, não ter um único conhecido aqui!

– Sim, minha querida – replicou a senhora Allen perfeitamente serena –, de fato, é muito desconfortável.

– O que devemos fazer? Os cavalheiros e as damas nesta mesa nos olham como se perguntando o porquê de estarmos aqui. Parece que estamos forçando nossa entrada no grupo deles.

– Ah, parecemos. Isso é muito desagradável. Queria que tivéssemos inúmeros conhecidos aqui.

– Queria que tivéssemos ao menos um conhecido aqui. Seria alguém com quem conversar.

– É bem verdade, minha querida. E se conhecêssemos alguém, iríamos nos juntar a ele imediatamente. Os Skinner estiveram aqui no ano passado. Queria que estivessem aqui agora.

– Não é melhor irmos embora? Não há nem louça ou talheres de chá para nós, veja.

– Não há mais, de fato. Que provocação! Mas acho que é melhor sentarmos imóveis, pois se pode tropeçar tanto em uma multidão como essa! Como está minha cabeça, querida? Alguém me deu um empurrão que temo ter desarrumado meu penteado.

– Não, na verdade, está muito bem. Mas, querida senhora Allen, você está segura de que não há ninguém que a senhora conheça em toda essa multidão? Acho que você deve conhecer alguém.

– Não, juro. Gostaria de conhecer. Sinceramente, gostaria de ter muitos conhecidos aqui, e então eu lhe arranjaria um parceiro. Eu ficaria tão feliz por você dançar. Lá vai uma mulher estranha! Que vestido esquisito ela está usando! Como é antiquado! Olhe para as costas.

Depois de algum tempo, foi-lhes oferecido chá por algum de seus vizinhos, o qual foi educadamente aceito, e isso levou a uma breve conversa com o cavalheiro que fez a oferta, sendo a única vez em que alguém falou com elas durante a noite, até que foram descobertas pelo senhor Allen, que se juntou às duas quando as danças se encerraram.

– Bem, senhorita Morland – disse ele, diretamente –, espero que tenha tido um baile agradável.

– Muito agradável, de fato – respondeu ela, esforçando-se em vão para esconder um grande bocejo.

– Gostaria que ela tivesse dançado – disse sua esposa –, queria que tivéssemos arrumado um parceiro para ela. Eu estava dizendo que ficaria muito feliz se os Skinner estivessem aqui neste inverno ao invés do último. Ou se os Parry tivessem vindo, como falaram uma vez. Ela poderia ter dançado com George Parry. Estou tão triste por ela não ter tido um parceiro!

– Faremos melhor em outra noite, espero – consolou o senhor Allen.

O grupo começou a se dispersar quando as danças acabaram, sendo o suficiente para deixar espaço para que o restante pudesse caminhar com algum conforto. Agora era a hora para uma heroína que não tinha ainda interpretado um papel mais distinto nos eventos da noite ser descoberta e admirada. A cada cinco minutos, ao desmanchar da multidão, abriam-se mais oportunidades para seus encantos. Ela era agora observada por muitos jovens que não tinham se aproximado dela antes. Nenhum, porém, começou a contemplá-la com arrebatado assombro, nenhum sussurro de investigação ansiosa correu pela sala, nem ela foi uma vez chamada de divindade por qualquer pessoa. Contudo, estava bonita e, tivessem aquelas pessoas visto Catherine três anos antes, agora eles a teriam achado demasiadamente encantadora.

Ela era observada, entretanto, e com alguma admiração, pois, como ela mesma ouviu, dois cavalheiros disseram que ela era uma garota bonita. Tais palavras tiveram seu devido efeito. Ela pensou imediatamente que a noite fora mais agradável do que ela achara até então. Sua humilde vaidade estava saciada. E ela se sentia mais grata aos dois jovens por esse simples elogio do que uma heroína de genuína qualidade teria estado por quinze sonetos celebrando seus encantos, e rumou à sua cadeira de bom humor com todos, perfeitamente satisfeita com a parcela de atenção pública.

CAPÍTULO 3

Toda manhã trazia agora seus deveres normais: lojas que deveriam ser visitadas, alguma nova parte da cidade que deveria ser observada, a casa de bombas (estância termal ao sudoeste da Inglaterra), onde caminhavam para cima e para baixo por uma hora, olhando para todo mundo e não falando com ninguém. O desejo das numerosas amizades em Bath era ainda forte na senhora Allen, e ela o sentia a cada nova prova trazida pela manhã, pois lá ela não conhecia ninguém. As duas fizeram sua aparição nos Salões Baixos e, aqui, o destino foi mais favorável à nossa heroína. O mestre de cerimônias a apresentou a um jovem muito cavalheiro para parceiro. Seu nome era Tilney. Ele parecia ter vinte e quatro, vinte e cinco anos, era bem alto, tinha o semblante agradável, olhos muito inteligentes e lívidos e, se não era muito bonito, estava perto disso. Sua abordagem era boa, e Catherine se sentiu com muita sorte. Havia pouco tempo livre para falar enquanto dançavam, mas quando se sentaram para o chá, ela o descobriu tão agradável quanto acreditava que ele fosse. Sua abordagem era boa, e Catherine se sentiu com muita sorte. Havia pouco tempo livre para falar enquanto dançavam, mas quando se sentaram para o chá, ela o descobriu tão agradável quanto acreditava que ele fosse. Ele conversava com fluência e espírito, e havia uma malícia e uma graça em seus modos que chamavam atenção, embora dificilmente fossem compreendidas por ela. Depois de conversar por algum tempo sobre aqueles assuntos que surgiram naturalmente dos objetos ao redor deles, ele subitamente se dirigiu a ela:

– Até então fui muito negligente, madame, quanto às atenções apropriadas a um parceiro, ainda não lhe perguntei há quanto tempo está em Bath, se já esteve aqui antes, se já foi aos Salões Superiores, ao teatro e ao concerto; e se gostou do lugar. Fui muito negligente, mas, está disposta a me satisfazer com tais detalhes? Se estiver, começarei imediatamente.

– Não precisa se dar ao trabalho, senhor.

– Nenhum trabalho, eu lhe asseguro, madame. Então, usando seus traços para construir um sorriso pronto, e artificialmente suavizando sua voz, ele acrescentou, com um ar afetado –, Está há muito tempo em Bath, madame?

– Cerca de uma semana, senhor – replicou Catherine, tentando não rir.

– Sério? – perguntou com falsa surpresa.

– Por que a surpresa, senhor?

– Sim, é verdade! Por quê? – ele disse em seu tom natural. – Mas, alguma emoção deveria ser provocada por sua resposta, e a surpresa é a mais facilmente aceitável, e não menos racional que qualquer outra. Agora, prossigamos. Nunca esteve aqui antes, madame?

– Nunca, senhor.

– De fato! Você já honrou os Salões Superiores?

– Sim, senhor, eu estive lá na segunda-feira passada.

– Você já foi ao teatro?

– Sim, senhor, eu estava na peça na terça-feira.

– Ao concerto?

– Sim senhor, na quarta-feira.

– E você está gostando de Bath, como um todo?

– Sim, gosto muito.

– Agora devo sorrir falsamente, e então poderemos ser racionais novamente. – Catherine virou sua cabeça, sem saber se poderia se aventurar a rir. – Vejo o que você pensa de mim – ele disse, gravemente. – Deverei ser nada além de uma triste figura em seu diário, amanhã.

– Meu diário?!

– Sim, sei exatamente o que você dirá: Sexta-feira, fui aos Salões Inferiores. Vesti meu roupão de seda enfeitado de ramos com detalhes azuis, sapatos pretos lisos que pareceram cair muito bem, mas fui estranhamente incomodada por um homem pouco genial e esquisito, que me fez dançar com ele e me deixou angustiada com suas besteiras.

– Na verdade, não devo dizer tais coisas

– Devo lhe dizer o que você diria?

– Por favor.

– Dancei com um jovem muito agradável, apresentado pelo senhor King. Conversei muito com ele e me pareceu ser um gênio dos mais extraordinários. Espero que eu conheça mais dele. Isso, madame, é o que desejo que escreva.

– Mas, talvez, eu não mantenha nenhum diário.

– Talvez você não esteja sentada nesta sala, e eu não esteja sentado com você. Estes são pontos em que a dúvida é igualmente possível. Não você manter um diário! Como suas primas ausentes vão entender o tom de sua vida em Bath, sem um diário? Como as civilidades e os feitos de cada dia serão relatados como devem, a menos que sejam anotados a cada noite em um diário? Como seus vários vestidos serão lembrados, e o estado particular de sua tez, e os cachos de seu cabelo serão descritos em todas as suas diversidades, sem recorrer constantemente a um diário? Querida madame, não sou tão ignorante dos modos das jovens damas como você supõe acreditar. É este delicioso hábito de manter um diário que em muito contribui para formar o fácil estilo de escrever pelo qual as damas são geralmente celebradas. Todos concordam que o talento de escrever cartas agradáveis é peculiarmente feminino. A natureza pode ter feito algo, mas estou certo de que deve ser essencialmente auxiliada pela prática de manter um diário.

– Penso, às vezes – disse Catherine hesitante –, se as damas realmente escrevem cartas melhor do que os cavalheiros! Quero dizer, eu não diria que a superioridade esteja sempre ao nosso lado.

– Pelo que tive oportunidade de julgar, parece-me que o estilo usual de escrever cartas entre as mulheres é impecável, exceto por três detalhes.

– E quais são eles?

– Uma deficiência geral de assunto, uma total desatenção à pontuação e uma ignorância muito frequente de gramática.

– Realmente! Não preciso temer o elogio. Você não tem uma opinião muito elevada de nós, nesse sentido.

– Não deverei mais estabelecer como regra geral que as mulheres escrevem melhores cartas que os homens, que elas cantam melhores duetos ou desenham melhores paisagens. Em cada poder, no qual o gosto é a base, a excelência é muito bem dividida entre os sexos.

Foram interrompidos pela senhora Allen:

– Minha querida Catherine – disse ela –, retire este alfinete de minha capa. Temo que já tenha feito um furo. Ficarei muito triste se for o caso, pois este é meu vestido favorito, embora não custe mais do que nove xelins a jarda.

– Era exatamente isso o que eu teria achado, madame – disse o senhor Tilney, olhando para a seda.

– Você entende de seda, senhor?

– Particularmente bem, eu sempre compro minhas próprias gravatas e posso ser um excelente juiz, e minha irmã muitas vezes confia em mim na escolha de um vestido. Eu comprei um para ela outro dia, e foi considerado uma compra prodigiosa por todas as damas que o viram. Não dei mais que cinco xelins por ele, e era uma verdadeira seda indiana.

A senhora Allen estava bastante surpresa com o seu gênio.

– Os homens geralmente dão tão pouca atenção a estas coisas – disse ela; – Não consigo fazer com que o senhor Allen distinga um vestido de outro. Você deve ser um grande conforto para sua irmã, senhor.

– Espero que sim, madame.

– E, por favor, senhor, o que acha do vestido da senhorita Morland?

– É muito bonito, madame – disse ele, examinando-o detalhadamente. – Mas não acho que a lavagem o fará bem. Temo que ele desfie.

– Como você pode – disse Catherine, rindo –, ser tão...

Ela quase disse: estranho.

– Eu concordo plenamente com a sua opinião, senhor – respondeu a senhora Allen, – e foi o que eu disse à senhorita Morland quando ela o comprou.

– Mas você sabe, madame, que a seda sempre pode se transformar em uma coisa ou outra. A senhorita Morland terá o suficiente para um lenço, um chapéu ou uma capa. Não se pode dizer que a seda é desperdiçada. Tenho ouvido minha irmã dizer isso umas quarenta vezes, quando foi extravagante ao comprar mais do que queria, ou descuidada em retalhá-la.

– Bath é um lugar encantador, senhor, há tantas lojas boas aqui. Infelizmente estamos afastados, no campo, temos lojas muito boas em Salisbury, mas é muito longe. Quase treze quilômetros é um longo caminho. Senhor Allen diz que são quase quinze quilômetros, porém estou certa de que não pode ser mais que treze. Mas é um castigo. Volto extremamente cansada. Agora, aqui, pode-se sair de casa e comprar algo em cinco minutos.

O senhor Tilney foi educado o suficiente para parecer interessado no que ela disse, e ela o manteve no assunto de seda até que as danças recomeçaram. Catherine temeu, enquanto ouvia a conversa, que ele fosse por demais indulgente consigo mesmo, quanto aos pontos fracos dos outros.

– O que você está pensando tão seriamente? – disse ele, enquanto voltavam para o salão de baile –, não de seu parceiro, espero, pois, pelo balançar de sua cabeça, suas meditações não são satisfatórias.

Catherine corou e disse:

– Eu não pensava em nada.

– Isso é astucioso e profundo, estou certo, mas preferia que dissesse que não iria me contar.

– Bem, então, eu não contarei.

– Obrigado; pois agora seremos amigos em breve, já que estou autorizado a lhe provocar com este assunto sempre que nos encontrarmos, e nada no mundo apressa tanto a intimidade.

Dançaram e, quando o grupo fechou, separaram-se. No entanto, do lado da dama, pelo menos, houve uma forte inclinação para continuar a amizade. Se ela pensava nele enquanto bebia seu vinho com água, ou enquanto se preparava para dormir, a ponto de sonhar com ele, isso não se podia garantir. Mas espero que não mais do que em um sono leve, ou em um cochilo matinal, no máximo. Pois, se for verdade, como um celebrado escritor tem afirmado, que nenhuma jovem dama pode se apaixonar antes que o amor do cavalheiro seja declarado, deve ser muito impróprio que uma jovem dama venha a sonhar com um cavalheiro antes que se saiba se o cavalheiro sonhou com ela primeiro. Como o senhor Tilney, seja um sonhador ou um enamorado, não foi apresentado ao senhor Allen, este se convenceu, ao perguntar sobre o jovem rapaz, de que ele era uma amizade comum para o jovem encargo dele. Então, logo no início da noite, o senhor Allen quis saber quem era o parceiro de Catherine, e lhe foi assegurado que o senhor Tilney era um clérigo e de uma respeitável família em Gloucestershire.

CAPÍTULO 4

Com mais do que a ansiedade habitual, Catherine se apressou à casa de bombas no dia seguinte, certa de que veria o senhor Tilney lá, antes da manhã terminar, e pronta para encontrá-lo com um sorriso. Mas nenhum sorriso foi necessário, pois o senhor Tilney não apareceu. Todas as criaturas em Bath, menos ele, foram vistas no salão em diferentes períodos. Multidões de pessoas entravam e saíam a cada momento, subindo e descendo as escadas. Pessoas com quem ninguém se importava e que ninguém queria ver, e apenas ele estava ausente. "Que lugar delicioso é Bath", disse a Senhora Allen, enquanto se sentavam próximo ao grande relógio, depois de desfilarem pelo salão até se cansarem, "e como seria agradável se tivéssemos algum conhecido aqui."

Este sentimento fora expresso tão frequentemente em vão, que a senhora Allen não tinha nenhuma razão em particular que fosse seguida com proveito, agora. Mas dizem-nos para "não nos desesperarmos por nada, pois poderemos obter" já que "a incansável diligência nos faz ganhar o que queremos." E a incansável diligência com que ela desejara todos os dias estava, por fim, a recompensá-la, pois passaram-se no máximo dez minutos, desde que se sentara e uma dama, com quase a mesma idade, sentara-se ao seu lado e a olhara com atenção por muitos minutos, até que se dirigiu a ela com grande gentileza nestas palavras: "Acho, madame, que não posso estar enganada. Já há um bom tempo tive o prazer de vê-la, mas não seria seu nome Allen?" Prontamente respondida esta questão, a estranha se declarou como sendo uma Thorpe. Imediatamente a senhora Allen reconheceu os traços de uma antiga companheira de escola, e amiga íntima, a quem ela viu apenas uma vez desde os respectivos casamentos, há muitos anos. A alegria delas com este encontro foi muito grande, como poderia se imaginar, já que nada souberam uma da outra pelos últimos quinze anos. Seguiram-se os elogios pelas boas aparências. Depois de observar quanto tempo passou desde que estiveram juntas pela última vez, e o quão pouco pensaram em se encontrar em Bath, e o prazer que era rever uma velha amiga, perguntaram e responderam sobre suas famílias, irmãs e primas, falando ao mesmo tempo, muito mais dispostas a dar do que receber informações, e cada uma ouvindo muito pouco do que a outra dizia. A senhora Thorpe, porém, tinha uma grande vantagem ao falar de sua família e dos filhos do que a senhora Allen. Enquanto ela discorria minuciosamente sobre os talentos de seus filhos e sobre a beleza de suas filhas, ou relatava as diferentes situações e opiniões, John estava em Oxford, Edward, em Merchant Taylors', e Willian, ao mar, sendo todos eles mais amados e respeitados em suas diferentes localizações do que quaisquer outros três seres jamais seriam, a senhora Allen não tinha informação similar a dar, nenhum triunfo semelhante a pressionar contra o ouvido relutante e incrédulo de sua amiga, assim sendo forçada a se sentar e ouvir a todas essas efusões maternais, consolando-se, porém, com a descoberta que seu olho afiado logo realizou: que o laço da peliça da senhora Thorpe não tinha nem metade da beleza que o dela.

– Lá vem minhas queridas meninas – falou a senhora Thorpe, apontando para três mulheres de aparência inteligente que, de braços dados, estavam se movendo em sua direção. – Minhas queridas senhoras, desejo apresentá-las; elas ficarão tão encantadas em vê-la; a mais alta é Isabella, minha mais velha, ela não é uma bela jovem? As outras são admiráveis também, mas acho que Isabella é a mais bonita.

As senhoritas Thorpe, foram apresentadas, e a senhorita Morland, que tinha sido esquecida por pouco tempo, foi igualmente apresentada. O nome pareceu surpreender a todas, e depois de lhe falar com grande civilidade, a jovem dama primogênita observou em voz alta para as demais: "Como a senhorita Morland se parece demais com seu irmão!"

– De fato, o próprio retrato dele! – exclamou a mãe –, e eu deveria reconhecê-la em qualquer lugar, pela sua irmã! – foi repetido por todas elas, duas ou três vezes.

Por um momento Catherine ficou surpresa. Mas a senhora

Thorpe e suas filhas mal tinham começado a história de seu relacionamento com o senhor James Morland, quando ela se lembrou de que seu irmão mais velho já tinha formado intimidade com um jovem de seu próprio colégio, de nome Thorpe, e que ele já tinha passado a última semana das férias natalinas na casa do amigo, próximo a Londres. Sendo tudo explicado, muitas coisas gentis foram ditas pelas senhoritas Thorpe, como o desejo de se conhecerem e se tornarem melhor relacionadas com Catherine, de serem consideradas já como amigas, devido à amizade de seus irmãos etc. Catherine ouvia tudo com prazer e respondia com todas as bonitas expressões que ela podia comandar. E, como primeira prova de amizade, ela logo foi convidada a aceitar um braço da senhorita Thorpe primogênita e dar uma volta com ela pelo salão. Catherine ficou encantada com essa extensão dos seus relacionamentos em Bath, e quase se esqueceu do senhor Tilney enquanto falava com a senhorita Thorpe. A amizade é, certamente, o melhor bálsamo para as decepções amorosas. A conversa logo se voltou para estes assuntos, dos quais a discussão aberta geralmente aperfeiçoa uma súbita intimidade entre duas jovens damas, tais como vestidos, bailes, flertes e esquisitices. A senhorita Thorpe, porém, sendo quatro anos mais velha que a senhorita Morland, e pelo menos quatro anos mais informada, tinha uma vantagem decididamente ampla em discutir tais assuntos. Ela podia comparar os bailes de Bath com os de Tunbridge, suas modas com as de Londres; podia retificar as opiniões de sua nova amiga em muitos artigos do bom vestir, podia descobrir um flerte entre qualquer cavalheiro e dama que apenas sorrissem um para o outro, identificar um estranho por meio da espessura de uma multidão. Estes poderes receberam a devida admiração de Catherine, a quem eles eram inteiramente novos. E o respeito que eles naturalmente inspiravam poderiam ser muito grandes para familiaridade, não fosse a fácil alegria dos modos da senhorita Thorpe e suas frequentes expressões de prazer nesse relacionamento, atenuando, assim, qualquer sentimento de pavor, e deixando apenas uma terna afeição. Sua crescente ligação não se satisfaria com meia dúzia de voltas pela casa de bombas, mas exigiria, quando fossem embora juntas, que a senhorita Thorpe acompanhasse a senhorita Morland até a porta da casa do senhor Allen, que elas se separassem com um aperto de mão afetuoso e prolongado, depois de saberem, para alívio de ambas, que se encontrariam no teatro à noite, e que rezariam na mesma capela, na manhã seguinte. Catherine então disparou escada acima e observou a senhorita Thorpe prosseguir pela rua através da janela da sala de vestir. Admirou o espírito gracioso dela ao andar, o ar elegante de sua figura e de seu vestido, e sentiu-se grata, como bem poderia, pela sorte de ter conseguido uma amiga dessas.

A senhora Thorpe era viúva, e não muito rica, ela era uma mulher bem humorada e bem intencionada, e uma mãe muito indulgente. Sua filha mais velha tinha uma grande beleza pessoal e as mais jovens, ao fingirem ser tão belas quanto à irmã, imitavam seu ar e se vestiam no mesmo estilo, fazendo isso muito bem.

Este breve relato da família pretende suplantar a necessidade de uma minuciosa da própria senhora Thorpe, de suas aventuras e sofrimentos passados, os quais poderiam, ao invés, ocupar bem três ou quatro capítulos seguintes, nos quais a falta de valor de lordes e advogados seria evidenciada e as conversas que se passaram vinte anos antes seriam minuciosamente repetidas.

CAPÍTULO 5

Naquela noite, no teatro, Catherine não estava tão empenhada em retribuir os acenos e os sorrisos da senhorita Thorpe, embora estes certamente exigissem muito do seu lazer, quanto em procurar com olhos inquisidores pelo senhor Tilney em cada assento que sua visão podia alcançar. Mas ela o procurou em vão. O senhor Tilney não gostava tanto da peça quanto da casa de bombas. Ela esperava ter mais sorte no dia seguinte e, quando seus desejos por um bom tempo foram respondidos com a visão de uma bela manhã, ela não tinha dúvida disto, pois um belo domingo, em Bath, esvaziara todas as casas de seus habitantes, e o mundo inteiro aparecera a desfilar e dizer aos seus conhecidos como aquele dia era encantador. Assim que o serviço divino terminou, os Thorpe e os Allen se juntaram ansiosamente. Depois de ficarem o tempo suficiente na casa de bombas e descobrirem que a multidão estava insuportável e que não havia um rosto gentil a ser visto, o que todos descobrem a cada domingo, por toda a estação, eles se apressaram para o Crescent, a fim de respirar o ar fresco em melhor companhia. Aqui Catherine e Isabella, de braços dados, mais uma vez provaram a doçura da amizade em uma conversa sem reservas, elas falaram muito, e com muito prazer. Mas, novamente, Catherine estava desapontada em sua esperança de rever seu companheiro. Ele não estava em lugar algum para ser encontrado. Cada busca por ele era frustrada. Nas reuniões matinais ou festas vespertinas, nos Salões Superiores ou Inferiores, nos bailes de gala ou não, ele não se encontrava. Nem entre os passantes, cavaleiros ou condutores das charretes matinais. Seu nome não estava no livro da casa das bombas, e a curiosidade não poderia se fazer maior. Ele só podia ter partido de Bath. Ainda, ele nem tinha mencionado que sua estadia seria tão curta! Este tipo de mistério, que é sempre tão conveniente a uma heroína, lançou um novo encanto à imaginação de Catherine, sobre sua pessoa e seus modos, e aumentou sua ansiedade em saber mais dele. Ela nada podia descobrir com os Thorpe, pois fazia apenas dois dias que eles estavam em Bath, antes de encontrarem a senhora Allen. Era um assunto, porém, ao qual ela conversava abertamente com sua bela amiga, de quem recebeu todo o encorajamento possível para que continuasse a pensar nele. E a impressão do rapaz na imaginação dela nada sofreu, portanto, para se enfraquecer. Isabella estava bem certa de que ele deveria ser um jovem homem encantador e estava igualmente segura de que ele deveria ter se encantado com sua querida Catherine e, portanto, retornaria em breve. A senhorita Morland gostava dele ainda mais por ser clérigo, pois ela já confessou ser muito inclinada a esta profissão e algo como um suspiro lhe escapou enquanto dizia isso. Talvez Catherine estivesse equivocada em não perguntar a causa daquela suave emoção, mas ela não era experiente o suficiente na finesse do amor, ou nos deveres da amizade, para saber quando uma delicada zombaria era apropriada ou quando uma confidência podia ser revelada.

A senhora Allen estava agora bem feliz e bastante satisfeita com Bath. Ela encontrara alguns conhecidos, tendo muita sorte em encontrá-los na família de uma velha amiga muito estimada. E para completar sua boa sorte, encontrou estes amigos não tão bem vestidos quanto ela. Sua expressão diária já não era mais: "Queria que tivéssemos alguns conhecidos em Bath!" Elas foram transformadas em: "Como estou feliz por termos encontrado com a senhora Thorpe!" Ela estava tão ansiosa em promover o relacionamento das duas famílias, quanto sua jovem protegida e Isabella estavam. Nunca estava satisfeita com o dia, a menos que passasse a maior parte dele ao lado da senhora Thorpe, naquilo que elas chamavam de conversa, mas na qual mal havia qualquer troca de opiniões ou qualquer semelhança de assunto, pois a senhora Thorpe falava mais de seus filhos, e a senhora Allen, dos seus vestidos.

O progresso da amizade entre Catherine e Isabella foi rápido, assim como seu início foi caloroso e elas passaram tão rapidamente por todas as gradações da crescente ternura, que logo não havia prova cabal para ser dada às suas amigas ou a elas mesmas. Chamavam-se pelos seus nomes de batismo, estavam sempre de braços dados quando caminhavam, seguravam a cauda do vestido uma da outra nas danças e não eram divididas no conjunto. E, se uma manhã chuvosa as privava de outros prazeres, ainda assim, resolutas, se encontravam, desafiando a umidade e a lama e se trancavam para ler romances juntas. Sim, romances, pois não adotarei este indelicado costume, tão comum entre escritores de romances, de degradar, pelas suas desprezíveis censuras, os próprios trabalhos, além disso, os daqueles aos quais eles mesmos se unem, juntando-se com seus maiores inimigos para conferir os mais duros epítetos a tais trabalhos, e quase nunca permitindo que sejam lidos pela sua própria heroína, a qual, se acidentalmente pegasse um romance, certamente fecharia suas páginas insípidas com desgosto. Ah! Se a heroína de um romance não for protegida pela heroína de outro, de quem poderia esperar proteção e consideração? Não posso aprovar isso. Deixemos aos críticos que abusem de tais efusões de imaginação o quanto quiserem, e que falem sobre cada novo romance, nas rotas melodias do lixo com o qual a imprensa agora se lamenta. Não abandonaremos umas às outras, somos um corpo ferido. Embora nossas produções tenham propiciado prazer mais amplo e verdadeiro do que aqueles de qualquer corporação literária no mundo, nenhum tipo de composição tem sido tão desprezado. Do orgulho, da ignorância ou da moda, nossos inimigos são tantos quanto os nossos leitores E embora as habilidades do nongentésimo condensador da história da Inglaterra, ou do homem que coleta e publica em um volume algumas dúzias de linhas de Milton, Pope e Prior, com um jornal do "Spectator" e um capítulo de Sterne, sejam elogiadas por mil penas, parece haver um desejo quase geral em desprezar a capacidade e em desvalorizar o trabalho do novelista, e diminuir os trabalhos que têm apenas um gênio, espírito e gosto para recomendá-los. Não sou leitor de romances, raramente leio romances. Não imagine que leio romances com frequência. Isso é muito bom para um romance. Tal é o dito comum. "E o que está lendo, senhorita?" "Oh! É apenas um romance!" responde a jovem dama, enquanto deita seu livro com falsa indiferença ou vergonha momentânea. É apenas Cecília, ou Camilla, ou Belinda. Ou, resumindo, apenas algum trabalho no qual as maiores forças da mente são exibidas, um trabalho no qual o mais completo conhecimento da natureza humana, a mais feliz delineação de suas variedades, as mais vívidas efusões de gênio e humor são levadas ao mundo, na mais bem escolhida linguagem. Agora, tivesse a mesma jovem dama se entretido com um volume do "Spectator" em vez de tal trabalho, quão orgulhosamente ela teria exibido o seu livro e dito seu nome, embora as chances devam ser nulas de que ela se ocupe com qualquer parte daquela publicação volumosa, da qual, tanto o conteúdo quanto o estilo não desagradariam uma jovem pessoa de bom gosto: a matéria de suas folhas, tão frequentemente tratando da declaração de improváveis circunstâncias, personagens irreais e tópicos de conversa que não atraem mais qualquer pessoa ainda viva, e sua linguagem, também, não raramente, tão rude quanto dar ideia nenhuma do tempo que esta poderia resistir.

CAPÍTULO 6

A seguinte conversa, ocorrida entre as duas amigas na casa de bombas, em uma manhã, depois de uma amizade de oito ou nove dias, é dada como exemplo da ligação muito calorosa, da delicadeza, discrição, originalidade de pensamento e gosto literário que marcava a racionalidade daquela união. Marcaram um encontro e, como Isabella chegou quase cinco minutos antes de sua amiga, a primeira coisa que disse, naturalmente, foi:

– Minha querida, o que fez você se atrasar tanto? Esperei por você pelo menos uma era!

– Sim, de fato! Me desculpe, mas realmente pensei que estava chegando na hora. Ainda é uma. Espero que não tenha esperado por muito tempo.

– Oh! Dez eras, pelo menos. Estou certa de ter ficado aqui por meia hora. Mas agora, vamos nos sentar do outro lado do salão e nos divertir. Tenho um milhão de coisas para te contar. Em primeiro lugar, eu temia muito que chovesse, pois queria tanto sair. Parecia que ia chover muito e isso me deixou muito agoniada! Você sabe, vi o chapéu mais bonito que você pode imaginar em uma vitrine na Milsom Street, agora há pouco, muito parecido com o seu, só que com faixas cor de papoula, em vez de verdes. Eu o quis muito. Mas, minha querida Catherine, o que você esteve fazendo por toda a manhã? Você continuou com Udolpho?

– Sim, eu o estive lendo desde que acordei, e cheguei ao véu negro.

– Você chegou, é mesmo? Que maravilha! Oh! Eu não lhe contaria o que está atrás do véu negro por nada no mundo! Você não está louca para saber?

– Oh! Sim, muito. O que pode ser? Mas não me conte, não quero ouvir de forma alguma. Sei que deve ser um esqueleto, estou certa de que é o esqueleto de Laurentina. Oh! Estou deliciada com o livro! Gostaria de passar toda a minha vida o lendo. Asseguro-lhe, se não fosse para lhe encontrar, não o largaria por nada deste mundo.

– Querida criatura! O quanto lhe devo! Quando você terminar Udolpho, iremos ler The Italian juntas. Eu fiz uma lista de dez ou doze livros do mesmo tipo para você.

– Você fez, realmente? Como estou feliz! Como eles são?

– Lerei os nomes imediatamente. Aqui estão em meu caderno: Castle of Wolfenbach, Clermont, Mysterious Warnings, Necromancer of the Black Forest, Midnight Bell, Orphan of the Rhine e Horrid My steries. Estes livros nos ocuparão por algum tempo.

– Sim, por um bom tempo, mas, são todos legais? Você está certa de que são todos legais?

– Estou bem certa, pois uma amiga, a senhorita Andrews, uma doce menina, uma das pessoas mais doces do mundo, já leu todos eles. Gostaria muito que você conhecesse a senhorita Andrews, você iria adorá-la. Ela está tecendo sozinha a mais doce casaca que você pode conceber. Acho que ela é tão bela quanto um anjo, e estou tão irritada com os homens que não a admiram! Eu os repreendo intensamente por isso.

– Você os repreende? Você os repreende por não a admirarem?

– Sim, eu os repreendo. Não há nada que eu não faria por aquelas que realmente são minhas amigas. Não sei como amar as pessoas pela metade. Não é da minha natureza. Minhas ligações são sempre excessivamente fortes. Disse ao capitão Hunt, em uma de nossas reuniões, neste inverno, que, se me todas as noites, eu não dançaria com ele, a menos que reconhecesse que a senhorita Andrews é tão bela quanto um anjo. Os homens pensam que somos incapazes de ter amizades reais, sabe. E estou determinada a lhes mostrar a diferença. Agora, se eu ouvisse alguém falando mal de você, eu me enfureceria na mesma hora. Mas isso não é nem um pouco provável, pois você é o tipo de garota que tem tudo para ser a grande favorita entre os homens.

– Oh, querida! – exclamou Catherine, ruborizando. – Como você pode dizer isso?

– Eu a conheço muito bem. Você tem tanta vivacidade, que é

exatamente o que a senhorita Andrews quer, pois, devo confessar: há algo surpreendentemente insípido nela. Oh! Devo dizer-lhe que logo depois que nos separamos ontem, vi um jovem olhando para você fixamente, tenho certeza de que ele está apaixonado por você.

Catherine corou e negou novamente. Isabella riu. É a pura verdade, palavra de honra! Mas eu entendo, você é indiferente à admiração de todos, exceto à daquele cavalheiro que deve permanecer sem nome. Não, não posso culpá-la – falando mais seriamente. – Seus sentimentos são facilmente compreensíveis. Quando se trata de algo ligado ao coração, sei quão pouco alguém pode ficar agradada com a atenção de qualquer um. Tudo que não se relaciona com o objeto amado é tão insípido, tão desinteressante! Posso compreender perfeitamente seus sentimentos.

– Mas você não deve me convencer de que penso muito no senhor Tilney, porque talvez eu nunca mais o veja novamente.

– Nunca mais o vir! Minha querida criatura, não fale isso. Estou certa de que você ficaria muito triste se pensasse assim.

– De fato, não devo pensar assim. Não finjo dizer que não fiquei muito encantada por ele. Mas enquanto tiver Udolpho para ler, sinto que ninguém pode me fazer miserável. Oh! O terrível véu negro! Minha querida Isabella, eu estou certa de que o esqueleto de Laurentina deve estar atrás dele.

– É tão estranho para mim que você nunca tenha lido Udolpho antes, mas suponho que a senhora Morland se oponha aos romances.

– Não, ela não proíbe. Ela muitas vezes lê Sir Charles Grandison, mas os novos livros não chegam até nós.

– Sir Charles Grandison! Este é um livro surpreendentemente horrível, não é verdade? Lembro que a senhorita Andrews não conseguia terminar o primeiro volume.

– Não é nem um pouco como Udolpho, acho ainda que é muito divertido.

– Mas, minha querida Catherine, você decidiu o que vestir na cabeça esta noite? Estou determinada em todos os eventos a me vestir exatamente como você. Os homens notam isso às vezes, você sabe.

– Mas isso não muda nada – disse Catherine, muito inocentemente.

– Mudar! Oh, céus! Sigo a regra de nunca me importar com o que dizem. Com frequência, eles são espantosamente impertinentes se não os tratar com espírito e os manter a distância.

– Eles são? Bem, nunca observei isso. Eles sempre se comportam muito bem comigo.

– Oh! Eles mesmos dão esta impressão. São as mais irreais criaturas no mundo e se consideram tão importantes! A propósito, embora eu tenha pensado nisso cem vezes, sempre me esqueço de lhe perguntar qual é sua compleição favorita em um homem. Você gosta deles escuros ou pálidos?

– Mal sei. Nunca pensei muito sobre isso. Algo entre ambos, acho.

– Morenos. Não pálidos e não muito escuros. Muito bem, Catherine. Igualzinho a ele. Não me esqueci da sua descrição do senhor Tilney, "uma pele morena, com olhos escuros e cabelos bem pretos". Bem, meu gosto é diferente. Prefiro olhos leves, e quanto à compleição, você sabe, prefiro um tom pálido a qualquer outro. Você não deve me trair, caso encontre com um de seus conhecidos que combine com esta descrição.

– Trair? O que quer dizer?

– Não, não me incomode com isso. Acho que já disse o bastante. Vamos mudar de assunto.

Catherine, um pouco espantada, obedeceu e, depois de ficar poucos minutos em silêncio, estava a ponto de voltar ao que a interessava naquele momento mais do que tudo no mundo, o esqueleto de Laurentina, quando sua amiga lhe avisou:

– Pelos céus! Vamos sair daqui do canto da sala. Você sabe, há dois jovens e odiosos rapazes que estão olhando para mim há meia hora. Eles realmente me tiram do sério. Vamos olhar os registros de desembarque. Dificilmente nos seguirão até lá.

Rumaram para o livro de registros de desembarque e, enquanto Isabella examinava os nomes, era função de Catherine observar os procedimentos daqueles jovens rapazes alarmantes.

– Eles não estão vindo para cá, estão? Espero que não sejam tão impertinentes a ponto de nos seguir. Por favor, deixe-me saber se eles estão vindo. Estou determinada a não olhar para cima.

Em poucos momentos, Catherine, com verdadeiro prazer, assegurou-lhe que ela não precisava mais ficar nervosa, pois os cavalheiros tinham deixado a casa de bombas.

– E para onde foram? – perguntou Isabella, virando-se apressadamente. – Um era bem bonito.

– Foram na direção do cemitério.

– Estou maravilhosamente feliz por ter me livrado deles! E, agora, o que me diz de ir ao Edgar's Buildings comigo e ver meu novo chapéu? Você disse que gostaria de vê-lo.

Catherine prontamente concordou. Só que ela adicionou, talvez possamos alcançar os dois jovens rapazes.

– Oh! Não se importe com isso. Se nos apressarmos, passaremos por eles rapidamente, e estou morrendo de vontade de lhe mostrar meu chapéu.

– Mas se apenas esperarmos cinco minutos, não haverá risco algum de eles nos virem.

– Não lhes darei nenhum elogio, assim lhe asseguro. Não tenho ideia do que seja tratar os homens com tal respeito. É assim que ficam mimados.

Catherine não tinha nada para se opor a tal raciocínio, e, portanto, para mostrar a independência da senhorita Thorpe e sua resolução de humilhar o sexo oposto, elas partiram imediatamente, o mais rápido que podiam caminhar, para alcançar os dois jovens rapazes.

CAPÍTULO 7

Meio minuto as conduziu por entre o jardim das bombas até o arco, do lado oposto ao Union Passage, mas, lá, foram paradas. Todos familiarizados com Bath podem se lembrar das dificuldades em atravessar a Cheap Street neste ponto. De fato, era uma rua de natureza tão inoportuna e desafortunadamente conectada com as grandes estradas de Londres e de Oxford, sendo que a principal estalagem da cidade, na qual ali paravam grupos de damas, independente da importância de seus assuntos, seja em busca de bolos, chapéus ou mesmo (como no presente caso) de jovens rapazes, era tomada de um lado ou de outro por carruagens, cavaleiros ou carroças. Este infortúnio já fora sentido e lamentado, pelo menos três vezes por dia, por Isabella, desde que chegara a Bath. E, agora, ela sentia e lamentava mais uma vez, pois no exato momento de chegar ao lado oposto da Union Passage, já avistando os dois cavalheiros que estavam seguindo pela multidão, e escapando do esgoto daquela movimentada viela, elas foram impedidas de atravessar, devido à aproximação de uma carroça, a qual era levada no mau calçamento por um cocheiro de aparência sábia, e com toda a impetuosidade de quem poderia colocar em risco as vidas dele mesmo, de seu companheiro e do cavalo.

– Oh, estas terríveis carroças – disse Isabella, subindo o olhar. – Como eu as detesto. – Mas este ódio, embora tão justo, foi de pouca duração, pois ela olhou novamente e exclamou. – Que maravilha! O senhor Morland e meu irmão!

– Bons céus! É James! – foi pronunciado no mesmo momento por Catherine e, ao alcançar os olhos do jovem, o cavalo foi imediatamente freado com tal violência, que quase o jogou aos quadris do animal; o criado, em disparada, subiu no cavalo e tomou aos seus cuidados a equipagem, e o cavalheiro pulou para o chão.

Catherine, para quem o encontro era totalmente inesperado, recebeu o irmão com a mais pura alegria, e ele, sendo sempre bem amigável e de sincera ligação a ela, deu todas as provas de sua recíproca alegria em vê-la, algo que podia fazer como se tivesse todo o tempo do mundo, embora os olhos brilhantes da senhorita Thorpe estivessem incessantemente desafiando sua atenção. Para ela, seus cumprimentos foram rapidamente prestados, com uma mistura de alegria e embaraço, o que poderia ter informado a Catherine, caso fosse mais esperta no desenvolvimento dos sentimentos das outras pessoas, e menos abstraída com os seus próprios, que seu irmão achou sua amiga tão bonita quanto ela mesmo poderia tê-lo feito achar. John Thorpe, que enquanto isso esteve dando ordens sobre os cavalos, logo se juntou a eles, prestando as devidas saudações a Catherine e investindo sobre ela toda uma reverência, seguida de um meneio de cabeça, ao mesmo tempo em que tocava leve e indiferentemente a mão de Isabella. Ele era um jovem e robusto homem de altura média e que, com um rosto comum e de formas nada graciosas, parecia temeroso de ser muito bonito, a menos que vestisse os trajes de um noivo, e também muito cavalheiro, a menos que fosse informal quando deveria ser cortês, e ainda impudente, quando fosse permitido ser informal. Pegou seu relógio e disse:

– Quanto tempo você acha que estivemos cavalgando desde Tetbury, senhorita Morland?

– Não sei a distância.

– Seu irmão lhe disse que eram algo em torno de trinta e sete quilômetros.

– Trinta e sete! – exclamou Thorpe. – Uns quarenta, se for por uns metros a mais. Morland protestou, recorreu à autoridade de guias de estrada, hoteleiros e marcos de caminho, mas seu amigo desconsiderou a todos. Ele tinha um senso de distância mais apurado.

– Sei que devem ser quarenta – disse ele –, pelo tempo em que percorremos a estrada. Agora é uma e meia, saímos do jardim do hotel em Tetbury assim que o relógio da cidade marcou onze horas. Eu desafio qualquer homem na Inglaterra a fazer meu cavalo andar menos que dezesseis quilômetros por hora em arreios. Isso faz com que seja exatamente quarenta.

– Você perdeu uma hora – disse Morland. – Eram apenas dez horas quando deixamos Tetbury. Mas olhe o meu cavalo. Você já viu um animal tão bem feito para a velocidade, em sua vida?

O criado tinha acabado de montar a carruagem e estava partindo.

– Sangue genuíno! Três horas e meia, de fato, percorrendo apenas trinta e sete quilômetros! Olhe para aquela criatura e suponha ser possível, se puder.

– Ele parece estar muito cansado, com certeza.

– Cansado! Ele não mexeu um fio de cabelo até chegarmos a Walcot Church. Mas olhe para sua dianteira. Olhe para os seus quadris. Veja apenas como ele se move. Este cavalo não faz menos que dezesseis quilômetros por hora. Amarre suas pernas e ele continuará. O que você acha de minha carruagem, senhorita Morland? Aconchegante, não? Bem suspensa, feita para a cidade. Faz menos de um mês que a tenho. Foi feita para um pastor, amigo meu, um bom companheiro. Ele a dirigiu por algumas semanas até que, acredito, resolveu se livrar dela. Aconteceu que eu estava procurando precisamente por algo leve do tipo, embora eu estivesse bem determinado a comprar uma carruagem maior também. Mas aconteceu de encontrá-lo em Magdalen Bridge, enquanto ele ia para Oxford, no último semestre: "Ah! Thorpe" ele disse, "será que você não gostaria de comprar uma carruagem como esta? É uma das melhores do tipo, mas estou bem cansado dela." Oh! D... eu disse, "sou seu amigo, quanto você pede? E quanto você acha que ele pediu, senhorita Morland?"

– Estou certa de que nem sequer arriscarei.

– Suspensão de carruagem, você vê. Assento, porta-malas, guarda espadas, proteção contra lama, lanternas, molde de prata, tudo o que se vê está completo. A fundição tão boa quanto nova, ou melhor. Ele pediu cinquenta guinéus. Negociei com ele na mesma hora, dei o dinheiro e a carruagem era minha.

– E estou certa – disse Catherine –, que sei tão pouco destas coisas que não posso julgar se foi barato ou caro.

– Nem um, nem outro. Eu poderia pagar menos, ouso dizer. Mas odeio pechinchar, e o pobre Freeman precisava de dinheiro.

– Foi muito amável da sua parte – disse Catherine, bastante satisfeita.

– Oh! Que chato! Quando se tem os meios de fazer algo bom por um amigo, odeio ser piedoso.

Uma pergunta então foi feita sobre as andanças planejadas pelas jovens damas e, ao descobrir para onde iam, decidiu-se que os cavalheiros deveriam acompanhá-las a Edgar's Buildings e prestarem seus respeitos à senhora Thorpe. James e Isabella foram à frente, e tão satisfeita estava esta última com seu quinhão, tão contente em tentar assegurar uma agradável caminhada para ele, que trazia a dupla recomendação de ser o irmão de sua amiga e amigo de seu irmão. Tão puros e desinteressados eram seus sentimentos que, embora alcançassem e ultrapassassem os dois insidiosos jovens rapazes na Milsom Street, ela estava longe de buscar atrair sua atenção, e virou o olhar para vê-los apenas três vezes. John Thorpe mantinha-se em curso com Catherine e, depois de um silêncio de alguns minutos, reavivou sua conversa sobre a carruagem.

– Você saberá, porém, senhorita Morland, que isso poderá ser considerado barato por algumas pessoas, pois eu poderia ter vendido a carruagem por mais dez guinéus no dia seguinte. Jackson, de Oriel, ofereceu-me sessenta, uma vez. Morland estava comigo na ocasião.

– Sim – disse Morland ao escutar aquilo –; mas você se esquece que seu cavalo estava incluído.

– Meu cavalo! Que droga! Não venderia meu cavalo por cem. Você gosta de carruagens abertas, senhorita Morland?

– Sim, muito. Porém mal tive a oportunidade de estar em uma, mas sou particularmente atraída por elas.

– Fico feliz. Eu a levarei na minha todos os dias.

– Obrigada – disse Catherine, ainda um pouco incomodada pela dúvida quanto a se era apropriado aceitar tal oferta.

– Eu a levarei até Lansdown Hill amanhã.

– Obrigada; mas seu cavalo não quer descansar?

– Descansar! Ele fez apenas trinta e sete quilômetros hoje. Tudo besteira. Nada arruína os cavalos tanto quanto o descanso. Nada os abate tão rápidos. Não, não. Tenho de exercitar o meu quatro horas em média, enquanto estiver aqui.

– Você tem, de fato! – disse Catherine, seriamente. – Isso serão quase sessenta e cinco quilômetros por dia.

– Sessenta e cinco! Ah, uns oitenta, pelo que me importo. Bem, eu a levarei a Lansdown amanhã. Veja, isto é um compromisso.

– Como isso será agradável! – exclamou Isabella, voltando-se. – Minha querida Catherine, bem que a invejo. Mas temo, irmão, que você não terá espaço para uma terceira pessoa.

– Uma terceira, de fato! Não, não. Não vim a Bath para levar minhas irmãs a passear. Isso seria uma boa piada, sério! Morland deve cuidar de você.

Isso acarretou um diálogo de civilidades entre os outros dois, mas Catherine não ouviu os detalhes e nem o resultado. O discurso de seu companheiro agora caiu de sua, até então, animada abordagem para, nada mais do que, uma curta e decisiva sentença de elogio ou condenação do rosto de cada mulher que passava por eles. Catherine, depois de ouvir e concordar ao máximo que podia, com toda a educação e deferência da jovem mente feminina, mas temerosa em arriscar uma opinião própria em oposição as daquele homem seguro, especialmente em que a beleza de seu próprio sexo era o tema, aventurou-se, por fim, a mudar o assunto com uma pergunta que estava há muito proeminente em seus pensamentos:

– Você já leu Udolpho, senhor Thorpe?

– Udolpho! Oh, Deus! Eu não. Não leio romances. Tenho mais o que fazer.

Catherine, humilhada e envergonhada, estava prestes a se desculpar pela sua pergunta, mas ele a impediu ao dizer:

– Romances são tão cheios de besteiras e tal; não se publicou um toleravelmente decente desde 'Tom Jones', exceto 'The Monk'; eu o li outro dia; mas quanto a todos os outros, são as coisas mais estúpidas criadas.

– Penso que você iria gostar de Udolpho, se o lesse; é tão interessante.

– Não eu, sério! Não. Se eu ler um, será da senhora Radcliffe. Seus romances são bem interessantes. Valem a pena ser lidos. Há diversão e naturalidade neles.

– Udolpho foi escrito pela senhora Radcliffe – disse Catherine, com alguma hesitação, por medo de constrangê-lo.

– Não estou certo. Foi mesmo? Ah, lembrei, é dela. Estava pensando naquele outro livro estúpido, escrito por aquela mulher de quem falam tanto. Aquela que se casou com o imigrante francês.

– Suponho que você se refira a Camilla?

– Sim, este é o livro. Tanta coisa artificial! Um velho brincando na gangorra... peguei o primeiro volume uma vez e o folheei, mas logo vi que não serviria. De fato, adivinhei que tipo de coisa tinha lá antes de vê-lo. Assim que soube de seu casamento com um imigrante, tive a certeza de que nunca seria capaz de ler até o fim.

– Eu nunca o li.

– Não perdeu nada, garanto-lhe. É a mais horrível besteira que você pode imaginar. Não há nada mais horrível no mundo do que um velho brincando em uma gangorra e aprendendo latim. Pela minha alma, não há nada mais horrível.

Esta crítica, cuja justiça foi desafortunadamente despejada sobre a pobre Catherine, levou-os até a porta da residência da senhora Thorpe, e os sentimentos do esclarecido e nada orgulhoso leitor de Camilla cederam aos sentimentos do obediente e afetuoso filho, assim que encontraram a senhora Thorpe, que os havia visto de cima, na passagem. "Ah, mãe! Como você está?" ele disse, dando-lhe um forte aperto de mão. "Onde você conseguiu esse chapéu estranho? Você fica parecendo uma velha bruxa com ele. Aqui está Morland, e nós viemos passar alguns dias com você, portanto você tem de providenciar duas boas camas em algum lugar perto." E este discurso pareceu satisfazer todos os desejos mais caros no coração materno, pois ela o recebeu com a mais prazerosa e exultante afeição. Ele investiu sobre suas duas irmãs com uma imensa ternura fraternal, pois perguntou a cada uma delas como estavam e observou que ambas pareciam muito feias.

Essas maneiras não agradaram a Catherine, mas ele era amigo de James e irmão de Isabella, e seu julgamento foi comprado pela amiga Isabella, que lhe assegurou, quando se retiraram para ver o novo chapéu, que John a achava a menina mais encantadora do mundo, e com John a fazendo se comprometer, antes de irem embora, a dançar com ele naquela noite. Fosse ela mais velha ou mais vaidosa, tais ataques teriam pouco efeito, mas, quando a juventude e a timidez se juntam, requer uma incomum firmeza de razão para resistir à atração de ser chamada de a mais encantadora garota no mundo, e de ser tão antecipadamente comprometida como uma parceira. A consequência foi que, quando os dois Morland, depois de se sentarem por uma hora com os Thorpe, partiram juntos para a casa da senhora Allen, e James, assim que a porta se fechou, disse, "Bem, Catherine, o que você achou do meu amigo Thorpe?" ao invés de responder, como ela provavelmente teria feito, caso não houvesse amizade ou bajulação: "Não gostei dele nem um pouco", replicou imediatamente "Gostei muito dele, parece ser muito agradável."

– Ele é um sujeito de muito boa índole; um pouco tagarela, mas isso é comum do seu sexo, acho. E você gostou do restante da família?

– Muito, muito, de fato. Particularmente de Isabella.

– Fico feliz por ouvir você dizer isso. Ela é exatamente o tipo de moça com quem eu desejaria ver você ligada. Tem muito bom senso e é tão sincera e amigável. Sempre quis que você a conhecesse e ela parece gostar muito de você. Ela a elogiou nos melhores termos possíveis. E com um elogio vindo de uma garota como a senhorita Thorpe, Catherine – pegando na mão da irmã com afeição –, mesmo você pode se orgulhar.

– De fato, eu me orgulho – ela replicou –; gosto muito dela e tenho muito prazer em descobrir que você gosta dela também. Você mal falava dela, quando me escreveu, depois de sua visita lá.

– Porque achei que logo a veria. Espero que vocês fiquem muito tempo juntas, enquanto estiver em Bath. Ela é uma garota muito amigável, e como é inteligente! E como é querida por sua família! Evidentemente é a favorita de todos. E como deve ser admirada em um lugar como este, não é?

– Sim, imagino que sim. O senhor Allen acha que ela é a menina mais bonita em Bath.

– Me atrevo a dizer que sim, e eu não conheço nenhum homem que seja um melhor apreciador da beleza que o senhor Allen. Não preciso lhe perguntar se você está feliz aqui, minha querida Catherine. Com tal companheira e amiga como Isabella Thorpe, seria impossível para você não estar. E os Allen, estou certo, são bondosos com você?

– Sim, muito. Nunca estive tão feliz antes e, agora que você chegou, será mais prazeroso do que nunca. Como é carinhoso de sua parte vir de tão longe para me ver.

James aceitou este tributo de gratidão, e qualificou sua consciência a aceitá-lo também, ao dizer com perfeita sinceridade, "De fato, Catherine, eu amo você demais."

Perguntas e informações relativas aos irmãos e irmãs, a situação de alguns, o crescimento do resto e outras questões familiares agora eram trocadas entre eles. E continuaram com apenas uma pequena digressão por parte de James, a favor da senhorita Thorpe, até que chegaram a Pulteney Street, onde ele foi recebido com grande gentileza pelo senhor e senhora Allen, convidado pelo primeiro a jantar com eles, e intimado pela segunda a adivinhar o preço e julgar os méritos de um novo agasalho de pele e uma nova capa. Um compromisso anterior, tomado em Edgar's Buildings, evitou que ele aceitasse o convite do jantar e o obrigou a se apressar, tão logo pode satisfazer as demandas do senhor Allen. Sendo a hora da união dos dois grupos no Salão Octagonal corretamente ajustada, Catherine então foi deixada ao luxo de uma imaginação disposta, incansável e assustada sobre as páginas de Udolpho, longe de todas as preocupações mundanas com roupas e com jantares, incapaz de aliviar os medos da senhora Allen com o atraso da esperada costureira e, tendo apenas um minuto em sessenta, para investir na reflexão de sua própria felicidade por já estar comprometida para a noite.

CAPÍTULO 8

Apesar de Udolpho e da estilista, o grupo de Pulteney Street chegou aos Salões Superiores em muito boa hora. Os Thorpe e James Morland estavam lá há apenas dois minutos, e Isabella, tendo executado o habitual cerimonial de encontrar sua amiga, com a mais sorridente e afetuosa pressa de admirar o conjunto de seu vestido, de invejar os cachos de seu cabelo, seguiu juntamente com sua acompanhante, de braços dados, até o salão de bailes. Sussurravam, uma com a outra, qualquer pensamento que lhes ocorria, abastecendo o lugar com um estoque de ideias, com um aperto de mão ou um sorriso de afeição.

As danças começaram poucos minutos depois que se sentaram. James, que estava cativado há tanto tempo quanto sua irmã, foi muito insistente para que Isabella se levantasse, mas John foi ao salão de cartas conversar com um amigo, e isso fez com que Isabella declarasse que só se juntaria ao grupo quando sua querida Catherine pudesse ir também. "Eu lhe asseguro "ela disse, "que não me levantaria sem sua querida irmã por nada deste mundo; pois se o fizesse, certamente ficaríamos separadas por toda a noite." Catherine aceitou esta bondade com gratidão, e continuaram como estavam por mais três minutos, quando Isabella, que estava conversando com James, voltou-se novamente para a amiga e sussurrou: "Minha querida, devo deixá-la. Seu irmão está espantosamente impaciente para começar. Sei que não se importa com o fato de eu ir, e ouso dizer que John estará de volta em um momento, então você poderá facilmente me encontrar". Catherine, embora um pouco desapontada, tinha muito boa índole para fazer qualquer oposição e, com os outros se levantando, Isabella teve apenas tempo de apertar a mão de sua amiga, antes de disparar e dizer: "Adeus, minha querida". Tendo ido também dançar as mais novas senhoritas Thorpe, Catherine foi deixada à mercê da senhora Thorpe e da senhora Allen, entre as quais, agora se encontrava. Ela não podia evitar a irritação com a demora do senhor Thorpe, pois não apenas ansiava dançar, mas estava igualmente ciente de que, como a real dignidade de sua situação não poderia ser conhecida, estava compartilhando, com a classificação das outras jovens damas ainda sentadas, todo o descrédito de desejar um parceiro. Ser desgraçada perante os olhos do mundo, vestir a aparência de infâmia, enquanto seu coração era totalmente puro, suas ações completamente inocentes, e a falta de conduta de outro, como a real fonte de sua humilhação; é uma destas circunstâncias que peculiarmente pertencem à vida de uma heroína, e sua força diante desta situação particularmente dignifica seu caráter. Catherine tinha força também. Ela sofria, mas nenhum murmúrio passou pelos seus lábios. Desse estado de frustração, ela se eriçou, ao final de dez minutos, por um sentimento mais agradável, ao ver não o senhor Thorpe, mas o senhor Tilney, à certa distância do lugar em que estava sentada. Ele pareceu se mover naquela direção, mas não a viu e, portanto, o sorriso e o corar, que sua súbita reaparição causou em Catherine, dissiparam-se sem manchar sua heroica importância. Ele parecia estar tão bonito e animado como nunca esteve, e falava com interesse com uma jovem mulher, elegante e de boa aparência, a qual se apoiava em seu braço, a quem Catherine imediatamente considerou ser a irmã dele. Assim, impensadamente desconsiderou uma bela oportunidade de julgá-lo perdido para ela eternamente, por já estar casado. Mas guiada apenas pelo que era simples e provável, nunca entrou em sua cabeça que o senhor Tilney pudesse estar casado. Ele não se comportava e não falava como os homens casados a quem ela já conhecera. Ele se fazia presente com uma jovem mulher, mas nunca mencionou que tinha uma esposa. Destas circunstâncias, brotou-se a instantânea conclusão de ser a irmã ao lado dele e, portanto, em vez de se voltar com a palidez de um cadáver e cair em um desmaio ao peito da senhora Allen, Catherine sentou-se ereta, no perfeito uso de seus sentidos, e com o rosto apenas um pouco mais ruborizado do que o habitual.

O senhor Tilney e sua companheira, que continuava, embora lentamente, a se aproximar dele, foram imediatamente interrompidos por uma dama, conhecida da senhora Thorpe. Esta dama se deteve para falar com a companheira do senhor Tilney, o que fez com que Catherine alcançasse os olhos dele, recebendo imediatamente o sorridente tributo do reconhecimento. Ela o devolveu com prazer e, então, se aproximando ainda mais, ele veio falar com ela e com a senhora Allen, por quem foi educadamente cumprimentado.

– Estou muito feliz por vê-lo novamente, senhor, de verdade. Temi que tivesse deixado Bath.

Ele lhe agradeceu pelos seus medos e disse que deixara a cidade por uma semana, na própria manhã em que teve o prazer de encontrá-la.

– Bem, senhor, atrevo-me a dizer que não se lamenta por estar de volta novamente, pois este é justamente o lugar para pessoas jovens e, na verdade, para todos também. Digo ao senhor Allen, quando ele diz que está cansado daqui, que estou bem certa de que ele não deve reclamar, pois este é um lugar bem agradável, que é muito melhor estar aqui do que em casa, nessa época monótona do ano. Eu digo que ele tem muita sorte por ter sido enviado para cá, por causa de sua saúde.

– E eu espero, madame, que o senhor Allen seja obrigado a gostar do lugar, por achá-lo útil.

– Obrigado, senhor. Não tenho dúvida de que ele achará. Um vizinho nosso, o doutor Skinner, veio para cá se curar no último inverno e voltou bem robusto.

– Essa circunstância deve ser um grande encorajamento.

– Sim, senhor, e o doutor Skinner e sua família estiveram aqui por três meses, então, eu digo ao senhor Allen que ele não deve ter pressa para ir embora.

Nisso foram interrompidos por um pedido da senhora Thorpe à senhora Allen para que ela se movesse um pouco, a fim de acomodar a senhora Hughes e a senhorita Tilney nos assentos, já que as duas tinham concordado em se juntar a seu grupo. Isso foi feito convenientemente, mas o senhor Tilney ainda continuava de pé diante delas. Depois de alguns minutos, ele convidou Catherine para dançar com ele. Esta cortesia encantadora causou severo embaraço à dama. Ao dar sua recusa, ela expressou sua tristeza com tanta ênfase quanto realmente sentia, pois se Thorpe, o qual se juntou a ela logo depois, tivesse chegado meio minuto antes, ele poderia ter pensado que o sofrimento dela era de fato agudo. A própria maneira tranquila, pela qual ele então lhe disse que a mantivera esperando, de modo algum a apaziguou; nem os detalhes de quando ele entrou, enquanto os outros se levantavam, nem os cavalos e cães do amigo que ele acabara de deixar, nem a proposta troca de terriers entre eles, nada a interessou tanto a ponto de evitar que parasse de olhar com frequência para a parte do salão onde tinha deixado o senhor Tilney. Da sua querida Isabella, a quem ela queria particularmente apontar o tal cavalheiro, ela nada podia ver. Estavam em conjuntos diferentes. Ela estava separada de todo seu grupo e longe de qualquer conhecido. Um constrangimento sucedia-se a outro e, do todo, ela deduziu esta útil lição: que ir previamente comprometida a um baile não necessariamente aumenta a dignidade ou a diversão de uma jovem dama. De tal moralizante reflexão, ela foi subitamente tocada no ombro e, ao se voltar, percebeu a senhora Hughes imediatamente atrás dela, acompanhada da senhorita Tilney e de um cavalheiro.

– Peço desculpas, senhorita Morland – ela disse –, por esta liberdade, mas não pude de forma alguma encontrar a senhorita Thorpe, e a senhora Thorpe me disse que estava certa de que você não teria a menor objeção em acompanhar esta jovem dama.

A senhora Hughes não poderia ter pedido para nenhuma outra criatura no salão, mais feliz em se encarregar disso, do que Catherine. As jovens damas foram apresentadas: a senhorita Tilney, expressando um apropriado senso de bondade; a senhorita Morland, com a real delicadeza de uma mente generosa, que faria com prazer a obrigação. E a senhora Hughes, satisfeita em ter tão respeitosamente acomodado sua jovem protegida, voltou ao seu grupo.

A senhorita Tilney tinha uma boa figura, um rosto bonito e feições bem agradáveis. Seu tom, embora não tivesse nada da pretensão definida e do estilo resoluto da senhorita Thorpe, tinha mais elegância real. Seus modos mostravam bom senso e boa educação. Não eram nem tímidos nem afetadamente abertos. Ela parecia capaz de ser jovem e atraente em um baile, sem querer chamar a atenção de todos os homens próximos a ela, e sem sentimentos exagerados de deleite estático ou inconcebível irritação em cada pequena ocorrência insignificante. Catherine, interessada definitivamente por sua aparência e pelo seu relacionamento com o senhor Tilney, estava desejosa de travar relações com ela, e prontamente falava sempre que podia pensar em alguma coisa para dizer, tendo coragem e tempo para isto. Porém, o obstáculo lançado no caminho de uma intimidade muito rápida, pela frequente necessidade de um ou mais destes requisitos, evitava que fossem além do que os primeiros rudimentos de um relacionamento, ao comentarem o quanto gostavam de Bath, o quanto admiravam seus edifícios e arredores, se desenhavam, ou se tocavam algum instrumento musical, ou se cantavam ou gostava de montar a cavalo.

As duas danças mal tinham terminado antes que Catherine tivesse seu braço gentilmente agarrado pela sua fiel Isabella, que, de bom humor, exclamou:

– Até que enfim lhe encontrei. Minha querida, estive procurando por você por toda esta hora. O que poderia ter lhe levado a vir a este conjunto, quando você sabia que eu estava em outro? Fiquei muito triste sem você.

– Minha querida Isabella, como me era possível encontrá-la? Eu nem podia ver em que lugar você estava.

– Foi o que eu disse ao seu irmão todo o tempo, mas ele não acreditou em mim. Vá procurá-la, senhor Morland, eu disse, mas tudo em vão. Ele não avançou um milímetro. Não foi, senhor Morland? Mas vocês, homens, são tão imoderadamente preguiçosos! Ralhei com ele até o ponto, minha querida Catherine, em que você ficaria bem espantada. Você sabe que nunca tolero cerimônias com tais pessoas.

– Olhe para aquela jovem dama com contas brancas ao redor de sua cabeça – sussurrou Catherine, separando sua amiga de James. – É a irmã do senhor Tilney.

– Oh! Céus! Não me diga! Deixe-me olhar para ela. Que bela garota! Nunca vi uma mulher nem pela metade tão bonita! Mas onde está seu irmão que conquista a todos? Está no salão? Aponte-me, neste instante, se ele estiver. Morro de curiosidade de vê-lo. Senhor Morland, você não deve escutar. Não estamos falando sobre você.

– Mas sobre o que é todo esse sussurro? O que está acontecendo?

– Ora essa, eu já sabia. Vocês homens têm uma incansável curiosidade! Falam da curiosidade das mulheres, de fato! Isso não é nada. Mas fique tranquilo, pois não saberá nada sobre esta questão.

– E isso deverá me tranquilizar, você acha?

– Bem, declaro que nunca vi ninguém como você. O que isso poderia significar para você, o que estamos falando? Talvez estejamos falando sobre você. Portanto, eu o aconselharia a não ouvir, ou pode acontecer de você escutar algo não muito agradável.

Nesta conversa de senso comum que durou por algum tempo, o assunto original pareceu inteiramente esquecido. Embora Catherine estivesse bem satisfeita de ter mudado a conversa por um momento, ela não podia evitar uma pequena suspeita com a total suspensão de todo o desejo impaciente de Isabella em ver o senhor Tilney. Quando a orquestra começou uma nova dança, James queria levar sua bela parceira, mas ela resistiu.

Eu lhe digo, senhor Morland – ela exclamou –, eu não faria tal coisa, por nada neste mundo. Como pode ser tão provocador? Imagine você, minha querida Catherine, o que seu irmão quer que eu faça. Ele quer que eu dance novamente com ele, embora eu lhe diga que isto é uma coisa bem inapropriada e totalmente contra as regras. Isso nos faria conversar sobre o lugar, se não trocarmos nossos acompanhantes.

– Pela minha honra – disse James –, nestas reuniões públicas, isto é tão comum!

– Bobagem, como pode dizer isto? Mas quando vocês, homens, têm um ponto a discutir, não hesitam por coisa alguma. Minha doce Catherine, ajude-me. Convença seu irmão de que isso é impossível. Diga-lhe que ficaria muito chocada ao me ver fazer tal coisa, não é mesmo?

– Não, nem um pouco. Mas, se você acha isso errado, é melhor fazer o que acha certo.

– Ei – exclamou Isabella –, você ouve o que sua irmã diz, e, ainda assim, ignora-a. Bem, lembre-se de que não é minha culpa, se colocarmos todas as velhas damas de Bath em alvoroço. Venha comigo, minha querida Catherine, pelos céus, e fique comigo.

E assim saíram, voltando para seu antigo lugar. John Thorpe, neste meio tempo, tinha se afastado, e Catherine, sempre desejosa de dar ao senhor Tilney uma oportunidade de repetir o agradável convite que já a tinha lisonjeado antes, cumpriu seu caminho até a senhora Allen e a senhora Thorpe o mais rápido que podia, na esperança de encontrá-lo ainda com elas,uma esperança que, ao se provar infrutífera, a fez sentir-se muito irracional.

– Bem, minha querida – disse a Senhora Thorpe, ansiosa esperando por elogios ao seu filho –, espero que você tenha tido um parceiro agradável.

– Muito agradável, senhora.

– Fico feliz com isso. John tem um espírito encantador, não é?

– Você conheceu o Sr. Tilney, minha querida? – disse a Sra. Allen.

– Não, onde ele está?

– Estava conosco ainda agora. Ele disse que estava tão cansado de ficar andando e que iria dançar. Então pensei que, talvez, fosse convidá-la, caso a encontrasse.

– Onde ele pode estar? – disse Catherine, olhando ao redor; mas ela não tinha olhado tudo antes de vê-lo conduzir uma jovem dama à dança.

– Ah! Ele tem uma parceira. Queria que ele a convidasse – disse a senhora Allen, e, depois de um curto silêncio, ela acrescentou –, ele é um jovem muito agradável.

– De fato ele é, Sra. Allen –, disse a Sra. Thorpe, sorrindo complacentemente –, devo dizer, embora eu seja sua mãe, que não há no mundo um jovem mais agradável que ele.

Esta resposta sem sentido poderia ter sido demais para a compreensão de muitos, mas não intrigou a senhora Allen, visto que, após um momento de consideração, ela disse em um sussurro para Catherine, "ouso dizer que ela pensou que eu estivesse falando de seu filho". Catherine estava desapontada e irritada. Ela parecia ter perdido, por pouco, justamente o objeto que tinha em vista. Esta ideia não a induzia a uma resposta muito graciosa, quando John Thorpe veio até ela, logo depois, e disse:

– Bem, senhorita Morland, suponho que devamos nos levantar e dançar juntos outra vez.

– Oh, não. Estou muito grata a você. Nossas duas danças terminaram. E, além disso, estou cansada e não quero dançar mais.

– Não quer? Então vamos caminhar e fazer piadas sobre as pessoas. Venha comigo e lhe mostrarei as quatro criaturas mais zombeteiras neste salão, minhas duas irmãs mais novas e seus parceiros. Estive rindo com eles nesta última meia hora.

Novamente Catherine se desculpou. Por fim, ele saiu sozinho

para importunar suas irmãs. Ela achou o resto da noite muito tediosa; durante o chá, o senhor Tilney foi levado de seu grupo para se juntar ao de sua parceira, a senhorita Tilney, embora se reunisse ao novo grupo, não se sentou perto dela, e James e Isabella estavam tão entretidos em conversar juntos, que ela não tinha tempo para investir mais em sua amiga, senão um sorriso, um abraço e um "querida Catherine".

CAPÍTULO 9

O progresso da infelicidade de Catherine com os eventos da noite foi como se segue: primeiro lhe veio uma insatisfação geral com todos ao seu redor, enquanto permanecia nos salões, o que rapidamente lhe trouxe um considerável cansaço e um violento desejo de voltar para casa. Isto, ao chegar a Pulteney Street, tomou a direção de uma fome extraordinária e, quando esta foi saciada, alterou-se para forte anseio de estar na cama. Tal era o extremo ponto de seu incômodo que, quando ela caiu imediatamente em um sono aferrado, que durou nove horas e do qual ela despertou perfeitamente reavivada, de excelente humor, com novas esperanças e novos planos, o primeiro desejo de seu coração foi o de se aproximar da senhorita Tilney. Sua primeira decisão foi procurá-la na casa de bombas, com este propósito, ao meio-dia. A casa de bombas, para alguém que chegou tão recentemente a Bath, devia ser considerada, e ela já tinha percebido isso, como um local favorável à descoberta da excelência feminina e à completude da intimidade feminina, um lugar admiravelmente adaptado para conversas secretas e confidências ilimitadas, um espaço que incentivava uma amiga a esperar pela outra dentro daquelas paredes. Como plano para o período da manhã, sentou-se calmamente para ler seu livro após o café da manhã, decidida a permanecer no mesmo lugar e com a mesma diversão até que o relógio marcasse uma hora; e, pelo hábito, muito pouco se incomodava com os comentários e as exclamações da senhora Allen, cuja mente vazia e a incapacidade de pensar eram tamanhas, nunca falava demais, assim também nunca poderia ficar totalmente quieta. Se ela se debruçasse em seu trabalho, se perdesse sua agulha ou quebrasse o fio, se ouvisse uma carruagem na rua ou visse um salpicar em seu vestido, ela tinha de fazer uma observação em voz alta, houvesse alguém livre para responder ou não. Por volta do meio-dia e meia, um barulho notavelmente alto a atraiu depressa para a janela. Ela mal teve tempo de informar a Catherine que havia, à porta, duas carruagens abertas, tendo na primeira apenas um criado, e na segunda, seu irmão conduzindo a senhorita Thorpe, antes que pudesse, veio John Thorpe correndo escada acima e chamando:

– Senhorita Morland, aqui estou. Esperou por muito tempo? Não pudemos chegar antes. O diabo de um mecânico demorou uma eternidade para descobrir o problema dentro da carruagem, e agora tenho de pagar dez mil guinéus. Mas saiamos logo, antes que algo se quebre novamente. Como vai, senhora Allen? Um grandioso baile ontem à noite, não? Vamos, senhorita Morland, seja rápida, pois os outros estão com uma pressa terrível para sair. Querem se livrar da bagunça.

– O que quer dizer? – disse Catherine. – Para onde vocês vão?

– Para onde vamos? Ora, se esqueceu do nosso compromisso? Não concordamos em dar um passeio nesta manhã? Que cabeça você tem! Vamos para Claverton Down.

– Algo foi mesmo dito sobre isso, recordo-me – disse Catherine, olhando para a senhora Allen em busca de opinião –; mas eu realmente não esperava por você.

– Não me esperava! Essa é boa! E que estardalhaço você faria, se eu não tivesse vindo!.

Enquanto isso, Catherine fez um apelo silencioso para sua amiga, mas foi totalmente desperdiçado, pois a senhora Allen, não tendo o hábito de discernir qualquer expressão por um olhar, não estava ciente de que estava sendo necessária a alguém. Catherine, cujo desejo de rever a senhorita Tilney poderia, naquele momento, suportar um pequeno atraso em favor de um passeio, pensou não haver impropriedade em ir com o senhor Thorpe, já que Isabella estava indo juntamente com James. Assim, foi obrigada a falar mais claro.

– Bem, madame, o que diz sobre isso? Pode me dispensar por uma hora, ou duas? Devo ir?

– Faça como achar melhor, minha querida – replicou a senhora Allen, com a mais plácida indiferença.

Catherine seguiu o conselho e correu para se aprontar.

Em pouquíssimo tempo estava de volta, mal permitindo aos outros dois tempo suficiente para elogiá-la por meio de algumas frases curtas. Depois que Thorpe buscou a admiração da senhora Allen pela sua carruagem, recebendo votos de boa sorte da amiga que ficava, ambos correram escada abaixo.

– Minha querida – disse Isabella, em quem o dever de amizade imediatamente despertou antes que ela pudesse entrar na carruagem –, você demorou pelo menos três horas se preparando. Temi que estivesse doente. Que baile maravilhoso tivemos na noite passada. Tenho mil coisas para lhe contar, mas apresse-se e entre, pois anseio partir.

Catherine seguiu suas ordens e retornou à carruagem, mas não tão rápido que não pudesse ouvir seu amigo exclamar em alto e bom tom, para James, "Que garota adorável ela é! Estou apaixonado."

– Você não deve se assustar, senhorita Morland – disse Thorpe, enquanto a ajudava a subir –, se meu cavalo dançar um pouco ao partirmos. Ele irá, muito provavelmente, dar um salto ou dois, e talvez descansar por um minuto; mas logo saberá quem é seu dono. Ele é muito temperamental, divertido ao máximo, mas não é teimoso.

Catherine não achou a descrição muito convidativa, mas já era tarde para desistir, e ela era muito jovem para se assustar. Assim, resignando-se ao seu destino e confiando no que fora apregoado, o animal era conhecedor de seu dono, ela sentou-se tranquilamente e viu Thorpe sentar-se ao seu lado. Estando tudo arranjado, foi pedido ao criado que estava no comando do cavalo, em um tom imponente, para deixá-lo ir e partiram da maneira mais tranquila imaginável, sem um pulo ou recuo, ou qualquer coisa parecida. Catherine, prazerosa de partida tão feliz, falou de seu contentamento em voz alta, com grata surpresa, e seu companheiro imediatamente tornou a questão perfeitamente simples ao lhe assegurar que tudo era devido à maneira peculiarmente criteriosa com que ele segurou as rédeas, e ao discernimento e à destreza singulares com que direcionou o chicote. Catherine, embora não pudesse deixar de se perguntar, mesmo com tal perfeito comando do cavalo do senhor Thorpe, o porquê de John alarmá-la com uma lista de seus truques, alegrou-se com sinceridade por estar sob os cuidados de um cocheiro tão excelente. Percebendo que o animal continuava a seguir do mesmo modo tranquilo, sem mostrar a menor propensão para qualquer travessura desagradável, e, considerando que seu ritmo inevitável era de dezesseis quilômetros por hora, de modo algum alarmantemente rápido, ela se entregou à apreciação do ar e do tipo mais revigorante de exercício, em um belo dia fresco de fevereiro, com a consciência de segurança. Um silêncio de vários minutos se sucedeu ao primeiro diálogo, sendo quebrado por Thorpe, ao dizer bem abruptamente:

– O velho Allen é rico como um judeu, não é?

Catherine não o compreendeu, e ele repetiu sua pergunta, adicionando uma explicação:

– O velho Allen, o homem com quem você está.

– Oh! Você fala sobre o senhor Allen. Sim, acredito que seja muito rico.

– E ele não tem filho algum?

– Não, nenhum.

– Uma coisa muito boa para seus herdeiros próximos. Ele é seu padrinho, não é?

– Meu padrinho? Não.

– Mas você está sempre com eles.

– Sim, muito.

– Então, foi isso o que eu quis dizer. Ele parece ser um bom tipo de senhor, e viveu muito bem em seu tempo, ouso dizer. Ele não tem gosto por nada. Ele bebe sua garrafa por dia, ainda?

– Sua garrafa por dia? Não. Por que você deveria pensar tal coisa? Ele é um homem bem moderado, e você não poderia imaginá-lo a beber, ontem.

– Deus a ajude! Vocês mulheres, sempre achando que os homens estão bêbados. Ora, você não supõe que um homem seja prostrado pela bebida? Estou certo disso... que, se todos bebessem uma garrafa por dia, não haveria metade da desordem no mundo, como há hoje. Seria uma coisa muito boa para todos nós.

– Não posso acreditar nisso.

– Ah, Deus! Seria a salvação de milhares. Não há a centésima parte do vinho consumido neste reino que deveria haver. Nosso clima nebuloso precisa de ajuda.

– E, no entanto, ouvi dizer que se bebe muito vinho em Oxford.

– Oxford! Não se bebe em Oxford, eu lhe asseguro. Ninguém

bebe lá. Você dificilmente encontraria um homem que passa de suas quatro canecas de cerveja, no máximo. Agora, por exemplo, foi lembrado como algo notável, na última festa em minhas dependências, que em média bebemos perto de cinco canecas por cabeça. Foi considerado algo fora do comum. As minhas são coisas boas, esteja certa. Você não encontraria frequentemente algo parecido como elas em Oxford, e isso diz muito. Mas isso lhe dará só uma noção do consumo geral de bebidas lá.

– Sim, dá uma noção – disse Catherine calorosamente –, vocês todos bebem mais vinho do que eu imaginei que bebiam. Porém, estou certa de que James não bebe tanto.

Esta declaração causou uma resposta esmagadora e impositiva, da qual nenhuma parte foi muito clara, exceto pelas frequentes exclamações, resultando quase em juramentos. No final, Catherine adquirira a forte convicção de que se bebia muito vinho em Oxford, e a mesma crença feliz na comparativa sobriedade de seu irmão.

As ideias de Thorpe então se voltaram aos méritos de sua própria equipagem, e ela foi convocada a admirar o espírito e a liberdade com que seu cavalo se movia, e a facilidade com que trotava, assim como a excelência das molas que dava o movimento à carruagem. Ela o acompanhava em toda sua admiração ao máximo que podia. Ficar atrás ou ultrapassá-lo era impossível. Seu conhecimento, e a ignorância dela sobre o assunto, a rapidez dele em se expressar, e a timidez dela sobre si própria, tudo a desmobilizava de sua força. Ela não concatenava nada de novo em recomendação, mas prontamente ecoava o que ele escolhia em elogiar, combinando, assim, entre eles, sem dificuldade, que a equipagem dele era, em conjunto, a mais completa na Inglaterra, sua carruagem, a mais aconchegante, seu cavalo, o melhor trotador, e ele mesmo, o melhor cocheiro.
– Você realmente não acha, senhor Thorpe – disse Catherine, se aventurando depois de, por um tempo, considerar a questão como inteiramente decidida, e para oferecer alguma pequena variação sobre o assunto –, que a carruagem de James logo quebrará?

– Quebrar! Oh! Deus! Você já viu tal coisinha saltitante em sua ida? Não há uma sólida peça de ferro nela. As rodas se desgastaram bem nesses últimos dez anos, pelo menos. E quanto à carroceria! Pela minha alma, você mesma poderia destruí-la em pedaços com um toque. É a coisa mais ordinária e magricela que já vi! Graças a

Deus! Temos uma melhor. Eu não andaria nem quatro quilômetros nela por cinquenta mil libras.

– Deus do Céu! – exclamou Catherine, bem assustada. – Então, por favor, vamos voltar. Certamente eles sofrerão um acidente se continuarmos. Vamos voltar, senhor Thorpe. Pare e fale com meu irmão, e diga-lhe a quão insegura ela é.

– Insegura! Oh, Deus! O que há nisso? Eles apenas rolarão se ela se quebrar. E há muita lama. Seria uma queda excelente. Oh, que droga! A carruagem é bem segura, se um homem souber conduzi-la. Uma coisa desse tipo em boas mãos durará mais de vinte anos depois de estar bem gasta. Deus a abençoe! Eu pagaria cinco libras para levá-la até York e voltar sem perder um prego.

Catherine ouvia com surpresa. Ela não sabia como juntar duas opiniões bem diferentes sobre a mesma coisa, pois não foi levada a compreender as propensões de um chacoalhar, nem a saber a quantas afirmações vazias e impudicas falsidades o excesso de vaidade poderia levar. Sua própria família era ignorante, pois eram pessoas da vida real, que raramente buscavam a sagacidade de qualquer tipo. Seu pai, no máximo, contentava-se com um trocadilho, e sua mãe, com um provérbio. Eles não tinham, portanto, o hábito de mentir para aumentar sua importância, ou de assegurar em um momento o que eles contradiriam no seguinte. Ela pensou sobre o caso por algum tempo, com muita perplexidade e ficou, mais de uma vez, a ponto de pedir ao senhor Thorpe uma explicação mais clara sobre sua real opinião a respeito do assunto. Mas ela se conteve porque lhe parecia que ele não era bom em dar explicações claras, por fazer as coisas simples tornarem-se ambíguas. E, juntando a isso a consideração de que ele realmente não permitiria que sua irmã e seu amigo fossem expostos a um perigo do qual ele facilmente os preservaria, ela concluiu, por fim, que ele sabia que a carruagem era perfeitamente segura, e, portanto, ela não mais se preocupou. Por ele, toda a questão parecia inteiramente esquecida, e todo o resto de sua conversa, ou melhor, fala, começava e terminava com ele mesmo e seus assuntos. Ele lhe falou de cavalos que comprou por ninharias e vendeu por somas incríveis; de competições de velocidade, nas quais seu julgamento infalivelmente predisse o vencedor, de grupos de tiro, nos quais ele matou mais pássaros (embora sem conseguir um bom tiro) do que todos os seus companheiros; e lhe descreveu alguns ótimos dias de caça com fox-hounds, nos quais sua mira e habilidade em direcionar os cães repararam os erros dos caçadores mais experientes, e a firmeza com que sua montaria, embora nunca tivesse arriscado a vida em algum momento, havia constantemente guiado os outros, em meio a dificuldades, ao que ele calmamente concluiu que muitos tiveram seus pescoços quebrados. Catherine tinha pouco hábito de julgar por si mesma, e, como eram frágeis suas noções gerais sobre como os homens deveriam ser, ela não podia reprimir por inteiro uma dúvida, enquanto se aborrecia com as efusões de seu infinito conceito de que era ele próprio, em seu todo, completamente agradável.

Era uma conjectura ousada, pois ele era irmão de Isabella, e James garantiu a Catherine que os modos dele eram recomendados ao sexo dela. Mas, apesar disso, o extremo cansaço que a companhia dele lhe causara, antes que estivessem juntos por uma hora, e que continuava a aumentar sem cessar, até que pararam em Pulteney Street novamente, a levou, em um pequeno grau, a não aceitar tal alta autoridade e a desconfiar dos poderes dele em proporcionar grande prazer.

Quando chegaram à porta da senhora Allen, a surpresa de Isabella mal poderia ser expressa ao descobrir que era muito tarde para entrarem na casa com sua amiga: "Já passam das três da tarde!" Era inconcebível, inacreditável, impossível! Ela não acreditava nem em seu próprio relógio, nem no de seu irmão, nem no do criado. Ela não acreditava em nenhuma afirmação fundada na razão ou na realidade, até que Morland retirou seu relógio e confirmou o fato. Ter duvidado por um momento mais teria sido igualmente inconcebível, inacreditável e impossível. E ela podia apenas protestar, repetidamente, que duas horas e meia nunca tinham se passado tão rapidamente antes, enquanto Catherine era convocada a concordar. Esta não poderia falar uma falsidade nem mesmo para agradar a Isabella, mas foi poupada da tristeza pela voz dissonante de sua amiga, ao não esperar pela sua resposta. Seus próprios sentimentos a absorviam e sua frustração era mais aguda ao se descobrir obrigada a ir direto para casa. Havia sido há muito tempo que ela tinha tido um momento de conversa com sua querida Catherine e, embora ela tivesse milhares de coisas para contar, parecia que nunca estariam juntas de novo. Assim, com sorrisos da mais perfeita tristeza e com os olhos sorridentes do extremo desânimo, ela despediu-se de sua amiga e partiu.

Catherine encontrou a senhora Allen recém-chegada de sua atribulada ociosidade da manhã e foi imediatamente cumprimentada com "Bem, minha querida, eis que você chegou", uma verdade que ela não tinha maior intenção do que força para refutar; "e eu espero que tenha tido um passeio agradável."

– Sim, madame, obrigado. Não poderíamos ter tido um dia melhor.

– Assim disse a senhora Thorpe. Ela estava radiante por vocês todos terem saído.

– Então você encontrou a senhora Thorpe?

– Sim, fui à casa de bombas assim que você saiu e lá a encontrei, e conversamos bastante. Ela disse que havia pouquíssima carne de vitela no mercado nesta manhã e que está rara como há muito não se via.

– Você encontrou mais algum dos nossos conhecidos?

– Sim, concordamos em dar uma volta no Crescent, e lá encontramos a senhora Hughes, e o senhor e a senhorita Tilney, caminhando com ela.

– Verdade? E eles conversaram com você?

– Sim, caminhamos pelo Crescent juntos por meia hora. Eles parecem ser pessoas agradáveis. A senhorita Tilney estava em uma seda sarapintada muito bonita, e eu imagino, pelo que pude descobrir, que ela se veste sempre muito bem. A senhora Hughes falou muito sobre a família para mim.

– O que ela lhe disse sobre eles?

– Oh, muita coisa, de fato. Ela mal falou de outra coisa.

– Ela lhe disse de que parte de Gloucestershire eles são?

– Sim, ela disse, mas não posso me lembrar agora. Mas eles são muito boa gente e muito ricos. A senhora Tilney era a senhorita Drummond, e ela e a senhora Hughes eram companheiras de escola. A senhorita Drummond tinha uma fortuna muito grande e, quando se casou, seu pai lhe deu vinte mil e quinhentas libras, para comprar roupas para o casamento. A senhora Hughes viu todas as roupas assim que chegaram da loja.

– E o senhor e a senhora Tilney estão em Bath?

– Sim, imagino que sim, mas não estou bem certa. Lembro, porém, que tinha uma ideia de que já estavam mortos. Pelo menos a mãe está. Sim, estou certa de que a senhora Tilney já faleceu, porque a senhora Hughes me disse que havia um conjunto de pérolas muito bonito que o senhor Drummond deu a sua filha no dia do casamento, e que agora a senhorita Tilney as possui, pois foi herdado por ela quando sua mãe morreu.

– E o senhor Tilney, meu parceiro, é o único filho?

– Não posso estar muito certa sobre isso, minha querida. Tenho alguma ideia de que ele seja, sim, entretanto, é um jovem rapaz muito fino, diz a senhora Hughes, e é provável que vá muito bem.

Catherine não perguntou mais. Ela já tinha ouvido o suficiente para sentir que a senhora Allen não tinha informações reais a dar, e que estava mais particularmente triste por ter perdido tal encontro com ambos, o irmão e a irmã.

Tivesse ela podido prever tal evento, nada a teria convencido a sair com os outros. Agora, ela podia apenas lamentar sua má sorte e pensar sobre o que ela tinha perdido, até que lhe estivesse claro que o passeio não tinha sido, de modo algum, muito agradável, e que o próprio John Thorpe era muito desagradável.

CAPÍTULO 10

Os Allen, os Thorpe e os Morland se encontraram no teatro, à noite. Como Isabella e Catherine sentaram-se juntas, havia então uma oportunidade para a última expressar algumas das milhares de coisas que esteve colecionado dentro dela para conversar, na incomensurável extensão de tempo que as dividira. "Oh, céus! Minha amada Catherine, eu a tenho finalmente?" foi seu cumprimento assim que Catherine adentrou a cabina e sentou-se ao seu lado. Agora, senhor Morland – pois ele estava próximo a ela, do lado oposto –, não irei lhe falar mais nada pelo restante da noite. Assim, aviso-lhe que não espere por isso.

– Minha querida Catherine, como esteve por todo esse tempo? Mas não preciso lhe perguntar, pois você aparenta estar ótima. Você realmente fez seu cabelo em um estilo mais celestial que antes. Sua criatura traiçoeira, você quer atrair a todos? Eu lhe asseguro, meu irmão já está bem apaixonado por você. E quanto ao senhor Tilney? Mas isso é uma coisa combinada, mesmo sua modéstia não pode duvidar da ligação dele, agora. Sua volta para Bath deixa isso muito claro. Oh! O que eu não daria para vê-lo! Estou realmente ensandecida com tanta impaciência. Minha mãe diz que ele é o mais agradável rapaz no mundo. Ela o viu esta manhã, você sabe. Você tem de me apresentá-lo. Ele está aqui, agora? Procure, por Deus! Eu lhe asseguro, mal posso existir até que o veja.

– Não – disse Catherine –, ele não está aqui; não posso vê-lo em lugar nenhum.

– Oh, que horror! Será que nunca o conhecerei? O que achou do meu vestido? Acho que ele não está inadequado. As capas foram inteiramente de minha própria criatividade. Você sabe que eu fico tão extremamente enjoada de Bath. Seu irmão e eu concordamos, nesta manhã, que, embora esteja muito bom ficar aqui por algumas semanas, não viveríamos aqui por milhões. Logo, descobrimos que nossos gostos são exatamente iguais em preferir o campo a qualquer outro lugar. Realmente, nossas opiniões eram exatamente as mesmas, foi muito ridículo! Não havia um único ponto em que divergíamos. Eu não teria estado com você por nada neste mundo. Você é tão astuta, estou certa de que teria feito alguma observação engraçada ou qualquer outra coisa sobre isso.

– Não, de fato, eu não faria.

– Oh, faria sim. Eu a conheço melhor do que você mesma. Você nos teria dito que parecemos feitos um para o outro, ou alguma besteira do tipo, o que teria me incomodado além do imaginável. Meu rosto teria corado como suas rosas. Eu não teria estado com você por nada neste mundo.

– De fato, você está sendo injusta. Eu não teria feito nenhum comentário inapropriado por nada. E, além disso, estou certa de que isso sequer teria passado pela minha cabeça.

Isabella riu incrédula e conversou o restante da noite com James.

A resolução de Catherine de se esforçar para encontrar a Srta. Tilney novamente continuou com força total na manhã seguinte, e até o momento usual de ir para a casa de bombas, ela sentiu um certo alarme com o pavor de um segundo impedimento. Porém, nada desse tipo ocorreu. Nenhum visitante apareceu para atrasá-los, e todos os três partiram em boa hora para a casa de bombas, onde o curso ordinário dos eventos e as conversas ocorreram. O senhor Allen, depois de terminar seu copo de água, juntou-se a alguns cavalheiros para conversar sobre a política do momento e comparar os relatos de seus jornais, enquanto as damas caminhavam juntas, notando cada novo rosto e quase todo novo chapéu na sala. A parte feminina da família Thorpe, acompanhada de James Morland, aparecia entre a multidão em menos de quinze minutos, e Catherine imediatamente ocupou seu lugar usual ao lado de sua amiga. James, que estava agora em constante presença, mantinha uma posição similar e, separando-se do restante de seu grupo, os três caminharam, desta maneira, por algum tempo, até que Catherine começou a duvidar da felicidade de uma situação a qual, confinando-a inteiramente a sua amiga e seu irmão, dava-lhe uma fatia muito pequena da atenção de ambos. Eles estavam sempre ocupados com alguma discussão sentimental ou uma vívida disputa, mas seus sentimentos eram expressos em tais vozes sussurrantes, e suas vivacidades acompanhadas de tantas risadas, que, embora a opinião de apoio de Catherine não fosse frequentemente pedida por um ou por outro, ela nunca era capaz de dar alguma, por não ter ouvido uma palavra do assunto. Por fim, porém, ela se encorajou a se soltar de sua amiga, pela declarada necessidade de falar com a senhorita Tilney, a quem ela muito alegremente viu entrando na sala com a senhora Hughes, e a quem ela se juntou imediatamente com a mais firme determinação de travar amizade do que ela poderia ter coragem de fazer jus, não fosse ela premida pelo desapontamento do dia anterior. A senhorita Tilney a cumprimentou com grande civilidade, devolvendo seus elogios com igual boa vontade, e elas continuaram conversando, enquanto ambos os grupos permaneceram no salão. Embora, de qualquer modo, nenhuma observação tenha sido feita, e nenhuma expressão usada por ambas não tenha sido empregada milhares de vezes antes, sob aquele teto, em cada temporada em Bath, o mérito de conversarem com simplicidade e sinceridade, e sem arrogância pessoal, poderia ser algo incomum.

– Como seu irmão dança bem! – foi uma exclamação inocente de Catherine ao final de sua conversa, que definitivamente surpreendeu e divertiu sua companheira.

– Henry! – ela respondeu com um sorriso. – Sim, ele dança muito bem.

– Ele deve ter achado muito estranho me ouvir dizer que estava comprometida na noite anterior, quando me viu sentada. Mas eu realmente estive comprometida o dia inteiro com o senhor Thorpe.

A senhorita Tilney apenas pôde cumprimentá-la.

– Você não pode imaginar – acrescentou Catherine depois de um curto silêncio –, como fiquei surpresa ao vê-lo novamente. Eu estava certa de que ele tivesse ido embora.

– Quando Henry teve o prazer de vê-la, antes, estava em Bath apenas por dois dias. Ele veio só para encontrar alojamentos para nós.

– Isso nunca me ocorreu. Claro, ao não vê-lo em lugar algum, pensei que ele tivesse ido embora. Não era a senhorita Smith a jovem dama com quem ele dançou na segunda-feira?

– Sim, uma conhecida da senhora Hughes.

– Ouso dizer que ela estava muito feliz por dançar. Você a acha bonita?

– Não muito.

– Ele nunca vem à casa de bombas, eu suponho.

– Sim, às vezes. Mas ele saiu nesta manhã com meu pai.

A senhora Hughes juntou-se a elas e perguntou à senhorita Tilney se estava pronta para ir.

– Espero ter o prazer de vê-la novamente logo – disse Catherine. – Você estará no baile de cotilhão, amanhã?

– Talvez, nós... sim, acho que certamente iremos.

– Fico feliz, pois todos estaremos lá.

Este ato de civilidade foi devidamente retribuído, e elas se separaram, do lado da senhorita Tilney, com algum conhecimento dos sentimentos de sua nova conhecida, e do lado de Catherine, sem a menor consciência de tê-los explicado. Ela voltou para casa muito feliz. A manhã havia respondido todas as suas expectativas, e a noite do dia seguinte seria agora seu objeto de expectativa, o bem futuro. Qual vestido e qual chapéu ela deveria usar na ocasião tornaram-se suas principais preocupações. Ela não podia se justificar por isso. Roupas eram, em todas as horas, uma distinção frívola, e a ansiedade excessiva com isso frequentemente destruía seu objetivo principal. Catherine sabia disso muito bem. Sua tia-avó tinha assistido a uma palestra sobre isso, justamente no natal passado. Ainda permaneceu desperta por dez minutos na noite de quarta-feira, em dúvida sobre o vestido de seda sarapintado ou aquele com o ponto de costura corrente, e nada além da falta de tempo evitou que ela comprasse um novo para a noite. Isto teria sido um erro grande de julgamento, porém não incomum, do qual alguém do sexo oposto, um irmão em vez da tia-avó, poderia lhe ter avisado, pois o homem apenas se torna ciente da sua insensibilidade por meio de um vestido novo. Teria sido mortificante aos sentimentos de muitas damas se elas pudessem compreender quão pouco o coração do homem é atingido pelo que é tão caro ou novo em seu armário, o quão pouco ele é influenciado pela textura da seda, e o quanto não são suscetíveis a uma peculiar ternura para com o sarapintado, o enfeitado com ramos, a musselina clara ou o jaconet. A mulher se basta para a sua própria satisfação. Nenhum homem a admirará mais, e nenhuma mulher gostará mais da outra por causa disso. A delicadeza e a moda bastam para o primeiro, e algo de desalinho ou de impropriedade será muito terno para a última. Mas nenhuma destas graves reflexões perturbou a tranquilidade de Catherine.

Ela adentrou pelos salões na noite de quinta-feira com sentimentos muito distintos daqueles que a assolaram até então, na segunda-feira anterior. Estava exultante em seu comprometimento com Thorpe, e agora mais ansiosa para evitar sua visão, a menos que ele se comprometesse com ela novamente, embora ela não pudesse e não ousasse esperar que o senhor Tilney a convidasse para uma terceira dança, seus desejos, esperanças e planos convergiam para nada menos que isto. Toda jovem dama leitora deve-se imaginar em minha heroína, neste momento crítico, pois toda jovem dama deve ter conhecido, em alguma ocasião, a mesma agitação. Todas estiveram, ou ao menos acreditaram ter estado, em perigo, ao querer evitar alguém. E todas estiveram ansiosas pela atenção daqueles a quem queriam agradar. Assim que se juntaram aos Thorpe, a agonia de Catherine começou. Inquietou-se com a perspectiva de John Thorpe vir em sua direção, por isso se escondeu o máximo que pode de sua visão e, quando ele falava com ela, fingia não escutá-lo. Encerrados os cotilhões, começou a dança caipira e ela não viu os Tilney.

– Não se assuste, minha querida Catherine – sussurrou Isabella, –, mas realmente irei dançar com seu irmão novamente. Declaro, prontamente, que isso é muito chocante. Eu disse a ele que deveria se envergonhar, mas você e John devem ficar nos olhando. Apresse-se, minha querida, e junte-se a nós. John saiu agora, mas deve voltar em um momento.

Catherine não tinha nem tempo ou vontade de responder. Tendo os outros se afastado, John Thorpe continuava à vista, e ela se deu por perdida. Para que pudesse não parecer que ela o observava ou o esperava, ela mantinha os olhos distraídos. Uma autocondenação por sua fantasia, ao supor que, entre tamanha multidão, eles pudessem mesmo se encontrar com os Tilney em uma hora razoável, tinha acabado de passar pela sua mente, quando ela subitamente viu-se cumprimentada e novamente convidada a dançar, pelo próprio senhor Tilney. Com aqueles olhos faiscantes e aquela prontidão, ela deu seu consentimento, e com que agradável palpitação do coração ela caminhou com ele até o conjunto pode ser facilmente imaginado. Ter escapado, como ela acreditava, de John Thorpe, e ser convidada, tão imediatamente, pelo senhor Tilney, como se ele a tivesse buscado com este propósito, mostravam o quanto a vida lhe podia trazer uma imensa felicidade.

Porém, mal tinha caminhado até a tranquila posse de um lugar, quando sua atenção foi reclamada por John Thorpe, que estava diante dela.

– Olá, senhorita Morland! – ele disse. – Qual o significado disso? Pensei que fossemos dançar juntos.

– Eu me pergunto por que, se você nunca me convidou.

– Esta é boa! Eu a convidei assim que entrei no salão e ia justamente convidá-la novamente, mas, quando me virei, você se foi! Este é um truque vergonhoso e sujo! Vim apenas para dançar com você e acredito firmemente que você estava comprometida comigo desde segunda-feira. Sim, eu me lembro. Convidei-a enquanto você esperava pelo seu casaco na recepção. E aqui estou, dizendo a todos os meus conhecidos que vou dançar com a garota mais bonita do salão. Quando eles a veem com outra pessoa, irão rir muito de mim.

– Oh, não. Eles nunca pensarão isso de mim, depois de uma descrição como esta.

– Pelos céus, se não pensarem, eu os expulsarei do salão como estúpidos. Quem é este sujeito com você?

Catherine satisfez sua curiosidade.

– Tilney – ele repetiu. – Hum, eu não o conheço. Uma boa figura de homem. Muito bem composto. Ele quer um cavalo? Eis um amigo meu, Sam Fletcher, que tem um para vender que servirá para qualquer um. Um inteligente animal, ótimo para a estrada e apenas por quarenta guinéus. Tenho cinquenta pratas para comprar um eu mesmo, pois é uma das minhas máximas sempre comprar um bom cavalo quando encontro um. Mas este não serviria aos meus propósitos, não seria bom para o campo. Pagaria o que fosse para um bom cavalo de caça. Tenho três agora, os melhores que já foram reproduzidos. Não aceitaria oitocentos guinéus por eles. Fletcher e eu queremos alugar uma casa em Leicestershire, na próxima temporada. É um desconforto dos infernos se hospedar em uma estalagem.

Esta foi a última frase com a qual ele poderia prender a atenção de Catherine, pois ele foi arrastado pela pressão irresistível de uma longa corrente de damas em trânsito. O senhor Tilney então se aproximou e disse:

– Aquele cavalheiro teria me tirado do sério, se tivesse ficado com você por meio minuto mais. Ele não tem motivos para tirar de mim a atenção de minha parceira. Entramos em um contrato de afabilidade mútua pelo espaço de uma noite, e toda nossa afabilidade pertence somente a cada um de nós por este tempo. Ninguém pode se segurar na atenção de um sem ferir os direitos do outro. Considero uma dança caipira como o emblema de um casamento. A fidelidade e a complacência são os principais deveres de ambos. E aqueles homens, que não escolhem dançar ou se casar, não têm o que falar com as parceiras ou as esposas de seus vizinhos.

– Mas estas são coisas bem diferentes!

– E você pensa que não podem ser comparadas juntas.

– Certamente que não. As pessoas que se casam nunca podem se separar, mas devem continuar e manter a casa juntas. As pessoas que dançam apenas se colocam de frente a outra pessoa, em uma sala grande, por meia hora.

– Tal é sua definição de matrimônio e dança. Vista por este ângulo, certamente sua semelhança não chama a atenção. Mas acho que eu poderia ver a ambos sob tal perspectiva. Você concorda que o homem tem a vantagem da escolha e a mulher apenas o poder da recusa; que, para ambos, é um compromisso entre homem e mulher, formado para o benefício dos dois; que, uma vez firmado, pertence exclusivamente para os dois até o momento de sua dissolução; que é o dever dos dois tentarem não dar, um ao outro, motivos para que um ou outro seja colocado em outro lugar; e que é do melhor interesse aos dois se eles mantiverem suas próprias imaginações longe da perfeição dos vizinhos, ou de fantasiarem que estariam melhores com outras pessoas. Você concorda com tudo isso?

– Sim, claro. Da forma como você afirma, tudo soa muito bem. Mas ainda são muito diferentes. Não posso olhar para o matrimônio e a dança sob a mesma luz, nem pensar que os mesmos deveres lhes pertencem.

– Em um aspecto, certamente há uma diferença. No casamento, espera-se que o homem provenha o sustento da mulher, e a mulher, para fazer o lar agradável ao homem. Ele deve fornecer, e a mulher, sorrir. Mas, na dança, seus deveres são exatamente opostos. A agradabilidade e o cumprimento são esperados do homem, enquanto ela fornece o leque e a água de lavanda. Isso, eu suponho, era a diferença de deveres que a surpreendeu, a ponto de tornar as condições incapazes de comparação.

– Não, de fato, nunca pensei nisso.

– Então, estou em bom prejuízo. Uma coisa, porém, devo observar. Esta disposição de sua parte é bem preocupante. Você discorda totalmente de qualquer similaridade entre as obrigações. Por isso, não posso inferir que suas noções de dever quanto à dança não sejam tão estritas quanto seu parceiro pode desejar. Não tenho razão em temer que, se o cavalheiro que acabou de lhe falar retornasse, ou se qualquer cavalheiro viesse lhe falar, não haveria nada que a impedisse de conversar com ele o quanto você queira?

– O senhor Thorpe é um amigo muito particular de meu irmão, por isso, se ele falar comigo, devo retribuir novamente. Mas dificilmente há três cavalheiros no salão, além dele, com quem tenho algum relacionamento.

– E esta deve ser minha única segurança? Ah, ah!

– Não, estou certa de que você não pode ter melhor. Pois, se não conheço ninguém, é impossível que eu fale com alguém. E, além disso, não quero conversar com ninguém.

– Agora você me deu uma segurança que vale a pena ter, e devo prosseguir com coragem. Você ainda acha que Bath é tão agradável desde quando eu tive a honra de lhe perguntar antes?

– Sim, muito. Ainda mais, na verdade.

– Ainda mais? Cuidado ou você se esquecerá de se cansar deste lugar na hora apropriada. Você deverá estar cansada ao fim de seis semanas.

– Não acho que me cansarei, mesmo se tivesse de ficar aqui por seis meses.

– Bath, em comparação a Londres, tem pouca variedade, e isso todos descobrem a cada ano. "Por seis semanas, concordo que Bath seja agradável o bastante, mas, além disso, é o lugar mais cansativo no mundo". Você escutaria isso de pessoas de todas as descrições, que vêm regularmente todo inverno, estendem suas seis semanas para dez ou doze e vão embora, por fim, porque não podem arcar com os custos de ficar por mais tempo.

– Bem, as outras pessoas podem julgar por elas mesmas, e aqueles que vão para Londres podem não gostar de Bath. Mas eu, que vivo em uma pequena vila, no campo, não posso achar maior mesmice em um lugar como este do que em meu próprio lar. Pois aqui há uma variedade de entretenimento, uma variedade de coisas para serem vistas e feitas durante todo o dia, que não posso encontrar lá.

– Você não gosta do campo.

– Sim, eu gosto. Sempre vivi ali e sempre fui muito feliz. Mas certamente há mais mesmice numa vida no campo do que em Bath. Um dia no campo é exatamente como o outro.

– Mas então você gasta seu tempo de forma muito mais racional no campo.

– Será?

– Você acha que não?

– Não acho que há muita diferença.

– Aqui você está em busca de diversão o dia inteiro.

– Tal qual como os momentos em que estou em casa, só que não encontro tanta diversão. Aqui, eu caminho, assim como lá. Mas, aqui, vejo muita gente em qualquer rua, e lá, posso apenas visitar a senhora Allen.

O senhor Tilney estava muito surpreso.

– Apenas visitar a senhora Allen! – ele repetiu. – Que retrato de pobreza intelectual! Porém, quando você afundar neste abismo novamente, terá mais o que dizer. Você poderá falar de Bath e de tudo o que fez aqui.

– Oh! Sim. Nunca precisarei de algo para falar novamente com a senhora Allen ou com alguém mais. Realmente acredito que sempre estarei falando de Bath, quando voltar para casa. Gosto disso, muito. Se eu tivesse mamãe e papai, e o resto deles aqui, suponho que seria muito feliz! A chegada de James, meu irmão mais velho, foi bem prazerosa e, especialmente, quando acontece de ficarmos tão íntimos da própria família, da qual ele já era amigo íntimo. Oh! Quem pode mesmo se cansar de Bath?

– Não aqueles que trazem tais sentimentos novos, de todos os tipos, como você. Porém, mamães e papais, irmãos e amigos íntimos estão muito ultrapassados para a maioria dos frequentadores de Bath, e o honesto saborear de bailes, peças e vistas diárias passou com eles. Aqui a conversa terminou, as demandas da dança se tornando muito importunas para uma atenção dividida. Logo que atingiram o fundo do conjunto, Catherine percebeu que era fixamente observada por um cavalheiro o qual permanecia entre os que assistiam, imediatamente atrás de seu parceiro. Ele era um homem muito bonito, de um aspecto imponente, já passado da juventude, mas não do vigor da vida. Com seus olhos ainda dirigidos a ele, Catherine o viu dirigir-se ao senhor Tilney com um sussurro familiar. Confusa pela sua atenção e corada pelo medo de ter sido notada por algo errado em sua aparência, ela voltou sua cabeça. Mas, enquanto fazia isso, o cavalheiro recuou, e o senhor Tilney, aproximando-se, disse:

– Vejo que você adivinhou o que acabaram de me perguntar. Este cavalheiro sabe seu nome, e você tem o direito de saber o dele. É o general Tilney, meu pai.

A resposta de Catherine foi apenas “Oh!”, mas foi um “Oh!”

expressando tudo o que era necessário: atenção às suas palavras e perfeita confiança em sua veracidade. Com interesse genuíno e forte admiração, seus olhos agora acompanhavam o general, enquanto ele se movia pela multidão, e “como são uma bela família!” foi seu comentário secreto.

Em uma conversa com a Srta. Tilney antes do final da noite, uma nova fonte de felicidade surgiu para ela. Ela nunca tinha dado um passeio no campo desde que chegou em Bath. A senhorita Tilney, a quem todos os ambientes comumente frequentados eram familiares, falou dele em termos que despertaram toda a ansiedade dela em conhecê-lo também. Ao temer abertamente que ela não encontrasse ninguém para acompanhá-la, foi proposto pelo irmão e pela irmã que eles deveriam juntar-se em um passeio, em alguma manhã. “Eu gostarei disso”, ela exclamou, “Mais do que qualquer coisa no mundo. E vamos adiar. Vamos amanhã." Isto foi prontamente aceito, com apenas uma condição da senhorita Tilney: desde que não chovesse, o que Catherine estava certa de que não aconteceria. Ao meio-dia, viriam buscá-la em Pulteney Street. Lembre-se, meio-dia – foi sua fala de despedida para a nova amiga. Da sua outra amiga, a mais velha, a mais estabelecida, Isabella, de cuja fidelidade e valor ela foi apreciada por quinze dias, pouco ela viu durante a noite. Assim, embora ansiando por colocá-la a par de sua felicidade, ela alegremente submeteu-se ao desejo do senhor Allen, que as levou embora cedo. Estava animada, enquanto dançava em sua poltrona por todo o caminho de casa.

CAPÍTULO 11

O dia seguinte trouxe uma manhã de aparência bem sóbria, com o sol fazendo apenas alguns esforços para aparecer, o que fez com que Catherine sentisse o presságio de que tudo correria conforme seus desejos. Uma manhã brilhante, logo no início do ano, ela concordou, geralmente ficaria chuvosa, enquanto uma manhã nublada predizia melhoras no decorrer do dia. Ela recorreu ao senhor Allen para confirmar suas experiências, mas ele, não tendo seus próprios instrumentos, nem o barômetro, ao seu redor, declinou de dar qualquer promessa absoluta de sol. Ela recorreu à senhora Allen, e a opinião dela foi muito positiva. Ela não teve qualquer dúvida no mundo de ser um dia muito bonito, se as nuvens pudessem se dissipar, e o sol continuar brilhando. Perto das onze horas, porém, algumas gotículas de chuva sobre as janelas chamaram a atenção de Catherine, e "Oh! Querida, acho que choverá", irrompeu da senhora Allen, em um tom bem desanimado.

– Eu sabia que ia ser assim – disse a senhora Allen.

– Não passearei hoje – suspirou Catherine –; mas talvez não passe de uma chuva passageira, ou possa ficar firme antes do meio-dia.

– Talvez possa, mas então, querida, ficará muito enlameado.

– Oh, isso não tem valor. Nunca me importo com a lama.

– Não – replicou sua amiga bem placidamente –, eu sei que você não se importa com a lama.

Depois de uma curta pausa:

– Vem chegando cada vez mais rápido! – disse Catherine, enquanto observava por uma janela.

– De fato. Se continuar a chover, as ruas ficarão muito úmidas.

– Era uma manhã de tão boa aparência! Fiquei tão convencida de que seria seca!

– Qualquer um teria pensado assim, de fato. Haverá poucas pessoas na casa de bombas, se chover por toda a manhã. Espero que o senhor Allen vista seu sobretudo ao sair, mas ouso dizer que não, pois ele faria qualquer coisa no mundo para não caminhar com um sobretudo. Eu pergunto se ele o detesta, mas deve ser tão confortável.

A chuva continuou rápida, mas não pesada. Catherine olhava a cada cinco minutos para o relógio, ameaçando, em cada retorno, que, se continuasse a chover por outros cinco minutos, ela daria o assunto por perdido. O relógio anunciou meio-dia, e ainda chovia.

– Você não será capaz de ir, minha querida.

– Ainda não estou muito desesperada. Não desistirei até meio-dia e quinze. Esta é a hora do dia para limpar o tempo, e acho que já parece pouco mais luminoso. Pronto, é meio-dia e vinte e agora devo desistir inteiramente. Oh! Se tivéssemos o mesmo tempo aqui como eles têm no Udolpho, ou pelo menos em Toscana e ao sul da França, ou a noite em que o pobre Santo Albino morreu. Que belo clima!

Às 12h30, quando a atenção ansiosa de Catherine para o tempo acabou e ela não podia mais reivindicar qualquer mérito de sua alteração, o céu começou a clarear voluntariamente. Um raio de sol a tomou de surpresa. Ela olhou ao redor. As nuvens partiam e ela instantaneamente voltou para a janela para observar e encorajar a feliz aparência. Ficou claro, dez minutos depois, que uma tarde brilhante se sucederia, e justificou a opinião da senhora Allen, de que sempre tinha pensado que iria ficar limpo. Porém, se Catherine ainda pudesse esperar seus amigos, se não tivesse chovido muito para a senhorita Tilney se aventurar, ainda teria de esperar a resposta.

Estava muito enlameado para que a senhora Allen acompanhasse seu marido até a casa de bombas. Ele então saiu sozinho e Catherine mal o olhou descer a rua, quando sua atenção foi atraída pela aproximação das mesmas duas carruagens abertas, contendo as mesmas três pessoas que a surpreenderam tanto há algumas manhãs. "Isabella, meu irmão e o senhor Thorpe, eu aposto! Estão vindo me buscar, talvez. Mas não devo ir, de fato. Não posso ir, pois você sabe que a senhorita Tilney ainda pode aparecer." A senhora Allen concordou. John Thorpe logo estava com elas e sua voz, ainda mais rápida, pois, nas escadas, ele já convocava a senhorita Morland a ser rápida.

– Apresse-se! Apresse-se! – enquanto ele escancarava a porta. – Ponha seu chapéu neste momento, não podemos perder tempo. Iremos a Bristol. Como vai, senhora Allen?

– Para Bristol! Não é uma grande distância? Porém, não posso acompanhá-los hoje porque já tenho compromisso. Espero alguns amigos a qualquer hora.

Isto foi, claro, veementemente recusado como desculpa. A senhora Allen foi convocada para corroborá-lo e os dois outros entraram para dar ajuda.

– Minha doce Catherine, isto não é delicioso? Teremos um passeio bem celestial. Você deve agradecer ao seu irmão e a mim pelo esquema. Passou por nossas cabeças no café da manhã, e acredito fortemente que, ao mesmo tempo. Deveríamos ter partido há duas horas se não fosse por esta chuva detestável. Mas isso não importa, as noites serão de luar, e deveremos ir tranquilamente. Oh! Estou tão animada com a ideia de um pouco de ar do campo e tranquilidade! Muito melhor que ir aos Salões Inferiores. Deveremos ir diretamente até Clifton e lá jantar. Assim que terminá-lo, se houver tempo para isso, seguiremos até Kingsweston.

– Duvido que sejamos capazes de fazer tanto – disse Morland.

– Seu agourento! – exclamou Thorpe. – Somos capazes de andar dez vezes mais. Kingsweston! Ah, e Blaize Castle também, e qualquer coisa que possamos descobrir. Mas eis sua irmã dizendo que não irá.

– Blaize Castle! – exclamou Catherine. – O que é isso?

– O melhor lugar na Inglaterra. Vale a pena percorrer uns oitenta quilômetros, a qualquer hora, para visitar.

– O que é realmente? Um castelo? Um velho castelo?

– O mais velho no reino.

– Mas é como aqueles que estão nos livros?

– Exatamente. O próprio.

– Mas, de verdade? Há torres e longas galerias?

– Há dezenas.

– Então eu gostaria de vê-lo, mas não posso. Não posso ir.

– Não pode? Minha querida, o que você quer dizer?

– Não posso ir porque... – Abaixando o olhar enquanto falava, temerosa pelo sorriso de Isabella. – Estou esperando pela senhorita Tilney e seu irmão, que vêm me buscar para caminhar no campo. Eles prometeram passar ao meio-dia, só que choveu. Mas agora, como está tão bom, ouso dizer que logo estarão aqui.

– Não eles, de fato – exclamaram Thorpe. – Pois, enquanto virávamos na Broad Street, eu os vi. Ele não tem uma carruagem com pinhões brilhantes?

– Na verdade, não sei.

– Sim, sei o que ele tem. Eu o vi. Você está falando do homem com quem dançou na noite passada, não é?

– Sim.

– Bem, eu o vi, naquele momento, virar na Lansdown Road, conduzindo uma garota bem bonita.

– De verdade, você o viu?

– Sim, pela minha alma. Eu o vi de novo, imediatamente, e ele parece ter uns bons cavalos também.

– É muito estranho! Mas suponho que eles tenham achado que ficou muito enlameado para um passeio.

– Acho que sim, pois nunca vi tanta lama na minha vida. Caminhar! Você não pode caminhar mais do que voar! Não esteve tão sujo assim no inverno inteiro. A lama chega ao calcanhar em qualquer lugar.

Isabella confirmou a descrição:

– Minha querida Catherine, você não pode ter uma ideia da lama. Vamos, você tem de vir. Não pode se recusar a vir agora.

– Gostaria de ver o castelo, mas podemos andar por ele todo? Podemos subir cada escada e entrar em cada conjunto de salas?

– Sim, sim, em cada buraco e em cada canto.

– Mas e se eles saíram apenas por uma hora, até que secasse, e me visitarem depois?

– Tranquilize-se, não há perigo disso, pois ouvi Tilney cumprimentar um homem que estava passando a cavalo e dizer que eles estavam indo tão longe quanto WickRocks.

– Então irei. Devo ir, senhora Allen?

– Como quiser, minha querida.

– Senhora Allen, você deve convencê-la a ir – foi a exclamação geral.

A senhora Allen não estava desatenta a isso:

– Bem, minha querida – ela disse –, imagino que você deva ir.

E, em dois minutos, partiram.

Os sentimentos de Catherine, assim que entrou na carruagem, estavam em um estado perturbado. Estavam divididos entre a perda de um grande prazer e a esperança de logo apreciar outro, quase iguais em grau, embora diferentes em espécie. Ela não podia pensar que os Tilney tinham agido muito bem com ela, por tão prontamente desistirem de seu compromisso, sem lhe enviar sequer uma mensagem de desculpas. Agora já se passava uma hora além do horário combinado para o começo da caminhada. Apenas do que ela tinha ouvido sobre a prodigiosa acumulação de lama, no decorrer daquela hora, não podia, pela sua observação, deixar de pensar que eles poderiam ter prosseguido com pouca dificuldade. Sentir-se diminuída por eles era muito doloroso. Por outro lado, o prazer de explorar uma construção como as de Udolpho, como sua imaginação representava Blaize Castle, era tamanho contrapeso de felicidade que poderia consolá-la por quase tudo.

Desceram rapidamente a Pulteney Street e por Laura Place, sem trocar muitas palavras. Thorpe falava com seu cavalo e ela pensava, às vezes, nas promessas quebradas, arcos, carruagens quebradas, falsas suspensões, Tilney s e alçapões. Assim que entraram em Argy le Buildings, porém, ela foi despertada por esta pergunta de seu companheiro:

– Quem é aquela garota que olhou tão duro para você enquanto passava?

– Quem? Onde?

– Na calçada da esquerda. Ela deve estar quase fora de vista, agora.

Catherine olhou ao redor e viu a senhorita Tilney apoiada no braço de seu irmão, caminhando lentamente pela rua. Viu ambos voltarem-se para vê-la.

– Pare, pare, senhor Thorpe – ela exclamou impacientemente. – É a senhorita Tilney. Estou certa de que é. Como você pode ter me dito que ela tinha saído? Pare, pare, descerei agora e irei até eles.

Mas a qual propósito ela falou? Thorpe apenas chicoteou seu cavalo para um trote mais rápido. Os Tilney, que pararam para olhá-la, estavam, em um momento, fora do alcance, atrás da esquina de Laura Place e, em outro momento, ela já estava passando rapidamente pelo mercado. Ainda, porém, e pela extensão de outra rua, ela lhe rogou que parasse. "Por favor, por favor, pare, senhor Thorpe. Não posso continuar. Não irei continuar."

"Devo voltar para a senhorita Tilney." Mas o senhor Thorpe apenas riu, beijou seu chicote, encorajou seu cavalo, fez barulhos estranhos e seguiu em frente. Catherine, brava e irritada como estava, sem forças para se livrar, foi obrigada a dar o braço e a obedecer. Suas reprovações, no entanto, não foram poupadas. "Como você pode me enganar assim, Sr. Thorpe? Como você poderia dizer que os viu indo pela Lansdown Road? Eu não teria agido desse modo por nada no mundo. Eles devem achar isso tão estranho, tão rude de minha parte! Passar por eles, também, sem dizer uma palavra! Você não sabe o quanto estou irritada. Não me divertirei em Clifton, nem em qualquer outro lugar. Preferiria dez mil vezes mais descer agora e caminhar de volta até eles. Como você pôde me dizer que os viu sair em uma carruagem?" Thorpe se defendeu vigorosamente, declarando que nunca vira dois homens tão parecidos em sua vida, e que o homem que vira na carruagem era o próprio Tilney.

O passeio, mesmo quando o assunto morreu, não seria muito agradável.

A feição de Catherine não era mais como na viagem anterior. Ela ouvia com relutância e suas respostas eram curtas. Blaize Castle era seu único conforto.

Sobre isso, ela ainda pensava com prazer, de tempos em tempos. Embora estivesse muito mais desapontada pela caminhada prometida, e especialmente por ser considerada rude pelos Tilney; ela daria, de boa vontade, toda a felicidade que as paredes do castelo poderiam proporcionar, a felicidade do progresso por uma longa suíte em salas com tetos altos, exibindo os remanescentes móveis magníficos, embora por muitos anos abandonados, a felicidade de ser interrompida em seu caminho por entre abóbadas estreitas e curvas, por uma porta baixa e gradeada, ou mesmo por ter sua lanterna, sua única lanterna, apagada por uma súbita rajada de vento, e ser deixada em escuridão total. No meio tempo, seguiram em sua jornada sem algum acidente, e estavam ao alcance da vista de Keynsham, quando um grito de

Morland, que estava atrás deles, fez seu amigo parar para saber do que se tratava. Eles se aproximaram para uma conversa e Morland disse:

– Acho melhor voltarmos, Thorpe. Está muito tarde para continuarmos hoje. Sua irmã concorda comigo. Saímos há exatamente uma hora de Pulteney Street, pouco mais do que onze quilômetros e, suponho, temos ao menos ainda oito mais para fazer. Não vai dar certo. Saímos muito tarde. Seria melhor adiar até o dia seguinte e dar meia volta.

– São todos contra mim – respondeu Thorpe bem bravo e, voltando imediatamente para o seu cavalo, eles regressaram para Bath.

– Se seu irmão não tivesse essa droga para dirigir – ele disse logo depois –, poderíamos ter continuado muito bem. Meu cavalo teria trotado até Clifton em uma hora... se deixado por si mesmo. Eu quebraria meu braço para levá-los com aquele maldito cavalo doente de respiração curta. Morland é um tolo por não ter uma carruagem e um cavalo próprio.

– Não, ele não é – disse Catherine calorosamente –, pois estou certa de que ele não poderia pagar por isso.

– E por que ele não poderia pagar?

– Porque ele não tem dinheiro suficiente.

– E de quem é a culpa?

– De ninguém, que eu sabia.

Thorpe então disse algo de modo alto e incoerente, ao qual ele frequentemente recorria, sobre como é uma droga ser pobre, e que se as pessoas que faziam o dinheiro circular não pudessem ter coisas, ele então não sabia quem poderia, algo que Catherine nem mesmo tentou compreender. Desapontada pelo que teria sido o consolo ao seu desapontamento anterior, ela estava menos e menos disposta a ser agradável mesmo com ela própria, ou de ver seu companheiro assim. E retornaram a Pulteney Street sem que ela falasse vinte palavras.

Assim que ela adentrou em casa, o porteiro lhe disse que um cavalheiro e uma dama haviam visitado e perguntado por ela alguns minutos depois que ela saíra, e que, quando ele lhes disse que ela tinha saído com o senhor Thorpe, a dama perguntou se alguma mensagem havia sido deixada para ela e, com a resposta negativa, ele pediu por um cartão, mas ela disse que não tinha nenhum, e foram embora. Ponderando sobre estas notícias de render o coração, Catherine subiu as escadas lentamente. Ao fim dela, foi cumprimentada pelo senhor Allen, que, ao ouvir a razão do rápido retorno deles, disse:

– Estou feliz pelo seu irmão ter tanto senso; estou feliz por você ter voltado. Foi um plano estranho e louco.

Passaram a noite juntos na casa dos Thorpe. Catherine estava perturbada e de mau humor, mas Isabella pareceu encontrar um interesse comum no destino que compartilhava em parceria privada com Morland, um equivalente muito bom para o quieto e interiorano ar de uma estalagem em Clifton. Sua satisfação, também, por não estar nos Salões Inferiores foi pronunciada mais de uma vez.

– Como tenho pena das pobres criaturas que estão indo para lá! Como estou feliz por não estar entre elas! Eu me pergunto se será um baile cheio ou não! Ainda não começaram a dançar. Eu não estaria lá por nada desse mundo. É tão prazeroso ter uma noite, de vez em quando, para si mesma. Ouso dizer que não será um baile muito bom. Sei que os Mitchell não irão. Estou certa de que tenho pena de todos que estão lá. Mas ouso dizer, senhor Morland, que você deseja ir, não é? Estou certa que sim. Bem, por favor, não deixe que sejamos um impedimento para você. Ouso dizer que passaríamos muito bem sem você. Mas vocês homens se acham de muita importância.

Catherine poderia ter quase acusado Isabella de estar procurando por ternura em suas mágoas, mas tão pouco eles pareciam se deter em sua mente, e tão inadequados eram os confortos que ela oferecia.

– Não seja tão monótona, minha querida – ela sussurrou. – Você irá quebrar meu coração. Foi surpreendentemente chocante, esteja certa, mas os Tilney são inteiramente culpados. Por que não foram mais pontuais? Estava sujo, de fato, mas qual a importância? Estou certa de que John e eu não teríamos nos importado. Nunca me importo em passar por qualquer coisa, no que se refere a um amigo. Este é meu temperamento, e John é igual. Ele tem incríveis sentimentos fortes. Pelos céus! Que mão deliciosa você tem! Pelos reis, eu juro! Nunca fui tão feliz em minha vida! Eu preferiria cinquenta vezes que você as tivesse do que eu.

E, agora, posso dispensar minha heroína para a cama insone, que é a porção da verdadeira heroína, para um travesseiro de espinhos e umedecido de lágrimas. E, com sorte, ela pode acreditar nela mesma, se obtiver outro boa noite de descanso no decorrer dos próximos três meses.

CAPÍTULO 12

– Senhora Allen – disse Catherine na manhã seguinte –, haverá algum mal se eu visitar a senhorita Tilney hoje? Não ficarei tranquila até explicar tudo.

– Vá, de qualquer modo, minha querida. Apenas vista um vestido branco. A senhorita Tilney sempre usa branco.

Catherine obedeceu alegremente e, estando apropriadamente trajada, apresentava-se mais impaciente do que nunca para ir à casa de bombas, ainda porque ela deveria se informar sobre o alojamento do general Tilney, pois, embora acreditasse que estivessem em Milson Street, não estava certa da casa, e as vacilantes convicções da senhora Allen apenas reforçavam a dúvida. Ela foi direcionada para Milson Street e, ao se assegurar do número, apressou-se para lá com passos ansiosos e um coração agitado, para prestar sua visita, explicar sua conduta e ser perdoada. Percorrendo rapidamente o jardim da igreja, ela decididamente desviou seu olhar para que não fosse obrigada a ver sua amada Isabella e sua querida família, os quais, ela tinha motivos para acreditar, estavam em uma loja ali perto. Ela chegou à casa sem nenhum impedimento, olhou para o número, bateu à porta e perguntou pela senhorita Tilney. O homem acreditava que a senhorita Tilney estava em casa, mas não estava muito certo. Gostaria de enviar seu nome? Ela deu-lhe um cartão. Em alguns minutos, o criado retornou e, com um olhar que não confirmava muito suas palavras, disse que ele se equivocou, pois a senhorita Tilney tinha saído. Catherine, com um corar de constrangimento, deixou a casa. Ela sentia-se quase convencida de que a senhorita Tilney estava em casa e muito ofendida para deixar que ela entrasse.

Enquanto se afastava pela rua, não pôde conter uma relanceada às janelas do quarto de vestir, na expectativa de vê-la lá, mas ninguém apareceu. Ao final da rua, porém, ela olhou para trás novamente, e então, não à janela, mas passando pela porta, ela viu a própria senhorita Tilney. Ela era seguida por um cavalheiro, a quem Catherine julgou ser seu pai, e viraram na direção de Edgar's Buildings. Catherine, em profundo constrangimento, seguiu seu caminho. Ela quase poderia estar brava com tal falta de educação, mas refreou a ressentida sensação. Lembrou-se de sua própria ignorância. Ela não sabia como uma ofensa como a dela poderia ser classificada pelas leis da polidez metropolitana, a qual grau de punição isso seria levado com propriedade, nem a quais rigores de rudeza, em retorno, poderiam submetê-la, com justiça.

Rejeitada e humilhada, ela tinha mesmo algumas ideias de não acompanhar os outros ao teatro naquela noite, mas deveria ser confessado que não eram ideias de vida longa, pois ela logo relembrou, em primeiro lugar, que não tinha nenhuma desculpa para ficar em casa e, depois, que era uma peça que ela queria muito ver. Desta forma, todos foram ao teatro. Nenhum Tilney apareceu para lhe atormentar ou agradar. Ela temeu que, dentre as muitas perfeições da família, uma paixão por peças não deveria ocupar um lugar alto nesta lista. Mas talvez fosse porque estavam habituados às melhores performances nos palcos londrinos, pelo que ela sabia, por autoridade de Isabella, visto que esta tornava tudo mais do tipo – bem horrível. Ela não foi enganada em sua própria expectativa de prazer. A comédia suspendeu suas preocupações tão bem que ninguém, ao observá-la durante os primeiros quatro atos, imaginaria que ela tivesse alguma tristeza dentro de si. Ao começo do quinto, porém, a súbita visão do senhor Henry Tilney e de seu pai, juntando-se a um grupo na cabine oposta, devolveu a Catherine a ansiedade e o incômodo. O palco já não mais suscitava a genuína alegria, não mais mantinha sua atenção total. Em média, um a cada dois olhares era dirigido à cabine oposta, e assim, pelo espaço de duas cenas inteiras, ela observava Henry Tilney, sem ser capaz, em nenhuma vez, de capturar seus olhos. Ele não poderia mais ser suspeito de indiferença por uma peça. Sua atenção foi intocada do palco durante duas cenas inteiras. Por fim, entretanto, ele olhou para ela, e a cumprimentou. Mas que cumprimento! Sem sorriso, nem uma observação contínua a seguiu. Seus olhos voltaram imediatamente para a direção anterior. Catherine ficou friamente miserável. Ela poderia ter corrido até a cabine onde ele se sentava e forçá-lo a ouvir sua explicação. Sentimentos bem mais naturais do que heroicos a possuíram. Em vez de considerar sua própria dignidade ferida por esta precipitada condenação, ao contrário de resolver, orgulhosamente, em consciente inocência, mostrar seu ressentimento para ele, o que poderia abrigar uma dúvida sobre isso, deixando-lhe todo o incômodo de buscar por uma explicação, e iluminá-lo sobre o passado apenas para evitar sua visão, ou flertar com alguém mais, ela despejou sobre si mesma toda a vergonha do erro ou, pelo menos, do aparente erro, e estava apenas ansiosa por uma oportunidade de explicar sua causa.

A peça terminou, as cortinas caíram e Henry Tilney não mais poderia ser visto no local em que tinha se sentado, mas seu pai permaneceu e, talvez, ele pudesse agora estar vindo para a cabine dela. Ela estava certa. Em alguns minutos ele apareceu e, abrindo caminho por entre as fileiras que então se esvaziavam, falou com calma polidez com a senhora Allen e sua amiga. Nem com tanta calma foi como a última respondeu a ele:

– Oh! Senhor Tilney, estive muito ansiosa para lhe falar e desculpar-me. Deve ter me achado muito rude, mas, de fato, não foi culpa minha, não é, senhora Allen? Eles não me disseram que o senhor Tilney e sua irmã tinham saído em uma carruagem juntos? E, então, o que eu poderia fazer? Mas eu preferia dez mil vezes mais ter estado com vocês, não é verdade, senhora Allen?

– Minha querida, você está amassando meu vestido – foi a resposta da senhora Allen.

Sua garantia, porém, sozinha como estava, não foi desperdiçada. Ela trouxe um sorriso mais cordial e mais natural ao semblante dele, o qual respondeu em um tom que retinha apenas uma pequena e artificial reserva:

– Ficamos muito contentes por nos ter desejado, de qualquer forma, uma caminhada agradável depois de passar por nós em Argyle Street. Você foi muito bondosa ao olhar para trás de propósito.

– Mas, de fato, eu não desejei uma caminhada agradável. Nunca pensei em tal coisa, mas implorei com sinceridade ao senhor Thorpe para que parasse. Eu lhe pedi assim que os vi. Agora, senhora Allen, não é? Oh! Você não estava lá, mas de fato, eu sim. E se o senhor Thorpe tivesse parado, eu teria pulado e corrido atrás de vocês.

Há um Henry no mundo que seria insensível a tal declaração?

Henry Tilney, pelo menos, não era. Com um sorriso ainda mais doce, ele disse tudo o que precisava ser dito sobre a preocupação, arrependimento e a dependência sobre a honra de Catherine.

– Oh! Não diga que a senhorita Tilney não ficou brava – exclamou Catherine –, porque eu sei que ficou; pois ela não me viu nesta manhã, quando a visitei, eu a vi sair de casa no minuto seguinte à minha partida, fiquei magoada, mas não afrontada. Talvez você não saiba que eu estive lá.

– Eu não estava lá no horário, mas soube disso por Eleanor, e ela estava desejosa de vê-la desde então, para explicar o motivo de tal incivilidade, mas talvez eu possa fazer isso, também. Não foi nada mais do que meu pai que estava acabando de se preparar para sair e, ele estando atrasado, e não se importando com sua atitude, decretou que você fosse recusada. Isso foi tudo, eu lhe asseguro. Ela estava muito aborrecida, e quer se desculpar assim que possível.

A mente de Catherine se tranquilizou muito com esta informação, ainda que algo de preocupação permanecesse, o que suscitou a seguinte pergunta, totalmente inocente em si mesma, embora bem incômoda ao cavalheiro:

– Mas, senhor Tilney, por que você está menos generoso que sua irmã? Se ela sentia tanta confiança em minhas boas intenções, e pôde supor que tudo fosse apenas um erro, por que você está tão disposto a tomar como ofensa?

– Eu! Tomar como ofensa!

– Ah, estou certa pelo seu olhar, quando chegou à cabine, de que você estava bravo.

– Eu, bravo? Eu não tinha direito.

– Bem, ninguém teria pensado que você não tinha direito se vissem seu rosto.

Ele replicou ao pedir a ela que lhe desse lugar, e conversaram sobre a peça.

Ele permaneceu com elas por algum tempo e foi somente agradável com Catherine, para que ela se contentasse, quando fosse embora. Antes de se despedirem, porém, concordaram que o passeio programado deveria ocorrer o mais rápido possível. E, deixando de lado a tristeza por ele deixar sua cabine, ela foi, no geral, deixada como uma das mais felizes criaturas no mundo.

Enquanto conversavam, ela observou, com alguma surpresa, que John Thorpe, que nunca ficava na mesma parte da casa por dez minutos, estava ocupado em conversar com o general Tilney, e ela sentiu algo mais do que surpresa quando pensou que pudesse ser objeto da atenção e do assunto deles. O que eles poderiam ter a dizer sobre ela? Ela temeu que o general Tilney não gostasse de sua aparência. Ela descobriu que isso estava implícito no fato de ele evitar que visse sua filha, em vez de adiar sua própria caminhada por poucos minutos. "Como o senhor Thorpe conhece seu pai?", foi sua ansiosa pergunta, enquanto ela os apontava ao seu companheiro. Ele nada sabia sobre isso; mas seu pai, como todo militar, tinha muitos relacionamentos.

Quando a diversão terminou, Thorpe foi ajudá-las a sair. Catherine foi o objeto imediato de seu galanteio e, enquanto aguardavam na recepção por um assento, ele evitou a pergunta que viajou do coração até a ponta da língua dela, ao questionar, de modo cauteloso, que ela o viu falar com o general Tilney:

– Ele é um ótimo senhor, pela minha alma! Robusto, ativo, parece ser tão jovem quanto seu filho. Tenho muita consideração por ele, eu lhe asseguro. Um cavalheiro e um bom tipo de gente como nunca existiu.

– Mas como você veio a conhecê-lo?

– Conhecê-lo? Há bem poucas pessoas na cidade que não conheço. Sempre o encontro em Bedford e o reconheci novamente assim que ele entrou na sala de bilhar. Um dos melhores jogadores que temos, a propósito. E tivemos pouco contato juntos, embora eu quase o temesse, no início. As chances eram de cinco a quatro contra mim, e se eu não tivesse feito uma das melhores tacadas talvez já feitas neste mundo, pois acertei exatamente sua bola, mas eu não poderia fazer você compreender sem uma mesa, eu teria sido derrotado. Um sujeito muito bom. Tão rico quanto um judeu. Gostaria de jantar com ele. Ouso dizer que ele dá ótimos jantares. Mas sobre o que você acha que estávamos falando? De você. Sim, pelos céus! E o general acha que você é a melhor garota em Bath.

– Oh! Besteira! Como você pode dizer isso?

– E o que você acha que eu disse? – abaixando sua voz. – Muito bem, general, eu disse; estou de acordo com você.

Aqui, Catherine, que estava muito menos satisfeita com sua admiração do que com a do general Tilney, não lamentou ser chamada pelo senhor Allen.

Thorpe, porém, iria somente vê-la em sua cadeira e, até que ela entrasse, continuou com o mesmo tipo de delicada bajulação, apesar de ela lhe pedir que parasse.

Era muito prazeroso saber que o general Tilney a admirava, ao invés de detestá-la, e ela alegremente pensou que não havia ninguém mais na família a quem ela devesse temer encontrar. A noite fez mais, muito mais, por ela do que esperava.

CAPÍTULO 13

Segunda, terça, quarta, quinta, sexta e sábado se passaram em revista perante o leitor. Os eventos de cada dia, suas esperanças e seus medos, constrangimentos e prazeres foram tratados separadamente, e apenas as pontadas do domingo restam a ser descritas para fechar a semana. O plano de Clifton, sendo adiado, mas não abandonado, foi colocado como prioridade no crescente da tarde daquele dia. Em uma consulta privada entre Isabella e James, sendo que a primeira desejava ir, e o último, não menos ansiosamente, agradar-lhe, concordaram que, dado que o clima estava bom, o encontro deveria ocorrer na manhã seguinte, e deveriam partir bem cedo, para chegar a casa em um bom horário. Tendo assim resolvido o caso, e garantida a aprovação de Thorpe, apenas Catherine restava a ser informada. Ela os deixou por alguns minutos para conversar com a senhorita Tilney. Nesse intervalo, o plano foi completado e, assim que ela voltou, exigiu-se sua concordância. Mas, ao invés da feliz aprovação esperada por Isabella, Catherine aparentou gravidade e lamentava muito por não poder ir. O compromisso que evitou que ela se juntasse na primeira tentativa tornaria impossível que ela os acompanhasse agora. Ela tinha, naquele momento, combinado com a senhorita Tilney em fazer a caminhada combinada amanhã. Já estava acertado e ela não iria recuar por nada. Mas o que ela deveria e tinha de recuar imediatamente era do ansioso protesto dos Thorpe.

Eles tinham de ir a Clifton amanhã e não iriam sem ela, mas não seria nada adiar uma simples caminhada por mais um dia, visto que eles não aceitariam uma recusa. Catherine estava incomodada, mas não subjugada. "Não insista, Isabella."

"Me comprometi com a senhorita Tilney." "Não posso ir." Isso não deu em nada. Os mesmos argumentos a assolaram novamente.

Ela deveria ir, ela tinha de ir, e não aceitariam uma recusa. Será tão fácil dizer à senhorita Tilney que você foi lembrada de um compromisso anterior, e deve apenas implorar para que a caminhada seja adiada até terça-feira.

– Não, não seria fácil. Não posso fazer isso. Não há nenhum compromisso anterior.

Mas Isabella se tornou apenas mais e mais insistente, falando com ela do modo mais afetuoso, dirigindo-lhe os nomes mais ternos. Ela estava certa de que sua mais querida e doce Catherine não recusaria um pedido tão pequeno de uma amiga que a amava tanto. Ela sabia que sua amada Catherine tinha um coração tão sensível, um temperamento tão doce, e seria tão facilmente convencida por aqueles que ela amava. Mas tudo em vão. Catherine se sentia em seu direito e, embora aflita de tanta ternura, tantas súplicas bajuladoras, não poderia permitir que fosse influenciada. Isabella então tentou outro método. Ela a reprovou por ter mais afeto pela senhorita Tilney, embora a conhecesse por tão pouco tempo, do que pelos seus melhores e mais antigos amigos, e por ter se tornado fria e indiferente, em resumo, para com ela. "Eu não posso deixar de ficar com ciúmes, Catherine, quando me vejo menosprezada por estranhos, eu, que te amo tanto! Quando uma vez que minhas afeições são colocadas, não está no poder de coisa alguma mudá-las. Mas acredito que meus sentimentos são mais fortes do que os de qualquer um. Estou certa de que são muito fortes para minha própria paz e, para me ver suplantada em sua amizade por estranhos, reduz-me a nada, reconheço. Esses Tilney parecem engolir tudo ao redor." Catherine julgou esta reprimenda igualmente estranha e injusta. É este o papel de uma amiga em assim expor seus sentimentos à atenção de outros?

Isabella lhe pareceu maldosa e egoísta, indiferente a tudo, menos à sua própria satisfação. Estas dolorosas ideias cruzaram sua mente, embora ela nada dissesse. Isabella, neste entretempo, levou seu lenço aos olhos, e Morland, triste com tal visão, não pôde deixar de dizer,

– Não, Catherine. Acho que você não pode resistir por mais tempo, agora. O sacrifício não é tão grande, e favorecer tal amiga, acho que você não estará sendo muito indelicada se continuar a recusar.

Esta foi a primeira vez que seu irmão se posicionou abertamente contra ela, e ansiosa para evitar o desagrado dele, ela propôs um acordo. Se eles pudessem adiar o plano para terça-feira, o que eles poderiam facilmente fazer, como dependia apenas deles, ela poderia ir com eles, e todos ficariam satisfeitos.

– Não, não, não! – foi a resposta imediata. – Isso não pode ser, porque Thorpe não sabe se poderá ir até a cidade na terça-feira.

Catherine lamentava, mas não podia fazer mais. E um curto silêncio se seguiu, sendo apenas quebrado por Isabella, que, com uma voz de frio ressentimento, disse:

– Muito bem, então temos o fim do grupo. Se Catherine não pode ir, eu não irei. Não serei a única mulher. Eu não faria, por nada no mundo, coisa tão imprópria.

– Catherine, você tem de ir – disse James.

– Mas por que não pode o senhor Thorpe levar uma de suas outras irmãs? Ouso dizer que qualquer uma delas gostaria de ir.

– Obrigado – exclamou Thorpe –, mas não vim até Bath para passear com minhas irmãs e parecer um tolo. Não, se você não for, droga, também não irei. Apenas vou pelo prazer de levá-la.

– Este é um elogio que não me dá prazer.

Mas suas palavras foram ignoradas por Thorpe, que se afastou abruptamente.

Os outros três ainda continuaram juntos, pressionando de maneira bem desconfortável a pobre Catherine. Às vezes, nenhuma palavra era dita. Às vezes, ela era novamente atacada com súplicas ou reprovações, e seu braço ainda estava unido ao de Isabella, embora seus corações guerreassem. Em um momento, ela estava aliviada, em outro, irritada. Sempre incomodada, mas sempre firme.

– Não achei que você fosse tão obstinada, Catherine – disse James –, você não era tão difícil de ser convencida. Você foi, uma vez, a mais bondosa e a de melhor temperamento dentre as minhas irmãs.

– Espero que não seja menos, agora – ela replicou muito sentida –; mas, de fato, não posso ir. Se estou errada, faço o que acredito ser o certo.

– Suspeito – disse Isabella em voz baixa –, que não haja grande empenho.

O coração de Catherine pesou. Ela retirou seu braço, e Isabella não se opôs. Assim, passaram longos dez minutos, até que Thorpe juntou-se a eles novamente e, aproximando-se com um olhar feliz, disse:

– Bem, acertei a questão e agora poderemos ir todos juntos amanhã com a consciência limpa. Estive com a senhorita Tilney e dei suas desculpas.

– Você não fez isso! – exclamou Catherine.

– Eu fiz, pela minha alma! Deixei-a neste momento. Eu lhe disse que você me enviou para falar que, tendo acabado de se lembrar de um compromisso anterior de ir a Clifton conosco amanhã, você não teria o prazer de caminhar com ela até terça-feira. Ela disse muito bem, terça-feira era muito conveniente para ela. Assim, eis o fim das nossas dificuldades. Uma boa ideia que eu tive, hein?

– A feição de Isabella era novamente toda sorrisos e bom humor, e James também parecia feliz.

– Um pensamento divino, de fato! Agora, minha doce Catherine, todos os nossos incômodos acabaram. Você está honradamente acertada, e teremos um passeio bem gostoso.

– Isso não está certo – disse Catherine –; não posso me submeter a isso. Tenho de ir atrás da senhorita Tilney imediatamente e corrigir tudo isso.

Isabella, porém, segurou uma mão, Thorpe a outra, e protestos foram despejados pelos três. Mesmo James estava muito bravo. Quando tudo fora ajustado, quando a própria senhorita Tilney dissera que estaria de acordo com o compromisso na terça-feira, era muito ridículo e muito absurdo fazer qualquer outra objeção.

– Não me importo. O senhor Thorpe não tinha porque inventar tal mensagem. Se eu achasse direito adiar, eu mesma teria conversado com a senhorita Tilney. Isto apenas faz as coisas mais rudes. E como sei que o senhor Thorpe foi rude! Ele pode ter se enganado novamente, talvez. Ele me levou a um ato rude com seu erro, na sexta-feira. Deixe-me ir, senhor Thorpe. Isabella, não me segure.

Thorpe lhe disse que seria em vão ir atrás dos Tilney, pois estavam virando a esquina para Brock Street quando ele os alcançou, e já deveriam estar em casa a essa hora.

– Então irei atrás deles – disse Catherine –; irei atrás deles onde estiverem. Não adianta falar. Se eu não posso ser convencida a fazer o que julgo errado, nunca serei enganada para fazê-lo.

E, com estas palavras, ela se soltou e correu. Thorpe teria se lançado atrás dela, mas Morland o conteve. "Deixe-a ir, deixe-a ir, se é o que ela quer." "Ela é tão obstinada quanto..."

Thorpe nunca terminou sua comparação, pois dificilmente teria sido uma comparação apropriada.

Catherine se afastou em grande agitação, tão rápida quanto a multidão permitia, temerosa em ser perseguida, mas determinada a resistir. Enquanto andava, ela refletia sobre o que se passou. Era-lhe doloroso desapontar e lhes desagradar, particularmente ao seu irmão, mas ela não podia se arrepender de sua resistência. Deixando sua própria inclinação de lado, ter falhado uma segunda vez em seu compromisso com a senhorita Tilney, ter recuado de uma promessa feita voluntariamente apenas cinco minutos antes, por um falso pretexto também, teria sido errado. Ela não estava se opondo a eles por apenas princípios egoístas, ela não foi sequer consultada para sua própria satisfação. Isso poderia ter sido assegurado, de alguma forma, pela própria excursão para ver Blaize Castle. Não, ela cumpriu com o que era devido aos outros, e ao seu próprio caráter, na opinião deles. Sua convicção do que era certo, porém, não era suficiente para lhe devolver a compostura. Até que tivesse conversado com a senhorita Tilney, ela não poderia estar tranquila. Apressando seu passo quando viu o Crescent, ela quase correu sobre a distância remanescente até que ganhasse o topo da Milson Street. Tão rápidos foram os seus movimentos que, apesar da distância já percorrida pelos Tilney, eles ainda estavam adentrando em seus alojamentos quando ela os identificou em seu campo de visão. Como a porta ainda estava aberta e o criado ali permanecia, ela usou apenas a cerimônia de dizer que precisava falar com a senhorita Tilney naquele momento e, apressada, passou por ele e subiu as escadas. Então, abrindo a primeira porta diante dela, que parecia ser a correta, ela imediatamente se viu na sala de estar com o general Tilney, seu filho e sua filha. Sua explicação, apesar de defeituosa, por ela estar ofegante e com os nervos irritados, foi dada imediatamente.

– Vim muito depressa. Tudo é um erro. Nunca prometi ir. Eu disse-lhes da primeira vez que não podia ir. Corri muito apressadamente para explicar. Não me importei com o que pensassem de mim. Eu não aguardaria pelo criado.

O caso, porém, embora não perfeitamente elucidado por este discurso, logo deixou de ser enigmático. Catherine descobriu que John Thorpe deu a mensagem, e a senhorita Tilney não teve escrúpulos em reconhecer para si mesma que ficou muito surpresa com o comunicado. Mas, se seu irmão ainda a tinha em ressentimento, Catherine, embora instintivamente se dirigisse tanto para um quanto para outro em busca de redenção, não tinha como saber. Seja o que fosse sentido antes de sua chegada, suas ansiosas declarações imediatamente tornavam cada olhar e frase tão amigável quanto ela podia desejar.

Sendo o caso assim felizmente resolvido, ela foi apresentada pela senhorita Tilney ao seu pai e, sendo recebida por ele com tamanha e solícita polidez, ela se lembrou da informação que Thorpe tinha lhe dado, o que a fez pensar com prazer que, às vezes, ele podia ser confiável. A tal ansiosa atenção foi a civilidade conduzida pelo general que, não ciente da extraordinária rapidez de Catherine ao entrar na casa, irritou-se com o criado, cuja negligência fez com que ela abrisse a porta da dependência sozinha. O que William quis com isso?

Ele deveria ter se assegurado de perguntar sobre o que se tratava. E se Catherine não tivesse, muito calorosamente, assegurado sua inocência, parecia muito provável que William perderia a preferência de seu patrão para sempre, ou até seu cargo, por causa da pressa dela. Depois de se sentar com eles por quinze minutos, ela se ergueu para se despedir e então ficou mais agradavelmente surpresa ao ser convidada pelo general Tilney para que desse a honra a sua filha de jantar e passar o restante do dia com ela. A senhorita Tilney acrescentou sua própria vontade. Catherine estava muito grata, mas isto estava muito além de seus poderes. O senhor e a senhora Allen a esperavam de volta a qualquer momento. O general declarou que não podia dizer nada mais. As ordens do senhor e da senhora Allen não deveriam ser desobedecidas, mas ele confiava que, algum outro dia, quando mais antecedência fosse dada, eles não recusariam privá-la de sua amiga. Oh, não. Catherine estava certa de que não fariam a menor objeção, e ela teria grande prazer em vir. O general em pessoa a levou até a porta da rua, dizendo tudo o que era galante, enquanto desciam as escadas, admirando a elasticidade de seu passo, o qual correspondia exatamente ao espírito de sua dança, e fazendo para ela uma das mais graciosas reverências que ela já tinha visto, quando se despediram.

Catherine, encantada com tudo o que tinha acontecido, dirigiu-se alegremente a Pulteney Street, caminhando, como ela concluiu, com grande elasticidade, embora nunca tivesse pensado nisso antes. Ela chegou em casa sem mais pensar coisa alguma do grupo ofendido.

Agora que ela tinha sido completamente triunfante, tinha mantido sua posição e estava segura de seu caminhar, começou (enquanto subsistia o revolutear de seus espíritos) a duvidar se havia sido perfeitamente correta. Um sacrifício sempre é nobre. Se ela tivesse cedido aos seus pedidos, teria sido poupada da angustiante ideia de uma amiga frustrada, um irmão bravo e um esquema de grande felicidade destruído para ambos, talvez por obra dela. Para tranquilizar sua cabeça e se assegurar pela opinião de uma pessoa sem orgulho sobre como sua conduta tinha realmente sido, ela aproveitou a ocasião para mencionar diante do senhor Allen o esquema meio acertado de seu irmão e dos Thorpe, para o dia seguinte. O senhor Allen se interessou imediatamente.

– Bem – disse ele –, e você pensa em ir também?

– Não, já havia me comprometido em caminhar com a senhorita Tilney, antes de me contarem do plano. E, portanto, você sabe que eu não poderia ir com eles, não é?

– Não, certamente que não. E estou feliz por você não pensar em ir. Estes planos não são tudo. Jovens rapazes e mulheres dirigindo pelo campo em carruagens abertas! De vez em quando, está muito bem, mas ir a estalagens e lugares públicos juntos! Não é certo. Eu me pergunto se a senhora Thorpe deveria permitir isso. Estou feliz por você não considerar em ir. Estou certo de que a senhora Morland não ficaria satisfeita. Senhora Allen, você não concorda comigo? Não acha que este tipo de planos não são recomendáveis?

– Sim, muito, de fato. Carruagens abertas são coisas indecentes. Um vestido limpo não fica decente por cinco minutos nelas. Você se suja ao subir e ao descer, e o vento desarruma seu cabelo e seu chapéu para qualquer direção. Odeio carruagens abertas.

– Sei que sim, mas não é esta a questão. Você não acha que é uma aparência estranha, jovens damas serem frequentemente conduzidas nelas por jovens rapazes, a quem elas não têm nenhum parentesco?

– Sim, meu querido, uma bem estranha aparência, de fato. Não suporto ver isso.

– Querida madame – exclamou Catherine –, então por que você não me disse isso antes? Estou certa de que se eu soubesse que era inapropriado, eu nunca teria saído com o senhor Thorpe. Mas sempre esperei que você me dissesse, se pensasse que eu estivesse cometendo um erro.

– E assim o faria, minha querida, você pode confiar nisso. Pois como eu disse para a senhora Morland ao partir, faria sempre o melhor por você, em meu poder. Mas não se pode deter nos detalhes. Os jovens sempre serão jovens, como sua própria boa mãe diz. Você sabe que eu não queria, quando chegamos, que você comprasse aquela seda enfeitada de raminhos, mas você a comprou. Os jovens não gostam de ser contrariados.

– Mas isso foi algo de real consequência, e eu não acho que você teria me achado difícil de persuadir.

– Até agora, não houve mal nenhum – disse o Sr. Allen –, e eu apenas aconselharia você, minha querida, a não sair com o Sr. Thorpe mais.

– Isso é exatamente o que eu ia dizer – acrescentou sua esposa.

Catherine, aliviada por si mesma, sentiu-se intranquila por Isabella e, depois de refletir por um momento, perguntou ao senhor Allen se não seria tão apropriado quanto bondoso da parte dela escrever para a senhorita Thorpe e explicar o indecoro do qual ela era tão insensível quanto si mesma, pois considerava que Isabella poderia, por outro lado, talvez, ir até Clifton no dia seguinte, a despeito do que havia se passado. O senhor Allen, porém, desencorajou-a a fazer tal coisa. É melhor que você a deixe em paz, minha querida. Ela é crescida o suficiente para saber o que deve fazer e, se não for, ela tem uma mãe para aconselhá-la. A senhora Thorpe é muito indulgente, sem dúvida. Mas é melhor que você não interfira. Ela e seu irmão podem escolher ir, e você apenas estará obtendo má vontade.

Catherine obedeceu e, embora lamentasse pensar que Isabella pudesse estar errando, sentiu-se grandemente aliviada pela aprovação do senhor Allen a sua conduta, e verdadeiramente se alegrou por ser preservada, pelo seu conselho, do perigo de cometer, ela mesma, tamanho erro. Sua fuga de ser uma integrante do grupo que ia a Clifton era, agora, de fato uma fuga, pois o que os Tilney pensariam dela se ela quebrasse sua promessa feita a eles para fazer o que era errado, ou se ela fosse culpada de uma falha de propriedade, apenas para fazê-la culpada de outro?

CAPÍTULO 14

A manhã seguinte estava bela, e Catherine quase esperou por outro ataque do grupo reunido. Com o senhor Allen a protegê-la, ela não temia o evento, mas ficaria feliz em ser poupada de uma competição, na qual a própria vitória seria dolorosa, e festejou vigorosamente por não ver nem ouvir nada deles. Os Tilney vieram buscá-la na hora combinada. Com nenhuma nova dificuldade surgindo, nenhuma lembrança súbita, nem convocações inesperadas, nenhuma intrusão impertinente para desconcertar seu arranjo, minha heroína era muito artificialmente capaz de cumprir com seu compromisso, embora tenha sido marcado com o próprio herói. Decidiram caminhar ao redor de Beechen Cliff, aquela nobre serra, cuja verdejante beleza e suspensa floresta a tornavam um objeto tão surpreendente quanto qualquer vista em Bath.

– Nunca olhei para este lugar – disse Catherine, enquanto caminhavam pela margem do rio –, sem pensar no sul da França.

– Você já viajou para o exterior, então? – disse Henry um pouco surpreso.

– Oh, não! Apenas me referi ao que estive lendo. Sempre me faz imaginar o país em que Emily e seu pai viajam, em Os Mistérios de Udolpho. Mas você nunca lê romances, ouso perguntar?

– Por que não?

– Porque não são inteligentes o suficiente para você. Cavalheiros leem livros superiores.

– A pessoa, seja um cavalheiro ou uma dama, que não tem prazer com um bom romance deve ser intoleravelmente estúpida. Li todas as obras da senhora Radcliffe, e a maioria delas, com grande prazer. Os Mistérios de Udolpho, quando comecei a ler, não podia parar.

Lembro de ter terminado em dois dias. Meu cabelo ficou em pé o tempo inteiro.

– Sim – acrescentou a senhorita Tilney –, e eu me lembro que você começou a ler o livro em voz alta para mim e que, quando fui chamada por apenas cinco minutos para responder a uma mensagem, em vez de me esperar, você levou o volume para Hermitage Walk, e fui obrigada a ficar sem lê-lo até que você o terminasse.

– Obrigado, Eleanor. Uma testemunha muito honrada. Você vê, senhorita Morland, a injustiça de suas suspeitas. Aqui estava eu, em minha ansiedade para continuar, recusando-me a esperar apenas cinco minutos pela minha irmã, quebrando a promessa que fiz de ler o livro em voz alta e mantendo–a em suspense, em uma das mais interessantes partes, ao correr com o volume que, você deve observar, era o dela própria, em particular. Fico orgulhoso quando me lembro disso e acho que isso me coloca em sua boa opinião.

– De fato, fico feliz por saber disso, e agora eu nunca me envergonharei de gostar de Udolpho. Mas eu realmente pensava que os jovens rapazes desprezavam em muito os romances.

– Isso é surpreendente. Pode tão bem sugerir surpresa se o fizessem, pois eles leem quase tanto quanto as mulheres. Eu mesmo li centenas e centenas. Não imagine que você possa me confrontar no conhecimento de Julias e Luisas.

Se descermos aos detalhes e começarmos com as perguntas incessantes, como, "Você leu este?" e "Você leu aquele?", logo a deixarei bem atrás de mim, assim como "o que devo dizer...?" Quero uma comparação apropriada assim como sua própria amiga Emily deixou o pobre Valancourt, quando viajou com sua tia pela Itália. Considere quantos anos eu comecei antes de você. Eu havia entrado em meus estudos em Oxford, enquanto você era uma pequena e boa garota trabalhando com suas amostras em casa!

– Não muito boa, temo. Mas agora, realmente, você não acha que Udolpho é o melhor livro no mundo?

– O melhor, com o que eu suponho que você queira dizer, o mais bem feito. Isso depende da encadernação.

– Henry – disse a senhorita Tilney –, você está sendo muito impertinente. Senhorita Morland, ele está a tratando exatamente como faz com sua irmã. Ele sempre encontra um erro em mim por alguma incorreção de linguagem, e agora está tomando a mesma liberdade com você. A palavra "melhor" como você a usou, não lhe agradou. É melhor que você a troque assim que puder, ou seremos dominadas por Johnson e Blair pelo restante do caminho.

– Estou certa – exclamou Catherine –, de que não quis dizer nada de errado, mas é um livro maravilhoso. Por que não podemos chamá-lo assim?

– Muito justo – disse Henry –, e este é um dia maravilhoso, e estamos fazendo uma maravilhosa caminhada, e vocês duas são jovens damas maravilhosas. Oh! De fato, é uma palavra maravilhosa! Serve para tudo. Originalmente, talvez, fosse aplicada apenas para expressar ordem, propriedade, delicadeza ou refinamento. As pessoas eram apropriadas em suas roupas, em seus sentimentos ou em suas escolhas. Mas, agora, qualquer recomendação, em qualquer tema, é comprimida nessa palavra.

– Embora, de fato – bradou sua irmã –, deva somente ser aplicada para você, sem recomendação alguma. Você é mais maravilhoso do que esperto. Vamos, senhorita Morland, deixemos que ele medite sobre nossas falas na extrema propriedade da dicção, enquanto elogiamos Udolpho nos termos que melhor julgarmos. É uma obra muito interessante. Você gosta deste tipo de leitura?

– Para falar a verdade, não gosto muito das outras.

– De fato!

– Isto é, posso ler poesia e peças, e coisas deste tipo, e não gosto menos dos relatos de viagem. Mas pela História, a real e solene História, não consigo me interessar. Você pode?

– Sim, gosto muito de História.

– Queria gostar também. Leio um pouco por dever, mas não me diz nada que não me irrite ou me desgaste. As discussões de papas e reis, com guerras e pestes em cada página, e os homens todos, tão bons por nada e, dificilmente, uma mulher; tudo isso é bem cansativo. E, ainda, penso muito que é estranho que isso seja tão monótono, pois muito disso deve ser invenção. Os discursos que são colocados nas bocas dos heróis, seus pensamentos e seus desígnios, a maior parte disso deve ser invenção, e a invenção é o que mais me delicia nos outros livros.

– Os historiadores, você acha – disse a senhorita Tilney –, não se contentam com os voos de suas fantasias. Eles exibem imaginação sem suscitar interesse. Sou apaixonada por História e fico muito contente em tomar o falso pelo verdadeiro. Nos principais fatos, eles têm fontes de informação em antigas histórias e dados que podem ser muito confiáveis, concluo, como tudo que não passa realmente pela própria observação de alguém. Quanto aos pequenos embelezamentos aos quais você se refere, são embelezamentos e eu gosto deles igualmente. Se um discurso é bem feito, eu o leio com prazer, seja quem for que o tenha feito e, provavelmente, com mais prazer ainda se for a produção do senhor Hume ou do senhor Robertson, do que as genuínas obras de "Caractacus, Agrícola" ou "Alfredo, o Grande".

– Você é apaixonada por História! Assim como o senhor Allen e meu pai. Eu tenho dois irmãos que não a detestam. Tantos exemplos em meu pequeno círculo de amigos são notáveis! Desta forma, não devo mais ter pena dos escritores de História. Se as pessoas gostam de ler seus livros, está tudo muito bem, mas, ter tanto trabalho para encher grandes volumes, os quais eu costumava pensar que ninguém sequer olharia de boa vontade, ou se esforçar tanto apenas para o tormento de garotos e garotas, sempre me impressionou como um destino duro. Embora eu saiba que tudo isso é muito certo e necessário, tenho frequentemente me perguntado sobre a coragem da pessoa em se sentar com o propósito de fazer isso.

– Que garotos e garotas se atormentem – disse Henry –, é que ninguém completamente conhecedor da natureza humana, em um estado civilizado, mas em favor dos nossos mais distintos historiadores, devo observar que eles também podem se ofender por alguém supor que não têm maior objetivo, e que, pelo seu método e estilo, são perfeitamente qualificados para atormentar os leitores da mais avançada razão e de tempo maduro de vida. Uso o verbo "atormentar" como observei ser seu próprio método, ao invés de "instruir" supondo que ambos agora sejam admitidos como sinônimos.

– Você acha que sou tola por chamar instrução de tormento, mas se você tivesse se acostumado, assim como eu, a ouvir, primeiro, as pobres criancinhas aprendendo as letras e, depois, soletrando; se você tivesse visto como podem ser estúpidas por toda uma manhã juntas e como minha pobre mãe fica cansada ao final dela, como tenho o hábito de ver quase todos os dias de minha vida, em casa, você concordaria que "atormentar" e "instruir" podem, às vezes, ser usadas como palavras sinônimas.

– Muito provavelmente. Mas os historiadores não são responsáveis pela dificuldade em aprender a ler. Mesmo você, que nem um pouco parece particularmente amiga da aplicação muito severa e muito intensa, pode talvez ser levada a reconhecer que vale muito a pena ser atormentado por dois ou três anos de sua vida, pelo bem de ser capaz de ler todo o restante da História. Considere que, se a leitura não fosse ensinada, a senhora Radcliffe teria escrito em vão, ou, talvez, sequer poderia ter escrito.

Catherine consentiu e um elogio muito caloroso de sua parte, sobre os méritos daquela dama, encerrou o assunto. Logo os Tilney se engajaram em outro, sobre o qual ela nada tinha a dizer. Estavam vendo o campo com os olhos de pessoas acostumadas a desenhar e decidiram sobre a capacidade de retratá-lo em quadros, com toda a sinceridade do bom gosto. Aqui, Catherine ficou muito perdida. Nada sabia de pintura, nada de gosto. A atenção com que ela os ouvia lhe trouxe pouco proveito, pois falavam em frases que mal lhe davam uma mensagem. O pouco que pôde compreender, porém, pareceu contradizer as próprias ideias que tinha acalentado no assunto anterior. Era como se uma boa vista não fosse mais para ser observada do alto de uma alta montanha, e um céu azul e claro não mais fosse a prova de um belo dia. Ela estava vigorosamente envergonhada de sua ignorância. Uma vergonha equivocada. Quando as pessoas querem conquistar, devem ser sempre ignorantes. Chegar com uma mente bem informada é chegar com uma inabilidade de administrar a vaidade dos outros, o que uma pessoa sensível sempre quer evitar. Uma mulher, especialmente se ela tem o infortúnio de saber tudo, deve ocultar seus conhecimentos o melhor que puder. As vantagens da tolice natural em uma bela garota já foram adiantadas pela excelente pena de uma autora irmã e, para a sua abordagem do assunto, apenas acrescento, em justiça aos homens: embora, para a maior e mais insignificante parte do sexo deles, a imbecilidade das mulheres seja um grande aprimoramento do charme pessoal delas, há uma grande porção deles, racional o bastante e bem informada o bastante, para desejar alguma coisa mais em uma mulher do que a ignorância. Porém, Catherine não conhecia suas próprias vantagens. Ela desconhecia que uma garota de boa aparência, com um coração afetuoso e uma mente bem ignorante, não pode falhar em atrair um jovem e inteligente rapaz, a menos que as circunstâncias sejam particularmente desfavoráveis. No caso presente, ela confessou e lamentou sua falta de conhecimento e declarou que daria qualquer coisa no mundo para ser capaz de desenhar. Uma aula de pintura imediatamente se seguiu, na qual as instruções dele eram tão claras, que ela logo começou a ver beleza em tudo que ele admirava, e a atenção dela foi tão sincera, que ele ficou plenamente satisfeito por ela ter muito gosto natural. Ele falou de primeiros planos, distâncias e segundas distâncias, telas laterais e perspectivas, luzes e sombras. Catherine estava sendo uma aluna tão promissora que, quando chegaram ao topo de Beechen Cliff, ela voluntariamente rejeitou toda a cidade de Bath, como não merecedora de fazer parte de uma paisagem. Deliciado com o progresso dela e temeroso de cansá-la com tantas lições de uma só vez, Henry deixou que o assunto caísse e, por uma tranquila transição de um pedaço de fragmento rochoso e o carvalho esquálido – os quais ele encontrou próximo ao topo – para carvalhos em geral, para florestas, para a delimitação destas, para terras desertas, terras da coroa e terras do governo, ele logo se encontrou situado na política. E da política foi um passo simples para o silêncio. A pausa geral, que sucedeu sua curta dissertação sobre o estado da nação, foi encerrada por Catherine, a qual, em um tom bem solene de voz, emitiu estas palavras:

– Ouvi que algo deveras chocante logo acontecerá em Londres.

A senhorita Tilney, a quem isto foi principalmente dirigido, assustou-se e replicou apressadamente:

– De fato?! E de que natureza?

– Isso eu não sei, nem quem é o autor. Apenas ouvi que deverá ser mais horrível do que qualquer coisa que já vivemos.

– Pelos céus! Onde você ouviu tal coisa?

– Um amigo meu particular soube disso por uma carta de Londres, ontem. Deve ser algo extraordinariamente terrível. Espero assassinatos e tudo do tipo.

– Você fala com surpreendente compostura! Mas espero que os relatos de seu amigo sejam exagerados. Se tal coisa já for conhecida previamente, medidas apropriadas serão, sem dúvida, tomadas pelo governo, para evitar que isso ocorra.

– O governo – disse Henry, tentando não sorrir –, nem deseja ou ousa interferir em tais questões. Deve haver assassinato e o governo não se importa com quantos. – As damas o encararam. Ele riu, e acrescentou –, Vamos, faço vocês se entenderem, ou deixo que quebrem a cabeça para a explicação que puderem? Não. Serei nobre. Provarei que sou um homem, não menos pela generosidade de minha alma, do que pela clareza de minha cabeça. Não tenho paciência para com aqueles do meu sexo, a quem não me dou o trabalho, às vezes, deixando a cargo deles próprios a compreensão do sexo de vocês. Talvez as habilidades das mulheres não sejam nem profundas, nem agudas, nem vigorosas, nem afiadas. Talvez elas precisem de observação, discernimento, julgamento, fogo, gênio e sutileza.

– Senhorita Morland, não se importe com o que ele diz; mas tenha a bondade de me satisfazer quanto a este terrível tumulto.

– Tumulto? Qual tumulto? Minha querida Eleanor, o tumulto está apenas no seu próprio cérebro. A confusão nele é escandalosa. A senhorita Morland estava falando de nada mais tenebroso do que uma nova publicação que está prestes a ser lançada, em três volumes de doze capítulos, duzentas e setenta e seis páginas em cada, com um frontispício ao primeiro de duas lápides e uma lanterna, você entende? E você, senhorita Morland, minha estúpida irmã confundiu todas as suas mais claras expressões. Você falou esperar por horrores em Londres e, em vez de conceber instantaneamente, como qualquer criatura racional teria feito, que tais palavras poderiam se relacionar apenas a uma biblioteca circulante, ela imaginou imediatamente, em si mesma, uma turba de três mil homens reunindo-se em St. George's Fields, o banco atacado, a Torre ameaçada, o sangue correndo pelas ruas de Londres, um destacamento do Twelfth Light Dragoons, as esperanças da nação, sendo enviado de Northampton para dizimar os insurgentes, e o galante capitão Frederick Tilney, no momento de ordenar o ataque, à cabeça de sua tropa, tem seu cavalo nocauteado por um pedaço de tijolo caído de uma janela acima. Perdoe sua estupidez. Os medos da irmã se juntaram à fraqueza da mulher, mas ela não é, de maneira alguma, uma simplória em geral.

Catherine ficou séria e pensativa.

– E agora, Henry – disse a senhorita Tilney –, que você fez com que nos entendêssemos, você bem que poderia fazer a senhorita Morland compreendê-lo, a menos que queira que ela pense que você é intoleravelmente rude com sua irmã, e um grande bruto com sua opinião sobre as mulheres em geral. A senhorita Morland não está acostumada com seu jeito estranho.

– Ficarei muito feliz em torná-la mais familiar a eles.

– Sem dúvida, mas isso não explica o presente.

– O que devo fazer?

– Você sabe o que deve fazer. Limpe sua reputação muito bem, perante ela. Diga-lhe que você tem uma ótima opinião sobre a compreensão das mulheres.

– Senhorita Morland, penso muito bem sobre o entendimento das mulheres, especialmente destas, sejam quais forem, por quem estou sendo acompanhando.

– Isso não é o bastante. Seja mais sério.

– Senhorita Morland, ninguém pode ter melhor julgamento sobre o entendimento das mulheres do que eu. Em minha opinião, a natureza lhes deu tanto, que vocês nunca acham necessário usar mais que a metade.

– Não conseguiremos nada mais sério dele agora, senhorita Morland. Ele não está com um humor sóbrio. Mas eu lhe asseguro que ele só pode estar totalmente equivocado, se pode, alguma vez, parecer dizer uma coisa injusta sobre qualquer mulher, ou maldosa sobre mim.

Não foi nenhum esforço para Catherine acreditar que Henry Tilney nunca poderia estar errado. Suas maneiras podiam surpreender, às vezes, mas seu significado deveria ser sempre justo e, o que ela não entendia como ele fazia, ainda assim ela estava sempre quase pronta a admirá-lo. Toda a caminhada foi prazerosa e, embora tivesse terminado cedo, seu desfecho também foi. Seus amigos a levaram até em casa e a senhorita Tilney, antes de se despedir, dirigiu-se de forma mais respeitosa, tanto para a senhora Allen quanto para Catherine, pedindo pelo prazer da companhia da amiga para jantar no dia depois do seguinte. Nenhuma dificuldade foi colocada da parte da senhora Allen e a única dificuldade, para Catherine, foi esconder o excesso de sua felicidade.

A manhã se passara tão encantadoramente a ponto de banir toda a sua amizade e natural afeição, pois nenhum pensamento sobre Isabella ou James lhe ocorreu durante a caminhada. Quando os Tilney se foram, ela se tornou amigável novamente, mas, por algum tempo, quase sem efeito. A senhora Allen não tinha informações a dar para aliviar sua ansiedade. Ela não sabia nada sobre eles. Para o fim da manhã, porém, Catherine, tendo oportunidade para uma compra que deveria ser feita sem nenhum atraso, caminhou até a cidade e, na Bond Street, alcançou a segunda senhorita Thorpe, enquanto ela vagueava na direção de Edgar's Buildings, entre duas das mais doces garotas no mundo, as quais foram suas queridas amigas por toda a manhã.

Catherine logo soube por ela que o grupo tinha viajado até Clifton.

– Partiram às oito desta manhã – disse a senhorita Anne –, e estou certa de que não os invejo nesta viagem. Acho que você e eu estamos muito bem por estarmos fora desta complicação. Deve ser a coisa mais chata do mundo, pois não há viva alma em Clifton, nesta altura do ano. Belle foi com seu irmão e John levou Maria.

Catherine revelou o prazer que realmente sentia ao ouvir esta parte do arranjo.

– Ah, sim – respondeu a outra –, Maria foi. Ela queria muito ir. Ela pensou que seria algo muito bom. Não posso dizer que admiro o gosto dela. De minha parte, decidi logo que não iria se eles insistissem muito.

Catherine, um pouco em dúvida quanto a isso, não pôde deixar de responder:

– Queria que você tivesse ido também. É uma pena que vocês todas não puderam ir.

– Obrigada; mas estou muito indiferente quanto a isso. De fato, eu não teria ido sob hipótese alguma. Era o que eu dizia para Emily e Sophia, quando você nos alcançou.

Catherine ainda não estava convencida, mas, feliz que Anne tivesse a amizade de uma Emily e de uma Sophia para consolá-la. Ela se despediu sem muito incômodo e voltou para casa, contente porque a viagem não tinha sido impedida pela sua recusa, e desejando, com muita sinceridade, que fosse muito agradável, para que tanto James quanto Isabella não mais se ressentissem de sua resistência.

CAPÍTULO 15

Cedo, no dia seguinte, uma mensagem de Isabella, falando de paz e de ternura em cada linha e rogando a imediata presença de sua amiga, sobre uma questão de extrema importância, apressou Catherine, no mais feliz estado de confiança e curiosidade, para Edgar's Buildings. As duas senhoritas Thorpe mais novas estavam sozinhas na sala e, logo que Anne saiu para chamar Isabella. Catherine aproveitou a oportunidade para perguntar à outra irmã por alguns detalhes da viagem do dia anterior. Maria não desejava maior prazer do que falar sobre ela, e Catherine logo soube que foi, no todo, o mais prazeroso plano do mundo, que ninguém poderia imaginar como tinha sido encantador e delicioso. Tais foram as informações dos primeiros cinco minutos. Os seguintes revelaram muito mais detalhes, pois eles foram diretamente ao Hotel York, tomaram um pouco de sopa, encomendaram um jantar antecipado, caminharam até a casa de bombas, provaram a água, e gastaram alguns xelins em bolsas e varas. Daí seguiram para tomar sorvete em uma confeitaria e, apressando-se de volta ao hotel, engoliram apressadamente o jantar para evitar que ficassem no escuro. Então tiveram uma viagem deliciosa de volta, só que a lua não apareceu e choveu um pouco e o cavalo do senhor Morland estava tão cansado, que mal podia continuar. Catherine ouvia com sincera satisfação. Parecia que Blaize Castle nunca tinha sido visitado e, quanto a todo o resto, não havia nada para se arrepender por meio instante. As informações de Maria terminaram com uma terna efusão de pena pela sua irmã Anne, a quem ela demonstrou um peso insuportável por ter sido excluída do grupo.

– Ela nunca me perdoará, estou certa. Mas, você sabe, como eu poderia evitar isso? John me obrigou a ir, pois ele prometeu que não a levaria porque ela tem tornozelos finos. Ouso dizer que ela não estará de bom humor novamente neste mês. Mas estou determinada a não carregar uma cruz. Não é uma pequena coisa que me tira do sério.

Isabella então entrou na sala com passos tão ansiosos e um olhar de tal feliz importância, que atraiu toda a atenção de sua amiga. Maria foi dispensada sem cerimônia, e Isabella, abraçando Catherine, assim começou:

– Sim, minha querida Catherine, assim é, de fato. Sua perspicácia não a enganou. Oh! Estes seus olhos que não perdem nada! Eles veem através de tudo.

Catherine respondeu apenas com um olhar de intrigada ignorância.

– Não, minha amada, mais doce amiga – continuou a outra –, componha-se. Estou surpreendentemente agitada, como pode perceber. Vamos nos sentar e conversar confortavelmente. Bem, então você adivinhou no momento em que leu minha mensagem? Criatura astuta! Oh! Minha querida Catherine, só você, que conhece meu coração, pode julgar minha felicidade agora. Seu irmão é o mais encantador dos homens. Apenas desejo que eu o merecesse mais. Mas o que seus excelentes pais dirão? Oh! Céus! Quando penso neles fico tão agitada!

O entendimento de Catherine começou a despertar. Uma ideia da verdade logo foi lançada pela sua mente e, com o corar natural de uma emoção tão nova, ela exclamou:

– Pelos céus! Minha querida Isabella, o que você quer dizer? Você... você está realmente apaixonada por James?

Por esta ousada premissa, porém, ela logo soube que tinha compreendido apenas metade do acontecimento. A ansiosa afeição, da qual ela foi acusada de ter continuamente observado em cada olhar e ação de Isabella, teve, no decorrer da viagem do dia anterior, recebida a deliciosa confissão de um amor igual. Seu coração e sua lealdade já estavam igualmente comprometidos para James. Nunca Catherine escutou algo com tanto interesse, maravilha e alegria. Seu irmão e sua amiga, comprometidos! Nova para tais circunstâncias, sua importância parecia maior que as palavras, e ela o considerava como um daqueles grandes eventos, dos quais o curso normal da vida mal pode proporcionar um retorno. Ela não poderia expressar a força de seus sentimentos. Sua natureza, porém, satisfazia sua amiga. A felicidade de ter tal irmã foi a sua primeira efusão, e as belas damas se uniram em abraços e lágrimas de alegria.

Deliciando-se, porém, como sinceramente estava Catherine com a perspectiva de tal união, deve-se reconhecer que Isabella a ultrapassou em muito em ternas expectativas.

– Você será infinitamente mais cara para mim, minha Catherine, do que tanto Anne ou Maria: sinto que me ligarei muito mais à minha querida família Morland do que à minha própria.

Esta era uma promoção de amizade que ia além de Catherine.

– Você é tão parecida com seu querido irmão – continuou Isabella –, que eu bem me apaixonei por você no primeiro momento em que a vi. Mas isso é sempre assim, comigo. O primeiro momento determina tudo. O primeiro dia em que Morland nos visitou, no Natal, o primeiro momento em que o vi, meu coração tinha ido, irrecuperavelmente. Lembro que usei meu vestido amarelo, com meu cabelo trançado. Quando cheguei à sala de estar, John me apresentou a ele, e pensei nunca ter visto alguém tão bonito antes.

Aqui, Catherine reconheceu secretamente o poder do amor, pois, embora excessivamente apaixonada por seu irmão, e parcial a todos os seus dotes, ela nunca em sua vida o achara bonito.

– Também me lembro que a senhorita Andrews tomou chá conosco naquela noite, e usava seu vestido de seda fina castanho-escuro. Ela parecia tão divina que pensei que seu irmão certamente se apaixonaria por ela. Não pude dormir nem uma piscada direito por pensar nisso. Oh! Catherine, as muitas noites insones que tive por causa de seu irmão! Não queria que você sofresse metade do que sofri! Fiquei desgraçadamente magra, disso eu sei. Mas não a incomodarei ao descrever minha ansiedade. Você já viu o bastante. Sinto que me traio continuamente, tão desprotegida ao falar de minha inclinação pela igreja! Mas sempre estive certa de que meu segredo estaria seguro com você.

Catherine sentiu que nada poderia estar mais seguro. Mas, envergonhada de uma pouco esperada ignorância, ela não ousou mais contestar seu argumento, nem recusar ter sido de profunda perspicácia, e a afetuosa e fraterna simpatia escolhida por Isabella.

Seu irmão, ela descobriu, estava se preparando para partir a toda velocidade até Fullerton para comunicar sua situação e pedir consentimento e, aqui, havia alguma real agitação na mente de Isabella. Catherine tentou convencê-la, como ela sempre se convencia, de que seu pai e sua mãe nunca se oporiam aos desejos de seu irmão.

– É impossível – ela disse –, que pais sejam mais bondosos ou mais desejosos de felicidade para seus filhos; não tenho dúvidas de que consentirão imediatamente.

– Morland diz exatamente a mesma coisa – replicou Isabella –; e, ainda, não ouso esperar por isso. Minha fortuna será tão pequena. Eles nunca consentirão com isso. Seu irmão, ele poderá se casar com quem quiser!

Aqui, Catherine novamente discerniu a força do amor.

– De fato, Isabella, você é muito humilde. A diferença de fortuna não pode influenciar nada.

– Oh! Minha doce Catherine, em seu generoso coração, sei que isso não influenciaria em nada, mas não devemos esperar por tal desinteresse em muitos. Quanto a mim mesma, estou certa de que queria apenas que nossas situações fossem inversas. Tivesse eu o poder de milhões, fosse eu a dona de todo o mundo, e seu irmão seria minha única escolha.

Este sentimento encantador, recomendado tanto pelo sentido quanto pela novidade, deu a Catherine uma lembrança bem agradável de todas as heroínas que ela conhecia e achou que sua amiga nunca se aparentou mais amável do que ao exprimir a grande ideia.

– Estou certa de que consentirão – era sua declaração frequente. – Estou certa de que ficarão felizes com você.

– De minha própria parte – disse Isabella –, meus desejos são tão moderados que a menor renda na natureza seria suficiente para mim. Quando as pessoas são realmente ligadas, a pobreza em si mesma é riqueza. Detesto a grandeza. Não poderia me instalar em Londres por nada no universo. Uma cabana em alguma vila afastada seria o êxtase. Há algumas vilas encantadoras perto de Richmond.

– Richmond! – exclamou Catherine. – Você deve se instalar perto de Fullerton. Você deve ficar perto de nós.

– Estou certa de que ficaria muito triste se não ficarmos. Se eu puder ficar perto de você, deverei ficar satisfeita. Mas isso é conversa fiada! Não me permitirei pensar em tais coisas até que tenhamos a resposta de seu pai. Morland diz que, ao enviá-la à noite, para Salisbury, poderemos tê-la amanhã. Amanhã? Sei que nunca terei coragem de abrir a carta. Sei que será a minha morte.

Um devaneio seguiu-se a esta convicção e, quando Isabella falou novamente, foi para decidir a qualidade de seu vestido de núpcias.

A conversa foi encerrada pelo próprio ansioso jovem amante que veio dar seu suspiro de adeus antes de partir para Wiltshire. Catherine quis felicitá-lo, mas não soube o que dizer e sua eloquência estava apenas em seus olhos. Deles, porém, as oito partes do discurso brilharam muito expressivamente e James poderia combiná-las com facilidade. Impaciente pela realização do que ele esperava em casa, seu adeus não foi longo, e seria ainda mais curto se ele não fosse constantemente detido pelos urgentes pedidos de sua bela para que ele se fosse. Duas vezes ele foi chamado quase da porta, pela ansiedade dela em que ele partisse. "De fato, Morland. Considere o quanto você terá de cavalgar. Não posso suportar ver que você se demora tanto. Pelo amor de Deus, não perca mais tempo. Eis, vá, vá. Insisto nisso."

As duas amigas, com os corações agora mais unidos do que nunca, não se separaram durante o dia e, em forma de felicidade fraterna, as horas voaram. A senhora Thorpe e seu filho, que sabiam de tudo e que pareciam apenas desejar o consentimento do senhor Morland, a considerar que o comprometimento de Isabella era a circunstância mais afortunada para sua família, foram permitidos a agregar seus conselhos e a acrescentar sua cota de olhares significativos e expressões misteriosas para preencher a medida de curiosidade que se levantaria das irmãs mais novas e não privilegiadas. Aos sentimentos simples de Catherine, este estranho tipo de reserva não parecia nada bondoso, nem sustentável consistentemente. Para sua injustiça, ela mal teria se contido de apontar, se não fosse sua inconsistência menos amiga. Mas Anne e Maria logo deixaram seu coração tranquilo pela sagacidade de seus "eu sei o que é." A noite se passou em um tipo de guerra de tiradas, uma exibição de engenhosidade familiar: em um lado, no mistério de um segredo afetado, no outro, de descoberta indefinida, todos igualmente agudos.

Catherine estava com sua amiga novamente no dia seguinte, tentando segurar seu humor e preencher as muitas horas de tédio antes da entrega das cartas. Um esforço necessário, pois, assim que a hora de uma expectativa razoável se aproximava, Isabella se tornava mais e mais apática e, antes de a carta chegar, decaiu em um estado de verdadeira agonia. Mas quando a carta chegou, em que lugar poderia ser encontrada a agonia?

– Não tive dificuldade em conquistar o consentimento de meus bons pais, e me prometeram que farão tudo o que estiver ao alcance deles para adiantar minha felicidade – foram as três linhas iniciais e, em um momento, tudo foi alegre segurança. O mais radiante brilho instantaneamente se espalhou pelos traços de Isabella, toda a preocupação e ansiedade pareciam removidas, seu humor demasiadamente alto, mais uma vez, para ser controlado, e ela se nomeou, sem escrúpulos, a mais feliz das mortais. A senhora Thorpe, com lágrimas de alegria, abraçou sua filha, seu filho, sua visita, e poderia ter abraçado metade dos habitantes de Bath com satisfação. Seu coração transbordava de ternura. Era "querido John" e "querida Catherine" a cada palavra; "querida Anne e querida Maria" foram feitas imediatamente receptoras da felicidade delas e duas "queridas" de uma vez, antes do nome de Isabella, não foram mais que aquela amada filha tinha agora ganhado. O próprio John não se acanhou em alegria. Ele não apenas depositou sobre o senhor Morland a alta recomendação de ser um dos melhores amigos no mundo, mas proferiu muitas sentenças em seu elogio.

A carta, em que se jorrava toda esta felicidade, era curta, contendo pouco mais do que esta garantia de êxito, e todos os detalhes foram adiados até que James pudesse escrever novamente. Mas, pelos detalhes, Isabella bem que poderia esperar. O necessário estava na promessa do senhor Morland. Sua honra foi comprometida para tornar tudo fácil. Sobre os meios como a renda deles iria ser formada, se alguma propriedade iria ser herdada, ou algum dinheiro poupado iria ser oferecido, era uma questão na qual seu espírito desinteressado não tinha preocupação. Ela sabia o suficiente para se sentir segura de um estabelecimento honrável e rápido, e sua imaginação fez um rápido voo sobre as felicidades relativas a isso. Ela se via, ao fim de poucas semanas, sendo olhada e admirada por todos com o novo relacionamento em Fullerton, sendo invejada por toda qualquer valiosa velha amiga em Putney, se via em uma carruagem ao seu dispor, um novo nome em seus bilhetes e uma brilhante exibição de anéis em seu dedo.

Quando o conteúdo da carta foi averiguado, John Thorpe, que apenas esperava pela sua chegada para começar sua jornada até Londres, preparou-se para partir.

– Bem, senhorita Morland – ele disse, ao encontrá-la sozinha na sala –, vim pedir-lhe seu adeus.

Catherine desejou-lhe uma boa viagem. Sem parecer ouvi-la, ele caminhou até a janela, mexeu nela, cantarolou e pareceu totalmente absorto.

– Você não se atrasará, já que vai a Devizes? – perguntou Catherine.

Ele não respondeu, mas, depois do silêncio de um minuto, irrompeu com um:

– Uma ótima coisa, este plano de casamento, pela minha alma! Bela fantasia de Morland e de Belle. O que acha disso, senhorita Morland? Eu digo que não é uma má ideia.

– Estou certa de que é uma ideia muito boa.

– Você acha? Que honesto, pelos céus! Estou feliz que não seja inimiga de matrimônios. Você já ouviu aquela velha canção: "Ir a um casamento traz outro"?

– Sim; prometi a sua irmã estar com ela, se possível.

– Então, você sabe. – Dando voltas e forçando um riso tolo. – Eu digo, sabe que poderíamos testar a veracidade desta mesma velha canção.

– Podemos? Mas eu nunca canto. Bem, desejo-lhe uma boa viagem. Jantarei com a senhorita Tilney hoje, e devo voltar para casa.

– Não, mas para quê tanta pressa e confusão. Quem sabe quando estaremos juntos novamente? Eu só devo voltar ao fim de uma quinzena, e que quinzena longa e demoníaca será para mim.

– Então, por que vai ficar longe por tanto tempo? – replicou Catherine, sabendo que ele aguardava uma resposta.

– Isso é muito bondoso de sua parte. Bondoso e de boa natureza. Não me esquecerei disso tão rápido. Mas você tem melhor natureza e tudo isso do que qualquer alma, acredito. Uma quantidade enorme de boa natureza, e não é apenas boa natureza, mas você tem tanto, tanto de tudo. Então, você tem tanto! Pela minha alma, não conheço ninguém como você.

– Oh, meu caro, há tantas pessoas como eu, ouso dizer! Só que muito melhores. Bom dia para você.

– Mas eu digo, senhorita Morland, devo visitar e prestar meus respeitos em Fullerton em breve, se não for desagradável.

– Por favor, faça isso. Meu pai e minha mãe ficarão felizes em vê-lo.

– E eu espero. Espero, senhorita Morland, que você não lamente por me ver.

– Oh, querido, de maneira alguma. Há bem poucas pessoas que eu lamentaria ver. Ter companhia é sempre divertido.

– Assim penso eu. Dê-me um pouco de alegre companhia, deixe-me apenas ter a companhia de quem eu amo, deixe-me estar apenas onde eu gosto e com quem eu gosto, e o demônio faz o resto, eu digo. E estou sinceramente feliz por ouvir você dizer o mesmo. Mas tenho uma ideia, senhorita Morland, que nós somos bem parecidos nessas questões.

– Talvez sejamos, mas é mais do que já pensei sobre isso. E quanto aos demais assuntos, para dizer a verdade, não há muitos dos quais eu tenha uma ideia formada.

– Não mais que eu. Não é meu jeito perturbar meus miolos com o que não me preocupa. Minha ideia das coisas é bem simples. Deixe-me apenas ficar com a garota que eu gosto, eu digo, com uma casa confortável sobre minha cabeça, e o que tenho mais com que me preocupar? A fortuna não é nada. Estou certo de que terei uma boa renda. E, se ela não tiver um centavo, ora, tanto melhor.

– Bem verdade. Acho que você vai gostar de lá. Se houver uma boa fortuna de um lado, pode não haver ocasião por ela, no outro. Não importa quem a tenha, importa que seja suficiente. Odeio a ideia de procurar uma grande fortuna por outra. E, casar por dinheiro, acho que é a coisa mais desagradável na existência. Bom dia. Ficaremos muito contentes em vê-lo em Fullerton, sempre que for conveniente.

E ela se foi. Não estava no poder da galanteria dele detê-la por mais tempo. Com tais novas para comunicar, e com tal visita para se preparar, sua partida não deveria ser atrasada por nada na natureza, que ele impusesse. Ela se apressou, deixando-o com a sólida consciência de sua própria abordagem feliz e do explícito encorajamento dela.

A agitação que ela viveu ao saber primeiro do compromisso de seu irmão a fez esperar não menor emoção no senhor e na senhora Allen, com comunicação do maravilhoso evento. Como foi grande seu desapontamento! O importante caso, que foi conduzido por muitas palavras de preparação, foi previsto por ambos desde a chegada do irmão dela. Tudo o que sentiram na ocasião coube no desejo pela felicidade do jovem casal, com uma observação, da parte do cavalheiro, a favor da beleza de Isabella e, da dama, pela grande sorte de Isabella. Para Catherine, foi a mais surpreendente insensibilidade. A revelação, porém, do grande segredo de James ir até Fullerton no dia anterior, suscitou alguma emoção na senhora Allen. Ela não podia ouvir aquilo com perfeita calma, mas repetidamente lamentou a necessidade de ter sido oculto, desejou ter sabido da intenção dele e desejou tê-lo visto antes que ele partisse, pois ela certamente o teria incomodado com saudações para seu pai e sua mãe, e seus melhores cumprimentos para todos os Skinner.

CAPÍTULO 16

As expectativas de deleite de Catherine pela sua visita a Milson Street eram tão altas que a frustração foi inevitável. Embora fosse muito educadamente recebida pelo general Tilney e gentilmente recepcionada por sua filha, embora Henry estivesse em casa, e ninguém mais do grupo, ela descobriu, por sua vez, sem gastar muitas horas a examinar seus sentimentos, que se dirigiu ao encontro preparando-se para uma felicidade que não poderia ser proporcionada. Em vez de se imaginar mais próxima da senhorita Tilney, com o decorrer do dia, ela parecia tão dificilmente íntima com ela quanto antes. Ao invés de ver Henry Tilney com mais vantagem do que nunca, na tranquilidade de um grupo familiar, ele nunca falou tão pouco, ou foi tão pouco agradável. E, apesar da grande civilidade do pai para com ela e apesar dos seus agradecimentos, convites e elogios, foi uma libertação se ver longe dele. Ela se confundia ao atribuir alguma causa a isso. Não podia ser culpa do general Tilney. Que ele fosse perfeitamente agradável e de boa natureza e, ao todo, um homem muito encantador, não se podia duvidar, pois ele era alto e bonito e pai de Henry. Ele não podia ser responsável pela falta de espírito de seus filhos ou pela sua falta de prazer na companhia dele. Ela esperava que a primeira fosse apenas circunstancial e a última ela só podia atribuir a sua própria estupidez. Isabella, ao ouvir os detalhes da visita, deu uma explicação diferente: "Era tudo orgulho, orgulho, insuportável arrogância e orgulho!" Ela há muito suspeitou de que a família fosse convencida, e isso se provou certo. Ela nunca tinha ouvido falar, em sua vida, de tal insolência como a da senhorita Tilney!

– Não fazer as honras de sua casa com a comum boa índole! Comportar-se com sua convidada com tamanho atrevimento! Nem mesmo quase falando com ela!

– Mas não foi tão ruim assim, Isabella. Não houve atrevimento. Ela foi muito cortês. Pelos céus!

– Bem, os sentimentos de algumas pessoas são incompreensíveis. E então ele mal olhou para você o dia inteiro?

– Eu não disse isso, mas ele não parecia estar de bom humor.

– Que desprezível! De todas as coisas no mundo, tenho aversão à inconstância. Deixe-me rogar-lhe que nunca mais pense nele de novo, minha querida Catherine. De fato, ele é indigno de você.

– Indigno! Sequer suponho que ele pense em mim.

– Isso é exatamente o que eu digo. Ele nunca pensa em você. Quanta instabilidade!

– Oh! Que diferença para seu irmão e para o meu! Eu realmente acredito que John tenha o coração mais estável.

– Mas, quanto ao general Tilney, asseguro-lhe que seria impossível para qualquer um se comportar comigo com maior educação e atenção. Parecia que sua única preocupação era me divertir e me fazer feliz. Oh! Nada sei de mal dele. Não suspeito que seja orgulhoso. Acredito que ele seja um homem bem cavalheiro. John gosta muito dele, e o julgamento de John...

– Bem, veremos como se comportam comigo nesta noite. Devemos encontrá-los nos salões.

– E eu devo ir?

– Você não pretende? Pensei que já estivesse tudo combinado.

– Bem, já que você faz questão, nada posso lhe recusar. Mas não insista para que eu seja agradável, pois meu coração, você sabe, estará a quase sessenta e cinco quilômetros de distância. E quanto a dançar, nem mencione, eu imploro. Isso está totalmente fora de discussão. Charles Hodges irá me importunar muito, ouso dizer, mas devo cortá-lo logo. Aposto dez contra um que ele logo adivinhará o motivo, e é justamente o que quero evitar, então insisto para que ele guarde sua hipótese para si mesmo.

A opinião de Isabella sobre os Tilney não influenciou sua amiga. Ela estava certa de que não houve insolência nos modos, tanto da irmã quanto do irmão, e ela não acreditava que houvesse uma ponta de orgulho em seus corações. A noite recompensou sua confiança.

Ela foi recepcionada por uma com a mesma bondade, e pelo outro com a mesma atenção, até então: a senhorita Tilney se acomodou em ficar perto dela, e Henry a tirou para dançar.

Tendo ouvido, no dia anterior, em Milson Street, que o irmão mais velho deles, o capitão Tilney, era esperado a qualquer momento, ela já conhecia o nome de um jovem homem, de aparência bem moderna e bonita, a quem ela nunca vira antes, e que agora evidentemente pertencia ao seu grupo. Ela o olhava com muita admiração, e mesmo supôs que fosse possível que algumas pessoas o julgassem mais bonito que seu irmão, embora, aos olhos dela, seu ar fosse mais seguro e suas feições, menos atraentes. Seus gostos e seus modos eram indubitavelmente inferiores, pois, pelo o que ela ouviu, ele não apenas protestou contra qualquer ideia de dançar, mas também riu abertamente de Henry, que achava possível. Desta última circunstância, pode-se inferir que, seja qual fosse a opinião de nossa heroína sobre ele, a admiração dele por ela não era a de um tipo perigoso, nem provável de produzir animosidade entre os irmãos, nem perseguições à dama. Ele não podia ser o mesmo que instigou os três vilões em sobretudos de cavaleiros, por quem ela logo será forçada a entrar em uma carruagem de viagem, a qual partirá com inacreditável velocidade. Catherine, enquanto isso, sem se perturbar com pressentimentos de tamanho mal, ou mesmo de mal algum, exceto aquele de ter de ficar sentada por um curto conjunto de danças, apreciou sua costumeira felicidade com Henry Tilney, ouvindo com olhos faiscantes a tudo o que ele dizia e, ao achá-lo irresistível, assim ela se tornou também.

Ao fim da primeira dança, o capitão Tilney veio novamente ao encontro deles e, para a grande insatisfação de Catherine, puxou seu irmão de lado e afastaram-se, sussurrando algo. Embora a delicada sensibilidade dela não se alarmasse imediatamente e estabelecesse como fato, que o capitão Tilney tivesse ouvido alguma má falsidade sobre ela e apressava-se para contar ao irmão, na esperança de separá-los para sempre, ela não podia deixar de ver seu parceiro sem sensações bem preocupadas. Seu suspense durou cinco minutos completos. Ela já estava começando a pensar que eram quinze longos minutos, quando ambos retornaram e uma explicação foi dada por Henry, ao perguntar se ela achava que sua amiga, a senhorita Thorpe, teria alguma objeção em dançar, já que seu irmão ficaria muito feliz em ser apresentado a ela. Catherine, sem hesitação, respondeu que estava certa de que a senhorita Thorpe não queria dançar. A cruel resposta foi passada ao outro e ele imediatamente se afastou.

– Seu irmão não se importará, eu sei – ela disse –, porque eu o ouvi dizer antes que odiava dançar, mas é prova de boa natureza dele pensar nisso. Suponho que ele tenha visto Isabella sentar-se e imaginou que ela desejava um parceiro, mas ele está bem enganado, pois ela não dançaria por nada deste mundo. Henry sorriu e disse:

– Como você pode se esforçar tão pouco para entender os motivos das ações dos outros.

– Por quê? O que você quer dizer?

– Com você, não é "como alguém será influenciado" qual será a influência mais provável para agir sobre os sentimentos, idade, situação e prováveis hábitos de vida de uma pessoa "mas" como serei influenciada", qual será a influência que me levará a agir assim e assim?

– Não o compreendo.

– Então estamos em termos desiguais, pois eu a entendo perfeitamente bem.

– Eu? Sim, não posso falar bem o suficiente para ser incompreensível.

– Bravo! Uma excelente ironia sobre a linguagem moderna.

– Mas, por favor, explique-me o que você quis dizer.

– Devo, mesmo? Você realmente deseja isso? Mas você não está ciente das consequências. Isso a envolverá em um constrangimento muito cruel e certamente nos levará a um desacordo.

– Não, não; isto não acontecerá; sem receio.

– Bem, então, apenas quis dizer que você, ao atribuir o desejo de meu irmão de dançar com a senhorita Thorpe somente por boa natureza, convenceu-me de que você mesma é superior em boa natureza em relação ao resto do mundo.

Catherine corou e negou, e as previsões do cavalheiro foram confirmadas. Havia algo, porém, em suas palavras que a recompensou pela dor da confusão. Isto ocupou tanto sua mente que ela recuou por algum tempo, esquecendo-se de falar e de ouvir, e quase esquecendo onde ela estava, até que, despertada pela voz de Isabella, ela subiu o olhar, e a viu com o capitão Tilney, preparando para lhe dar as mãos. Isabella deu de ombros e sorriu, o que era a única explicação para esta extraordinária mudança que poderia ser dada àquela hora. Mas, como não estava muito claro para a compreensão de Catherine, ela falou com surpresa e em termos muito claros para seu parceiro.

– Não posso pensar em como isso aconteceu! Isabella estava tão decidida a não dançar.

– E Isabella nunca mudou de ideia antes?

– Oh! Mas como! E seu irmão! Depois de lhe repetir o que eu disse, como ele pôde convidá-la?

– Não posso me surpreender com isso. Você espera que eu me surpreenda com o que disse sua amiga, e assim estou. Mas quanto ao meu irmão, sua conduta em tudo isso, devo reconhecer, não foi mais do que eu acreditei que ele fosse capaz de fazer. A beleza de sua amiga era uma clara atração. Sua firmeza, você sabe, pode ser compreendida apenas por você mesma.

– Você está rindo, mas, asseguro-lhe, Isabella é muito decidida, em geral.

– Isso é tanto quanto deve ser dito de qualquer um. Deve-se, às vezes, ser obstinado a sempre ser firme. Quando se relaxa com propriedade, fica-se a cargo de julgamento e, sem referência ao meu irmão, realmente acho que de modo algum a senhorita Thorpe escolheu mal ao relaxar no presente momento.

As amigas não foram capazes de se juntar para qualquer conversa mais íntima até o fim da dança, mas, então, enquanto caminhavam pela sala de braços dados, Isabella assim se explicou:

– Não me surpreendo com seu espanto. E estou, de fato, muito cansada. Ele chacoalha bastante! Muito divertido, se a minha mente estivesse livre, mas eu teria dado o mundo para ficar quieta.

– Então, por que não ficou?

– Oh! Minha querida! Teria sido tão específico, e você sabe o quanto abomino fazer isso. Eu lhe recusei até o quanto me foi possível, mas ele não aceitou minhas negações. Você não tem ideia de como ele insistiu. Implorei-lhe para que me perdoasse e buscasse outra parceira, mas não, não ele. Depois de aspirar pela minha mão, não havia ninguém na sala que ele pudesse suportar em pensar e, ele não queria apenas dançar, queria ficar comigo. Oh! Quanta besteira! Eu disse que ele tomou um caminho muito improvável de me convencer, pois, de todas as coisas no mundo, odeio belos discursos e elogios. Então descobri que não haveria paz se não me levantasse. Além disso, pensei que a senhora Hughes, que foi quem me apresentou, ficaria chateada se eu não dançasse com ele. E seu querido irmão ficaria muito triste se eu ficasse sentada a noite inteira, estou certa. Estou tão feliz que acabou! Meu humor ficou cansado de ouvir tanta besteira. Agora, sendo um jovem rapaz bem atraente, vi que todos os olhares estavam sobre nós.

– De fato, ele é muito bonito.

– Bonito! Sim, suponho que seja. Ouso dizer que as pessoas o admiram, em geral. Mas ele não está de modo algum em meu estilo de beleza. Odeio compleição rosada e olhos negros em um homem. Porém, ele está muito bem. Surpreendentemente arrogante, estou certa. Eu o pus para baixo várias vezes, ao meu modo.

Quando as jovens damas se reencontraram, tinham um assunto muito mais interessante para discutir. A segunda carta de James Morland foi então recebida, e as boas intenções de seu pai, completamente explicadas. Uma renda, da qual o senhor Morland era tanto o patrão quanto o encarregado, de quatrocentas libras anuais, seria passada ao seu filho assim que ele tivesse a idade suficiente. Nada que fosse uma insignificante dedução da renda da família, nada que fosse um presente avarento a um dos dez filhos. Uma propriedade de pelo menos o mesmo valor, além do mais, foi garantida como sua herança futura.

James se expressou na ocasião com decente gratidão. A necessidade de aguardar por dois ou três anos antes de se casarem, sendo, embora indesejada, não mais do que ele esperava, foi suportada por ele sem descontentamento. Catherine, cujas expectativas eram tão vagas quanto suas ideias sobre a renda de seu pai, e cujo julgamento era agora totalmente influenciado pelo seu irmão, sentiu-se igualmente bem satisfeita e felicitou Isabella com sinceridade, por tudo ter sido tão agradavelmente ajustado.

– De fato, é muito encantador – disse Isabella com um rosto grave.

– O senhor Morland se comportou imensamente bem, de verdade – disse a gentil senhora Thorpe, olhando ansiosamente para a sua filha. – Apenas queria fazer tanto quanto. Não se pode esperar mais dele, sabe. Se ele achar que pode fazer mais a respeito, ouso dizer que ele fará, pois estou certa de que é um homem de excelente índole. Quatrocentas libras decerto é uma pequena soma para começar, mas seus desejos, minha querida Isabella, são tão moderados que você nem considera quão pouco irá precisar, minha cara.

– Não é por mim que desejo mais, mas não posso suportar que isso seja o meio de ferir meu querido Morland, de fazê-lo assentar com uma renda que pouco dá para necessidades comuns da vida. Para mim, isso não é motivo. Nunca penso em mim mesma.

– Sei que nunca, minha cara. E sempre encontrará sua recompensa na afeição que todos sentem por você. Nunca houve uma jovem mulher tão amada como você é por todos que a conhecem. E ouso dizer que, quando o senhor Morland a vir, minha querida filha..., mas não incomodaremos nossa querida Catherine ao falar sobre tais coisas. O senhor Morland se comportou maravilhosamente, você sabe. Sempre soube que ele era um homem excelente. Você sabe, minha querida, não devemos supor nada. Além do que, se você tivesse uma fortuna adequada, ele teria surgido com algo mais, pois estou certa de que ele deva ser um homem de mente muito liberal.

– Ninguém pode ter melhor opinião sobre o senhor Morland do que eu, estou certa. Mas todos têm suas falhas, você sabe, e todos têm o direito de fazer o que quiserem com seu próprio dinheiro.

Catherine ficou magoada com tais insinuações.

Estou muito certa – disse ela –, que meu pai prometeu tudo o que poderia proporcionar.

Isabella se recompôs.

– Quanto a isso, minha doce Catherine, não pode haver dúvida, e você me conhece bem o suficiente para estar certa de que um dote menor me satisfaria. Não é o desejo por mais dinheiro que me faz, no momento, um pouco preocupada. Odeio dinheiro. Se nossa união pudesse ocorrer agora com cinquenta libras ao ano, seria um desejo meu atendido. Ah! Minha Catherine, você me descobriu. Eis o que me incomoda: os longos, longos dois anos e meio que devem se passar antes de seu irmão obter a renda.

– Sim, sim, minha querida Isabella – disse a senhora Thorpe –, vemos isso perfeitamente em seu coração. Você não disfarça. Entendemos perfeitamente sua atual inquietação. Todos devem amá-la ainda mais por tal nobre e honesta afeição.

Os desconfortáveis sentimentos de Catherine começaram a abrandar. Ela tentou acreditar que o atraso do casamento fosse a única fonte do arrependimento de Isabella e, quando ela a viu, no encontro seguinte, tão alegre e amigável como sempre, tentou esquecer que ela tinha pensado o contrário por um minuto. James retornou logo após e foi recebido com a mais grata bondade.

CAPÍTULO 17

A família Allen estava agora em sua sexta semana de estadia em Bath. Se seria a última, era a pergunta que ficou por algum tempo, e a qual Catherine escutou com o coração acalorado. Ter sua amizade rapidamente encerrada com os Tilney era um mal que nada poderia suprir. Toda sua felicidade parecia estar em risco, enquanto o caso não fosse resolvido, e tudo ficou mais seguro quando se determinou que os alojamentos deveriam ser ocupados por mais uma quinzena. O que esta quinzena adicional iria trazer para ela, além do prazer de ver Henry Tilney, às vezes, não era senão uma pequena parte das especulações de Catherine. Uma ou duas vezes, de fato, quando o noivado de James lhe ensinou o que poderia ser feito, ela tinha ido tão longe quanto a ceder para um secreto "talvez", mas, em geral, a felicidade de estar com ele no momento limitava suas visões: o presente agora cabia em três semanas mais, com sua felicidade estando assegurada durante este período, mas o resto de sua vida estava muito longe para excitar tanto interesse. No decorrer da manhã que viu a questão ser resolvida, ela visitou a senhorita Tilney e despejou sobre ela seus alegres sentimentos. Estava condenado a ser um dia de provas. Assim que ela expressou seu prazer com a extensão da estadia do senhor Allen, a senhorita Tilney lhe disse que seu pai tinha acabado de se decidir por deixar Bath ao final da semana seguinte. Eis um golpe e tanto!

O suspense passado da manhã tinha sido tranquilo e quieto em face da presente frustração. O rosto de Catherine se fechou e, com uma voz da mais sincera preocupação, repetiu as palavras finais da senhorita Tilney: "Ao final da semana que vem!".

– De fato, mal se convenceu meu pai a dar as águas, o que acredito ser um bom julgamento. Ele ficou desapontado porque alguns amigos, os quais ele esperava encontrar, não puderam vir, e como ele está muito bem agora, deseja voltar logo para casa.

– Sinto muito – disse Catherine com desânimo –, se eu soubesse antes...

– Talvez – disse a senhorita Tilney de maneira constrangida –, você me faria tão feliz se...

A entrada de seu pai interrompeu a civilidade que Catherine esperava: que se apresentasse um desejo de troca de cartas. Depois de se dirigir a ela com a polidez habitual, ele se voltou para a filha e disse:

– Veja, Eleanor, posso te dar os parabéns por ter tido êxito em seu pedido a sua bela amiga?

– Eu estava começando a fazer isso quando o senhor chegou.

– Bem, continue... Sei o quanto você deseja isso. Minha filha – ele continuou sem dar a sua filha tempo para falar – esteve acalentando um desejo muito forte. Deixaremos Bath, como ela talvez tenha lhe dito, na semana que termina no sábado. Uma carta de meu secretário diz que preciso estar em casa. Como minha esperança se frustrou em ver o marquês de Longtown e o general Courteney aqui, alguns de meus velhos amigos, não há nada para me deter por mais tempo em Bath. E se pudermos convencê-la de nosso argumento egoísta, partiríamos sem um único lamento. Para resumir, você pode ser convencida a deixar esta cena de triunfo público e agradar sua amiga Eleanor com sua companhia em Gloucestershire? Estou quase envergonhado de fazer o pedido, embora sua presunção certamente pareça maior para qualquer criatura em Bath do que você mesma. Modéstia como a sua, mas, por nada no mundo, eu a incomodaria com elogios francos. Se você puder ser levada a nos honrar com uma visita, você nos fará mais felizes do que as palavras podem dizer. Isto é verdade, não podemos lhe oferecer nada como as alegrias deste vívido lugar. Não podemos tentá-la com diversão nem com esplendor, pois nosso modo de vida, como você vê, é simples e despretensioso. Ainda, não nos faltarão esforços para tornar a Abadia de Northanger não totalmente desagradável.

Abadia de Northanger! Aquelas palavras excitantes e que alvoroçaram os sentimentos de Catherine ao mais alto êxtase. Seu coração, agradecido e satisfeito, mal podia conter suas expressões dentro do idioma de tolerável calma. Receber um convite tão elogioso! Ter sua companhia tão calorosamente requisitada! Tudo que era honorável e suave, toda a presente diversão e cada esperança futura estavam contidas nele. Seu aceite, com apenas uma cláusula de reserva, sobre a aprovação de seus pais, foi ansiosamente dado.

– Escreverei para casa imediatamente – ela disse – e, se eles não fizerem objeção, como ouso dizer que não farão...

O general Tilney não estava menos confiante, tendo já consultado seus excelentes amigos em Pulteney Street e obtido deles a sanção aos seus desejos.

– Desde que consentem em se separar de você – ele disse – podemos aceitar que todos mostrem seus pensamentos.

A senhorita Tilney foi gentil e honesta em suas civilidades secundárias e, em poucos minutos, quase tudo se resolveu, tanto quanto esta necessária consulta a Fullerton permitiria.

Os acontecimentos da manhã tinham conduzido os sentimentos de Catherine por meio das variedades do suspense, da segurança e do desapontamento, mas agora estavam abrigados com segurança em perfeita bênção. Com o espírito exultante, ao ponto de arrebatamento, com Henry em seu coração e Abadia de Northanger em seus lábios, ela apressou-se para casa com o propósito de escrever sua carta. O senhor e a senhora Morland, confiando na discrição dos amigos a quem já haviam confiado sua filha, não sentiram dúvidas sobre a propriedade de uma amizade que já tinha se formado sob seus olhos e, portanto, enviaram como resposta seu imediato consentimento para a sua visita a Gloucestershire. Estas desculpas, embora não mais do que Catherine esperava, completou sua convicção de ser mais favorecida do que qualquer outra criatura humana, tanto em amigos quanto na sorte, circunstância e destino. Pela bondade de seus primeiros amigos, os Allen, ela foi apresentada a cenas em que prazeres de todos os tipos vieram até ela. Seus sentimentos, suas preferências, cada um conheceu a felicidade de uma retribuição. Em qualquer lugar em que ela sentiu uma ligação, ela foi capaz de criá-la. A afeição de Isabella deveria lhe ser garantida como a de uma irmã. Os Tilney, por quem, acima de tudo, ela desejava ser considerada favoravelmente, superaram seus desejos nas lisonjeiras medidas pelas quais sua intimidade deveria ser continuada. Ela deveria ser a visitante escolhida por eles, ela deveria ficar, por semanas, sob o mesmo teto com a pessoa cuja companhia ela mais prezava e, acrescentando a tudo isso, este teto deveria ser o teto de uma abadia! Sua paixão por edifícios antigos vinha logo depois de sua paixão por Henry Tilney, e castelos e abadias davam a tais fantasias o encanto que a imagem dele não preenchia. Ver e explorar as defesas e a guarda de uma, ou os claustros da outra, foram por muitas semanas um desejo muito querido, embora ser mais que uma visitante de uma hora parecia quase demais para se desejar. E ainda isso iria acontecer. Com todas as chances contra ela, de uma casa, mansão, sede, parque, corte ou cabana, Northanger resultava em uma abadia, e ela deveria ser sua habitante. Suas passagens compridas e úmidas, suas celas estreitas e sua capela arruinada deveriam estar sob seu alcance diário, e ela não podia subjugar inteiramente a esperança de algumas lendas tradicionais, algumas memórias pavorosas de uma freira ferida e malfadada.

Era muito bom que os amigos dela parecessem tão pouco exultantes por possuir tal lar e que a consciência disso fosse de tão insignificante consideração. O poder do hábito precoce poderia ser o único responsável por isso. Eles nasceram em uma distinção a qual não dava orgulho. A superioridade da residência deles não lhes era mais do que sua superioridade como pessoas. Muitas eram as perguntas que ela estava ansiosa por fazer sobre a senhorita Tilney, mas seus pensamentos eram tão ativos que, quando estas perguntas foram respondidas, ela ficou apenas pouco mais certa do que antes: de que Abadia de Northanger seria um convento ricamente dotado à época da Reforma, de que tinha caído nas mãos de um ancestral dos Tilney em sua dissolução, de que uma grande parte do antigo edifício ainda fazia parte da atual residência, embora o restante estivesse arruinado, e de que ficava na parte baixa de um vale, protegida ao norte e ao oeste por bosques de carvalho.

CAPÍTULO 18

Catherine, repleta de alegria, quase não percebeu que dois ou três dias se passaram, sem que visse Isabella por mais de alguns minutos. Ela começou a se dar conta disso e a sentir falta de conversar com ela, enquanto caminhava pela casa de bombas em uma manhã, ao lado da senhora Allen, sem nada para dizer ou ouvir. Mal ela sentiu saudades de sua amiga, por cinco minutos, quando o objeto dela surgiu e a convidou para uma conversa em particular, abrindo caminho até um assento.

– Este é meu lugar favorito – disse ela enquanto sentavam-se em um banco entre as portas, que permitia uma visão tolerável de todos que adentravam por ambas as entradas. – É tão fora do caminho.

Observando que os olhos de Isabella estavam continuamente voltados para uma porta ou para outra, como se estivesse em uma ansiosa expectativa, e lembrando-se de quão frequentemente ela tinha sido acusada falsamente de ser astuta, Catherine pensou que era uma excelente oportunidade para isso, de fato e, portanto, disse alegremente:

– Acalme-se, Isabella, James logo chegará.

– Veja, minha querida! – ela respondeu. – Não pense que sou boba por sempre querer que ele fique comigo. Seria horroroso estarmos sempre juntos. Seríamos o motivo de zombaria do lugar. E então você irá a Northanger! Estou imensamente feliz por isso. Soube que é um dos melhores lugares da Inglaterra.

– Você certamente terá o que melhor eu posso dar. Mas por quem você procura? Suas irmãs virão?

– Não procuro por ninguém. Os olhos devem estar sempre em algum lugar, e você sabe que é um truque tolo de fixar os meus, quando meus pensamentos estão a cento e sessenta quilômetros de distância. Estou surpreendentemente ausente. Acredito que eu seja a criatura mais ausente no mundo. Tilney diz que este é sempre o caso com mentes de certa origem.

– Mas eu achava, Isabella, que você tivesse algo para me dizer...

– Sim, eu tenho. Mas eis uma prova do que lhe dizia. Minha pobre cabeça. Eu já tinha me esquecido. Bem, a coisa é que acabei de receber uma carta de John. Acredito que você deve imaginar o que está nela.

– Não, na verdade, não posso.

– Sobre o quê ele poderia escrever, senão sobre você? Você sabe que ele está caído de amores por você.

– Por mim, Isabella?

– Não, doce Catherine, isso é absurdo! A modéstia e tudo isso é muito apropriado, mas realmente um pouco de honestidade é, às vezes, mais conveniente. Não tinha ideia de que fosse tão esforçada! Está buscando elogios. As atenções dele eram tais que uma criança teria notado. E foi naquela meia hora antes de ele deixar Bath que você lhe deu o incentivo mais claro. Ele assim o diz em sua carta. Ele disse que ficou tão animado que lhe fez uma oferta, e que você recebeu os avanços dele do modo mais receptivo, e agora ele quer que eu reforce seu pedido, e lhe diga todas as coisas mais bonitas. Portanto, é em vão que você finge indiferença.

Com toda a sinceridade, Catherine expressou seu espanto com tal pedido, alegando inocência em qualquer ideia do senhor Thorpe estar apaixonada por ela, e a consequente impossibilidade de ter lhe incentivado a isso.

– A respeito de quaisquer atenções do lado dele, declaro, pela minha honra, que nunca fui sensível a elas por momento algum; exceto somente ao me convidar para dançar no primeiro dia de sua chegada. E quanto a ele me fazer um pedido, ou algo do tipo, deve haver algum erro sem responsável. Eu não poderia ter deixado de compreender uma coisa deste tipo, você sabe! E, como eu sempre quis acreditar, eu solenemente afirmo que nenhuma sílaba de tal natureza se passou entre nós. A última hora antes de ele ir embora! Tudo deve ser um completo engano, pois eu definitivamente não o vi por toda aquela manhã.

– Certamente você viu ele, visto que passou a manhã inteira em Edgar's Buildings. Foi o dia em que o consentimento de seu pai chegou. E estou bem certa de que você e John ficaram algum tempo sozinhos na sala de estar, antes de você sair.

– Você está? Bem, se você diz, ouso dizer, mas pela minha vida, eu não me lembro. Agora me recordo de estar com você e vê-lo assim como a todos, mas ficamos sozinhos por cinco minutos. Porém não vale a pena discutir sobre isso, pois, seja o que estiver acontecendo do lado dele, você deve ficar convencida, já que não tenho lembranças disso, e que eu nunca pensei, nem esperei, nem desejei por qualquer coisa deste tipo dele. Estou muito preocupada que ele tenha alguma estima por mim, mas, de fato, isso foi muito sem intenção de minha parte. Nunca tive a menor ideia disso. Por favor, esclareça-lhe assim que puder e lhe diga que imploro pelo seu perdão, ou seja, não sei o que ele deveria dizer, mas o faça compreender o que eu quero dizer, do modo mais apropriado. Eu não falaria desrespeitosamente com um irmão seu, Isabella, estou certa. Mas você sabe muito bem que se eu pudesse pensar mais em um homem do que em outro, ele não é esta pessoa.

– Isabella ficou em silêncio.

– Minha querida amiga, não fique brava comigo. Não posso supor que seu irmão se importe tanto comigo. E, você sabe, ainda devemos ser irmãs.

– É verdade, existe mais de um modo de nos tornarmos irmãs. Mas para onde vai meu pensamento? Veja, querida Catherine, o caso parece ser que você está determinada a rejeitar o pobre John, não é?

– Tenho certeza de que não posso retribuir a afeição dele e tão certamente nunca pretendi encorajá-lo a nada.

– Visto que esta é a situação, estou certa de que não a provocarei mais. John desejou que eu conversasse com você a respeito e assim eu fiz. Mas confesso que, assim que li sua carta, pensei que fosse um assunto tolo e imprudente, e não muito provável a fazer bem para ambos, pois com o quê viveriam, supondo que ficassem juntos? Vocês têm, juntos, alguma coisa, estou certa, mas, hoje em dia, não é pouca coisa que sustentará uma família. Apesar de tudo o que os romancistas dizem, não há como dar certo sem dinheiro. Apenas me pergunto por que John pensou nisso. Decerto não recebeu meu último comunicado.

– Você me isenta então de ter feito alguma coisa errada? Você está convencida de que nunca quis enganar seu irmão, nem suspeitei que ele gostasse de mim até este momento?

– Ah! Em relação a isso – respondeu Isabella sorrindo –, não pretendo determinar como foram seus pensamentos e planos no passado. Você sabe bem melhor sobre eles. Um pequeno e inofensivo flerte irá ocorrer e, às vezes, se é levado a dar mais incentivos do que o outro deseja receber. Mas você pode ficar certa de que sou a última pessoa no mundo que a julga tão severamente. Tudo isso deve ser perdoado, pela juventude e pelo bom humor. O que se diz em um dia, você sabe, pode ter mudado no outro. As circunstâncias se alteram, as opiniões mudam.

– Minha opinião sobre seu irmão nunca mudou. Sempre foi a mesma. Você está descrevendo o que nunca aconteceu.

– Querida Catherine – seguiu a outra sem ao menos escutá-la –, por motivo nenhum, eu seria o instrumento para apressá-la em um noivado antes de você saber o que está se passando. Eu não acho que nada me justificaria em desejar que você sacrificasse toda sua felicidade apenas para agradar ao meu irmão, porque ele é meu irmão, o qual talvez, apesar de tudo, você sabe, poderia ser tão feliz sem você, pois as pessoas raramente sabem onde estarão, os jovens rapazes principalmente, eles são tão incrivelmente voláteis e inconstantes. O que eu digo é, por que a felicidade de um irmão me seria mais querida do que a de uma amiga? Você sabe que coloco minhas ideias de amizade bem altas. Mas, acima de tudo, minha querida Catherine, não se apresse. Aceite meu conselho, pois se você se apressar muito, certamente viverá para se arrepender disso. Tilney diz que não há nada em que as pessoas se enganem tanto quanto sobre o estado de suas próprias afeições, e acredito que ele esteja bem certo. Ah! Eis que ele chega. Não se importe, ele não nos verá, estou certa.

Catherine, subindo o olhar, percebeu o capitão Tilney, e Isabella, fixando firmemente seu olhar nele, enquanto falava, logo capturou sua atenção. Ele as abordou imediatamente e ocupou o assento ao qual os movimentos dela o convidaram. Sua primeira frase fez Catherine pular. Embora dita em voz baixa, ela pôde distinguir:

– O quê? Sempre a ser observada, seja em pessoa, seja por procuração!

– Que besteira! – foi a resposta de Isabella no mesmo sussurro. – Por que você coloca estas coisas na minha cabeça? Se eu pudesse acreditar. Meu espírito, você sabe, é bem independente.

– Gostaria que seu coração também fosse independente. Isso me seria o bastante.

– Meu coração? De fato! O que você sabe sobre corações? Nenhum homem tem coração.

– Se não temos corações, temos olhos, e eles nos dão trabalho suficiente.

– Verdade? Sinto muito por isso. Lamento que tenham encontrado algo tão desagradável em mim. Olharei para o outro lado. Espero que isso lhe agrade; espero que seus olhos não fiquem atormentados agora.

– Jamais estiveram tão atormentados, pois o contorno de um rosto corado ainda posso ver.

Catherine escutou a tudo isso e, bastante transtornada, não podia ouvir mais. Surpresa por Isabella suportar a isso e ciumenta pelo seu irmão, ela se levantou e, dizendo que iria se juntar à senhora Allen, propôs que caminhassem. Porém, para isso, Isabella não mostrou a menor inclinação. Ela estava tão surpreendentemente cansada, e era tão odioso desfilar pela casa de bombas. Se ela saísse de seu lugar, se desencontraria de suas irmãs. Ela as esperava a qualquer momento, assim sua querida Catherine deveria desculpá-la e se sentar tranquilamente outra vez. Entretanto, Catherine também podia ser teimosa. Com a senhora Allen chegando naquele instante para propor que voltassem para casa, Catherine se juntou a ela e saiu da casa de bombas, deixando Isabella ainda sentada com o capitão Tilney. Muito intranquila, ela, portanto, deixou-os. Parecia-lhe que o capitão Tilney estava se apaixonando por Isabella, e esta, o incentivando inconscientemente; inconscientemente, deveria ser, pois a união de Isabella com James estava tão certa e tão reconhecida quanto seu noivado. Duvidar da sinceridade ou das boas intenções dela era impossível e, ainda durante toda a conversa, os modos dela foram estranhos. Ela desejou que Isabella falasse mais como lhe era habitual e não tanto sobre dinheiro, e também não tivesse ficado tão satisfeita ao ver o capitão Tilney. Como era estranho que ela não percebesse a admiração dele! Catherine ansiou por lhe dar uma pista sobre isso, colocá-la em guarda, e evitar toda a dor que o comportamento tão vívido dela poderia, por outro lado, criar tanto para ele e como para o irmão dela. O elogio da afeição de John Thorpe não corrigiu essa negligência na irmã dele. Catherine estava quase a ponto de acreditar, como também a desejar que fosse sincero, pois ela não tinha esquecido que ele podia se equivocar, e sua afirmação sobre o pedido e sobre o incentivo da irmã a convenceu de que estes erros podiam ser, às vezes, bem graves. Em termos de vaidade, seus ganhos eram irrisórios. Seu maior lucro estava na surpresa. Que ele julgasse valer à pena se imaginar apaixonado por ela era uma questão muito surpreendente. Isabella lhe falou de suas atenções, mas ela nunca foi sensível a alguma. Contudo, Isabella disse tantas coisas, que ela esperava terem sido ditas apressadamente, e nunca mais repetidas. Com isso, ela ficou feliz em descansar, por completo, no presente ameno e confortável.

CAPÍTULO 19

Poucos dias se passaram, e Catherine, embora não se permitindo suspeitar de sua amiga, não pôde deixar de vigiá-la bem de perto. O resultado de suas observações não foi agradável. Quando ela a via, de certo, cercada apenas pelas amigas imediatas em Edgar's Buildings ou em Pulteney Street, a mudança de seus modos era tão insignificante que, se não tivesse ido mais além, teria passado despercebida. Alguma coisa de lânguida indiferença, ou daquela apregoada ausência de espírito que Catherine nunca tinha ouvido falar antes, ocasionalmente lhe vinha, mas nada pior tinha aparecido que pudesse apenas ter espargido um novo encanto e inspirado um interesse mais caloroso. Porém, quando Catherine a via em público admitindo as atenções do capitão Tilney, tão prontamente quanto eram oferecidas e lhe concedendo quase uma porção igual a de James em sua atenção e em seus sorrisos, a alteração se tornava muito evidente para ser ignorada.

O significado de tal conduta vacilante, que sua amiga tinha, estava além de sua compreensão. Isabella não estava ciente da dor que ela estava causando, mas era um grau de voluntariosa negligência com o qual Catherine não podia deixar de se ressentir. James era quem sofria. Ela o via grave e intranquilo e, embora indiferente de seu presente conforto pudesse ficar a mulher que lhe dera seu coração, para ela isso sempre foi motivo de objeção. Também estava muito preocupada com pobre capitão Tilney. Embora seus olhares não lhe agradassem, seu nome era um passaporte para o bem-estar dela. Era o que ela achava com sincera compaixão de seu iminente desapontamento, pois, apesar do que ela mesma acreditava ter ouvido na casa de bombas, seu comportamento era tão incompatível com o conhecimento do noivado de Isabella, que ela não podia, depois de refletir, imaginar que ele estivesse ciente disso. Ele podia ter ciúmes do irmão dela, como um rival, mas, se mais parecesse implícito, a culpa deveria recair sobre o mal-entendido dela. Ela desejava, por uma gentil reprimenda, lembrar Isabella de sua situação e fazê-la ciente desta dupla crueldade, mas, quanto à reprimenda, tanto a oportunidade quanto a compreensão estavam sempre contra ela. Se fosse capaz de dar uma deixa, Isabella nunca poderia compreendê-la. Nesta agonia, a planejada partida da família Tilney se tornou seu maior consolo.

Sua jornada até Gloucestershire deveria ocorrer dentro de poucos dias, e a ausência do capitão Tilney ao menos restauraria a paz a cada coração, menos ao dele próprio. Porém, o capitão Tilney não tinha, no momento, intenção de partir. Ele não deveria se integrar ao grupo que iria a Northanger. Ele deveria continuar em Bath. Quando Catherine soube disso, sua decisão foi imediatamente tomada. Ela conversou com Henry Tilney sobre o assunto, lamentando a evidente inclinação do irmão dele para com a senhorita Thorpe, e rogando para que ele comunicasse ao capitão o seu prévio comprometimento.

– Meu irmão sabe disso. – foi a resposta de Henry.

– Então por que ele permanecerá aqui?

Ele não respondeu e estava começando a falar de outra coisa, mas ela ansiosamente continuou:

– Por que você não o convence a partir? Quanto mais ele ficar, pior será para ele, ao final. Por favor, aconselhe o que for melhor para ele e para todos. Aconselhe para que ele deixe Bath imediatamente. A ausência fará com que, pelo tempo, ele fique confortável novamente, mas ele não terá esperanças aqui, e, permanecendo, ficará infeliz.

Henry sorriu e disse:

– Tenho certeza de que meu irmão não desejaria isso.

– Então você o convencerá a partir?

– Persuasão não está ao comando; porém desculpe-me se eu nem mesmo tentar convencê-lo. Eu mesmo já lhe disse que a senhorita Thorpe já está comprometida. Ele sabe o que faz e deve ser seu próprio guia.

– Não, ele não sabe o que faz! – exclamou Catherine. – Ele não sabe o desconforto que causa ao meu irmão. Não que James me tenha dito, mas estou certa de que ele está muito magoado.

– Você está certa de que isso é decorrência do que meu irmão está fazendo?

– Sim, tenho certeza.

– São as atenções de meu irmão à senhorita Thorpe, ou a aceitação delas pela senhorita Thorpe, que causam a dor?

– Não são a mesma coisa?

– Acredito que o senhor Morland reconheceria a diferença. Nenhum homem é ofendido pela admiração de outro homem à mulher que ele ama. É apenas a mulher que pode fazer disso uma tempestade.

Catherine ficou envergonhada por sua amiga e disse:

– Isabella está errada. Mas estou certa de que ela não quer atormentar, pois ela é muito ligada ao meu irmão. Ela está apaixonada por ele desde o primeiro dia em que se conheceram e, enquanto o consentimento de meu pai era incerto, ela se perturbou tanto a ponto de quase ter febre. Você sabe que ela deve ser ligada a ele.

– Entendo; ela flerta com Frederick mas está apaixonada por James.

– Ah! Não, não flerta. Uma mulher apaixonada por um homem não pode flertar com outro.

– É possível que ela nem ame tão bem, nem flerte tão bem, quanto poderia fazer solteira. Os cavalheiros devem, cada um, ceder um pouco.

Depois de uma curta pausa, ela retomou:

– Então você não pensa que Isabella seja tão ligada ao meu irmão?

– Não tenho opinião formada sobre este assunto.

– Mas o que pode seu irmão querer? Se ele sabe do noivado dela, o que ele quer com seu comportamento?

– Você é uma ávida questionadora.

– Sou? Apenas pergunto o que quero entender.

– Mas você só pergunta o que eu devo falar?

– Sim, acho que sim, pois você deve conhecer o coração de seu irmão.

– Do coração de meu irmão, como você diz, no presente momento, só posso supor...

– E então?

– Veja, se for adivinhação, vamos adivinhar nós mesmos. Ser guiado por uma hipótese usada é doloroso. As premissas estão diante de você. Meu irmão é jovem rapaz vívido e, talvez, às vezes, impensante. Ele conheceu sua amiga por uma semana e soube do noivado dela quase ao mesmo tempo em que a conheceu.

– Bem –, disse Catherine depois de considerar por alguns momentos –, você pode ser capaz de adivinhar as intenções de seu irmão disso tudo, mas estou certa de que eu não. Mas seu pai não está desconfortável com tudo isso? Ele não deseja que o capitão Tilney se vá? Claro, se seu pai falasse com ele, ele obedeceria.

– Minha querida senhorita Morland – disse Henry –, neste amável pedido pelo conforto de seu irmão, será que você não está um pouco equivocada? Você não foi um pouco longe demais? Será que ele lhe agradeceria, tanto por ele quanto pela senhorita Thorpe, por supor que a afeição dela, ou ao menos seu bom comportamento, devesse ser garantida somente quando ela não visse o capitão Tilney? Ficará ele seguro apenas na solidão? Ou será que o coração dela é fiel a ele apenas quando deixado de lado por todos? Ele não pode achar isso, e você pode estar certa de que ele não acha que você ache isso. Eu não direi, "Não fique preocupada", porque sei que você está assim neste momento, mas fique o menos preocupada que puder. Não tenha dúvida da ligação mútua entre seu irmão e sua amiga; confie nisso, portanto, que o verdadeiro ciúme nunca poderá existir entre eles. Confie que nenhuma discórdia entre eles poderá durar. Seus corações estão abertos um ao outro, como nenhum coração pode estar para você. Eles sabem exatamente o que é necessário e o que deve ser suportado. E você pode estar certa de que nenhum provocará o outro além do que se sabe ser agradável.

Notando a persistente duvida nela, ele acrescentou:

– Embora Frederick não deixe Bath conosco, ele provavelmente ficará por pouco tempo, talvez poucos dias depois de nós. Sua permissão de ausência logo expirará e ele deverá voltar para seu regimento. E o que será então da amizade deles? A cantina irá embebedar Isabella Thorpe por quinze dias e ela rirá, com seu irmão, da paixão do pobre Tilney por um mês.

Catherine não mais lutava contra o conforto. Ela tinha resistido às suas abordagens durante toda a duração de um discurso, mas agora ela a seguia cativa. Henry Tilney deveria saber melhor. Ela se culpou pela extensão de seus medos e decidiu nunca mais pensar tão seriamente no assunto novamente. Sua decisão foi apoiada pelo comportamento de Isabella na sua despedida. Os Thorpe passaram a última noite no alojamento de Catherine, em Pulteney Street, e nada se passou entre os enamorados para levantar sua intranquilidade, ou deixá-la apreensiva. James estava de ótimo humor, e Isabella, muito encantadoramente plácida. Sua ternura para com sua amiga parecia bem o primeiro sentimento de seu coração, mas isso, naquele momento, era perdoável. Uma vez ela deu ao seu noivo uma manifesta objeção e, em outra, ela retirou sua mão, mas Catherine se lembrou das recomendações de Henry e justificou tudo isso por uma judiciosa afeição.

Os abraços, lágrimas e promessas da despedida entre as belas podem ser imaginados.

CAPÍTULO 20

A senhora e o senhor Allen estavam muito tristes por perderem sua jovem amiga, cujo bom humor e alegria tinham feito dela uma valiosa companheira e, na promoção desta alegria, elevou a deles também. A alegria de Catherine ao partir com a senhorita Tilney, porém, evitou que pedissem o contrário e, como permaneceriam apenas uma semana a mais em Bath, o fato de ela deixá-los agora não deveria ser sentido por muito tempo. O senhor Allen a levou até Milson Street, onde ela deveria tomar o café da manhã, e a viu sentada com a mais bondosa recepção de boas-vindas, entre seus novos amigos. Mas tão grande era sua agitação por se ver como uma da família e tão temerosa estava de não fazer exatamente o que era certo, e de não ser capaz de preservar a boa opinião que tinham dela, que, no constrangimento dos primeiros cinco minutos, ela quase desejou ter retornado com ele para Pulteney Street. Os modos da senhorita Tilney e o sorriso de Henry logo esvaíram alguns dos seus sentimentos desagradáveis, mas ainda estava longe de estar tranquila. Nem as incessantes atenções do próprio general reafirmaram sua segurança. Não, caprichosas como pareciam, ela duvidou se não poderia ter sentido menos, fosse ela menos mimada. A ansiedade pelo seu conforto, suas contínuas solicitações para que comesse, e seus repetidos medos de ela não encontrar nada de que gostasse, embora nunca na sua vida ela observasse tanta variedade em uma mesa de desjejum, tornavam impossível que esquecesse, por um momento, que era uma visitante. Ela se sentiu extremamente indigna de tal respeito e não sabia como retribuí-lo. Sua tranquilidade não aumentou pela impaciência do general para que seu filho mais velho aparecesse, nem pelo desprazer que ele confessou com a preguiça do capitão Tilney, quando ele finalmente apareceu.

Ela estava muito incomodada pela severidade da repreensão do pai dele, o que pareceu desproporcional à sua ofensa. Sua preocupação se elevou muito quando ela se descobriu a principal causa da reprimenda, e que o atraso dele foi principalmente ressentido por ser desrespeitoso com ela. Isso a colocou em uma situação bem desconfortável, e ela sentiu grande compaixão pelo capitão Tilney, sem ser capaz de esperar pela sua boa vontade. Ele escutou o pai em silêncio e não tentou se defender, o que confirmou os medos dela pela inquietude de sua mente, por causa de Isabella que, ao mantê-lo sem dormir por muito tempo, teria sido a verdadeira causa de seu despertar tardio. Era a primeira vez que ela decididamente estava na companhia dele, e ela esperava ser agora capaz de ter uma opinião sobre ele, mas Catherine mal ouviu sua voz enquanto o seu pai permaneceu na sala. Mesmo depois, tanto que seu humor foi afetado, ela nada podia distinguir além destas palavras, sussurradas para Eleanor:

– Ficarei tão feliz quando vocês forem embora.

A agitação da partida não foi agradável. O relógio bateu dez horas, enquanto as bagagens ainda subiam para as carroças, e o general determinou a partida de Milson Street para aquele horário. Seu sobretudo, em vez de lhe ser trazido para uso imediato, foi jogado na carruagem em que ele deveria acompanhar seu filho. O assento intermediário do veículo não tinha sido puxado, embora houvesse três pessoas para subir nela, e a camareira de sua filha o tinha enchido com tantos embrulhos que a senhorita Morland não tinha lugar para se sentar. O general foi levado pela apreensão a tal ponto, ao ajudá-la a subir, que ela teve alguma dificuldade em evitar que seu caderno fosse jogado à rua. Por fim, porém, a porta se fechou sobre as três damas, e elas partiram com o sóbrio passo dos quatro belos e bem alimentados cavalos de um cavalheiro, os quais iriam percorrer a jornada de quarenta e oito quilômetros: tal era a distância de Bath a Northanger, que seria dividida então em duas fases iguais. O humor de Catherine se reavivou assim que se afastou da porta, pois, com a senhorita Tilney, ela não se sentia coibida. Interessada por uma estrada que lhe era completamente nova, por uma abadia adiante e por uma carruagem atrás, ela olhou pela última vez para Bath, sem qualquer arrependimento, e via todos os marcos da estrada com surpresa.

Ao tédio de uma espera de duas horas em Petty France, onde nada havia para ser feito, além de comer sem estar com fome e passar o tempo sem nada para ver, seguido – apesar de sua admiração pelo estilo em que viajavam e da sofisticada carruagem de quatro cavalos – por cavaleiros guias, finamente uniformizados, que se erguiam sempre regularmente em seus estribos e numerosos batedores apropriadamente montados, o humor de Catherine decaiu um pouco, sob esta consequente inconveniência. Fosse seu grupo perfeitamente agradável, o atraso não teria sido nada, mas o general Tilney, embora um homem tão encantador, parecia ser sempre um obstáculo ao humor de seus filhos, e quase nada era dito, senão por ele. A observação disso, com seu descontentamento sobre tudo o que a estalagem proporcionava e sua nervosa impaciência com os garçons, fizeram Catherine se apavorar cada vez mais com ele, e as duas horas pareciam se estender em quatro. Por fim, a ordem de partida foi dada, e Catherine muito se surpreendeu, então, com a proposta do general para que ela tomasse o lugar dele, na carruagem do filho, para o restante da viagem:

– O dia estava bom e ele estava ansioso para que ela visse tanto do campo quanto possível.

A lembrança da opinião da senhora Allen a respeito de carruagens abertas, de jovens rapazes, a fez corar com a menção de tal plano e seu primeiro pensamento foi o de declinar o convite, mas o seu segundo foi de maior deferência ao julgamento do general Tilney. Ele não poderia propor nada impróprio para ela. No correr de alguns minutos, ela se encontrou com Henry na carruagem, tão feliz como nunca tinha sido antes. Uma avaliação bem curta a convenceu de que uma carruagem aberta era o mais belo veículo no mundo. A carruagem de quatro cavalos partiu com certa grandeza, claro, mas era algo pesado e incômodo, e ela não podia esquecer facilmente que parou por duas horas em Petty France. Metade do tempo teria sido o bastante para a carruagem aberta, e os leves cavalos dispostos a correr eram tão ágeis que, se não tivesse o general escolhido que sua própria carruagem abrisse caminho, eles o teriam ultrapassado com facilidade em meio minuto. Porém, o mérito da carruagem aberta não pertencia apenas aos cavalos. Henry os dirigia tão bem, tão tranquilamente, sem fazer qualquer perturbação, sem desfilar para ela, ou falar mal dos animais, tão diferente do único cavalheiro cocheiro com o qual ela podia compará-lo! E seu chapéu caiu tão bem e as inúmeras capas de seu sobretudo pareciam tão apropriadamente convenientes! Ser levada por ele, depois de dançar com ele, era certamente a maior felicidade no mundo. Além de qualquer outro prazer, agora ela tinha aquele de ouvir elogios de si mesma; de ser agradecida, pelo menos por conta da irmã dele, pela sua bondade em visitá-los; de ouvir que era considerada uma amiga verdadeira e descrita como a criar real gratidão. Sua irmã, ele disse, estava em circunstâncias desfavoráveis, pois ela não tinha nenhuma companhia feminina e, com a frequente ausência de seu pai, ficava, às vezes, sem companhia alguma.

– Mas como pode ser isso? – disse Catherine. – Você não fica com ela?

– Northanger não é mais do que minha meia casa. Tenho um estabelecimento em minha própria casa, em Woodston, que fica à quase trinta e cinco quilômetros de distância da do meu pai, e um pouco do meu tempo é gasto necessariamente ali.

– Você deve lamentar muito isso!

– Sempre sinto muito por deixar Eleanor.

– Verdade; mas, além de sua afeição por ela, você deve gostar tanto da abadia! Depois de se acostumar com mordomias, um presbitério comum deve ser muito desagradável.

Ele sorriu e disse:

– Você fez uma ideia muito favorável da abadia.

– Certamente que sim. Não é um lugar antigo e bonito, igual ao que se lê?

– E você está preparada para encontrar todos os horrores que um prédio "igual aos que se lê" podem proporcionar? Seu coração é resistente? Seus nervos são adequados para estantes deslizantes e tapeçarias?

– Não acho que serei facilmente assustada porque haverá tanta gente na casa e, além disso, nunca foi desabitada ou deixada abandonada por anos, para que então a família voltasse sem desconfiar, sem dar notícia alguma, como geralmente acontece.

– Certamente. Não teremos de achar nosso caminho por um corredor mal iluminado pelas brasas arrefecidas de uma fogueira, nem seremos obrigados a espalhar nossas camas pelo chão de uma sala sem janelas, portas ou móveis. Mas você deve estar ciente de que quando uma jovem dama, de qualquer modo, é apresentada a uma residência deste tipo, ela sempre é acolhida separadamente do restante da família. Enquanto eles se retiram confortavelmente para sua própria parte da casa, ela é formalmente conduzida por Dorothy, a governanta anciã, por uma escada diferente e, entre muitas passagens sombrias, até um quarto nunca usado, desde que alguma prima ou parente morreu nele há alguns vinte anos. Você pode aguentar tal cerimônia? Será que sua mente não se aterrorizará quando você se encontrar em tal câmara escura, muito alta e ampla para você, com apenas os raios débeis de uma única vela para você apreender todo o tamanho, suas paredes decoradas com tapetes exibindo figuras maiores que a vida, e a cama, de algo verde-escuro ou de veludo purpúreo, apresentando mesmo uma aparência funérea? Seu coração não se afundará dentro de você?

– Mas isso não ocorrerá comigo, estou certa.

– Com que temor você examinará a mobília de seu quarto? E o que você discernirá? Nada de mesas, toaletes, armários ou gavetas, mas de um lado, talvez, os restos de um alaúde quebrado, do outro, um pesado cofre que nenhum esforço fará abrir, e sobre a lareira, um retrato de algum belo guerreiro, cuja feição inexplicavelmente a surpreenderá, e do qual você não será capaz de tirar os olhos. Dorothy, enquanto isso, não menos surpresa pela sua aparência, irá encará-la com grande agitação e soltará algumas pistas ininteligíveis. Para melhorar seu ânimo, porém, ela lhe dará razão para supor que a parte da abadia em que você se hospedará é, sem dúvida alguma, mal assombrada e lhe informará que não haverá nenhum criado perto quando chamar. Com esta cordial despedida, ela sai com uma reverência. Você ouve o som dos seus passos se distanciando até que o último eco a atinja e, quando, com o vigor fragilizado, você tentar trancar sua porta, descobrirá, com crescente alarme, que ela não tem fechadura.

– Que assustador, senhor Tilney! Isso é igual ao livro... Mas não pode realmente acontecer comigo. Estou certa de que sua governanta não é realmente a Dorothy. Bem, e agora?

– Pode ser que nada mais alarmante ocorra na primeira noite.

Depois de vencer seu incontrolável horror pela cama, você se deitará para descansar e terá algumas horas de sono perturbado. Mas na segunda, ou ao máximo na terceira noite depois de sua chegada, haverá uma violenta tempestade. Trovoadas ribombando tão alto que farão tremer o edifício, e até suas fundações rolarão pelas montanhas próximas, e durante as assustadoras rajadas de vento que as acompanharão, você provavelmente achará ter visto, pois sua vela ainda não será apagada, uma parte da cortina se agitando mais violentamente que o resto. Incapaz, claro, de reprimir sua curiosidade em um momento tão favorável para ceder a ela, você se levantará rapidamente e, jogando seu roupão por cima de si, seguirá para desvendar este mistério. Depois de uma pequena busca, você descobrirá uma divisão na tapeçaria tão ardilosamente construída como a desafiar a mais minuciosa inspeção e, ao abri-la, uma porta imediatamente surgirá, a qual é trancada apenas por sólidas barras e por um cadeado, e você conseguirá, depois de algum esforço, abri-la e, com a vela na mão, passará por ela até uma pequena sala abobadada.

– Não, de fato. Eu estaria muito assustada para fazer tal coisa.

– Não quando Dorothy der a entender que há uma comunicação subterrânea secreta entre seu quarto e a capela de Saint Anthony, a uns três quilômetros e tanto. Você poderia se refrear diante de uma aventura tão simples? Não, não, você avançará por essa pequena sala abobadada, e, através dela, por muitas outras, sem perceber nada muito notável em todas. Pode ser que em alguma haja uma adaga, em outra, umas gotas de sangue e, em uma terceira, os restos de algum instrumento de tortura, mas não havendo nada fora do comum, e sua vela estando ao fim, você voltará para o seu quarto. Ao passar novamente pela pequena sala abobadada, porém, seus olhos serão levados para um enorme e antiquado armário, de ébano e ouro, o qual, embora tendo examinado atentamente a mobília, antes, você não tinha notado. Empurrada por um pressentimento irresistível, você irá ansiosamente até ele, destrancando suas portas e vasculhando cada gaveta mas, por algum tempo, sem descobrir nada importante, talvez nada mais além de um considerável tesouro de diamantes. Por fim, porém, ao tocar em uma mola secreta, um compartimento interior se abrirá e um maço de papéis aparecerá. Você o pegará. Serão muitas folhas de um manuscrito. Você se apressará com o precioso tesouro até seu próprio quarto, mas mal foi capaz de decifrar "Oh! Tu, sejas quem fores, em vossas mãos estas memórias da miserável Matilda poderão cair", quando sua vela subitamente se apagará no castiçal, deixando-a em completa escuridão.

– Ah! Não, não. Não diga isso. Bem, continue.

Entretanto, Henry, que estava por demais surpreso pelo interesse que ele tinha suscitado, foi incapaz de prosseguir. Ele já não podia mais controlar a solenidade tanto do tema quanto da voz e foi obrigado a rogar que ela usasse sua própria imaginação na leitura dos terrores de Matilda. Catherine, recompondo-se, envergonhou-se de sua ansiedade e começou a lhe assegurar, honestamente, que sua atenção se fixou, sem a menor preocupação de realmente encontrar tudo o que ele tinha descrito. A senhorita Tilney – ela estava certa –, nunca a colocaria em um quarto como aquele que ele descreveu! Ela não estava com medo algum.

Enquanto se aproximavam do fim da viagem, a impaciência dela por avistar a abadia, que por algum tempo fora suspensa, pois ele tinha falado de assuntos bem diferentes, voltou com carga total, e cada curva da estrada era esperada com solene pavor de que mostrasse um relance de suas sólidas paredes de pedra cinza, erguendo-se por entre um bosque de velhos carvalhos, com os últimos raios de sol brincando em belo esplendor, em suas altas janelas góticas. Porém, tão baixo era o prédio, que ela se encontrou passando pelos grandes portões da habitação até a adjacência de Northanger, sem mesmo discernir uma antiga chaminé.

Ela não sabia que tinha direito algum de estar surpresa, mas havia algo neste tipo de abordagem que ela não esperava. Passar por entre ajolamentos de aparência moderna, encontrar-se tão facilmente nos próprios arredores da abadia, e ser levada tão rapidamente por uma ágil e plana estrada de cascalho, sem obstáculos, alarme ou solenidade de qualquer tipo, surpreendeu-a como algo estranho e contraditório. Ela não tinha muito tempo, porém, para estas considerações. Uma pancada súbita de chuva a atingiu em cheio no rosto, tornando impossível que ela observasse algo mais, e prendeu todos os seus pensamentos no estado de seu novo chapéu de palha. Ela estava, na verdade, sob as paredes da abadia, estava pulando, com a ajuda de Henry, da carruagem para o abrigo do velho alpendre, no qual se tinha uma passagem para o corredor, onde sua amiga e o general a esperavam para recepcioná-la, sem sentir um terrível mau presságio ou um minuto de suspeita de quaisquer cenas antigas de horror que se passassem dentro do solene edifício. A brisa não parecia soprar os suspiros dos assassinados até ela. Não soprou nada pior do que uma chuva espessa e contínua. Tendo dado uma boa chacoalhada em seus trajes, ela estava pronta para ser levada à sala de estar comum, e foi capaz de considerar onde estava.

Uma abadia! Sim, era prazeroso estar de fato em uma abadia! Mas ela duvidava, enquanto olhava ao redor da sala, se algo dentro de sua observação poderia lhe dar a consciência. A mobília tinha toda a profusão e a elegância do gosto moderno. A lareira, a qual ela esperava a ampla largura e os imponentes entalhes dos tempos idos, diminuiu-se a uma do tipo Rumford, com placas de mármore, liso, porém belo, e ornamentos sobre estas da mais bonita porcelana inglesa.

As janelas, as quais ela olhava com peculiar confiança, por ter ouvido o general falar de que as preservava em suas formas góticas com cuidado reverencial, eram ainda menos do que sua imaginação tinha retratado. Para estar certa, as abóbadas pintadas foram preservadas – a forma delas era gótica. Podiam ser até mesmo batentes de janela, mas cada painel era tão largo, tão claro, tão leve! Para uma imaginação que ansiou pelas menores divisões e as mais pesadas pedrarias, por vidros pintados, sujeira e teias de aranha, a diferença era bem perturbadora. O general, notando como os olhos dela se ocupavam, começou a falar sobre a pequenez da sala e a simplicidade da mobília, onde tudo, sendo para uso diário, pretendia apenas dar conforto etc.; elogiando-se, porém, que havia alguns apartamentos na Abadia não indignos da atenção dela, e estava procedendo a mencionar a cara douração de um, em particular, quando, tomando seu relógio, ele se interrompeu para anunciar com surpresa que já eram cinco e vinte! Esta parecia a ordem de separação, e Catherine se encontrou levada pela senhorita Tilney, a qual a convenceu de que a mais estrita pontualidade para as horas da família deveria ser esperada em Northanger. Voltando por meio do enorme e alto corredor, subiram por uma ampla escada de reluzente carvalho, a qual, depois de muitos lances e muitos degraus amplos, levou-as para uma longa e extensa galeria. De um lado havia uma fileira de portas que estava iluminada, do outro, por janelas, as quais Catherine apenas teve tempo para descobrir que davam para um pátio, antes que a senhorita Tilney a conduzisse para uma câmara.

Mal permanecendo para esperar que ela a achasse confortável, deixou-lhe com o pedido ansioso para que Catherine alterasse o mínimo possível de suas roupas.

CAPÍTULO 21

Um momento foi o suficiente para provar a Catherine que seu quarto era bem diferente daquele no qual Henry tinha descrito. Não era, de forma alguma, irracionalmente grande e não continha tapeçarias ou veludo. As paredes eram revestidas de papéis e o chão era acarpetado. As janelas não eram menos perfeitas ou mais obscuras do que aquelas da sala de estar abaixo. Os móveis, embora não da última moda, eram bonitos e confortáveis, e o tom da sala, em seu conjunto, estava longe de ser triste. Com seu coração acalmado, ela decidiu não perder tempo com exames detalhados, pois temia muito irritar o general com qualquer atraso. Suas roupas, portanto, foram retiradas com a maior pressa, e ela se preparava para abrir a mala de linho, sendo que uma poltrona lhe proporcionava rápido uso, quando seus olhos caíram subitamente em um grande e alto cofre, recuado em profundo recesso, em um lado da lareira. A visão daquilo a fez pular e, esquecendo-se de todo o resto, ela ficou a encará-lo parada e muito surpresa, enquanto tais pensamentos lhe ocorriam:

"Isso é de fato muito estranho! Não esperava ver nada disso! Um cofre imenso e pesado! O que ele pode conter? Por que deveria ser colocado aqui? E recuado também, como se fosse para escondê-lo! Vou olhar por dentro, custe o que custar, vou olhar, e imediatamente, também, à luz do dia. Se eu permanecer até a noite, minha vela se apagará".

Ela avançou e o examinou de perto. Era de cedro, curiosamente ornado com alguma madeira escura, e suspenso, quase a um pé do chão, por um apoio entalhado igual. A fechadura era de prata, embora manchada pelo tempo. A cada extremidade havia os restos imperfeitos de uma maçaneta, também de prata, quebrada talvez prematuramente por alguma estranha violência. E, ao centro da porta, havia um código misterioso, no mesmo metal. Catherine se inclinou sobre ele com curiosidade, mas sem ser capaz de distinguir nada com certeza. Ela não podia, em qualquer direção que o olhasse, acreditar que a última letra fosse um T. E, ainda que pudesse ser qualquer coisa mais naquela casa, era uma circunstância a suscitar algum grau comum de surpresa. Se não fosse originalmente deles, por quais estranhos eventos teria caído em posse da família Tilney?

Sua curiosidade crescia a cada momento e, agarrando com mãos trêmulas a fechadura, ela resolveu, contra todos os riscos, satisfazer-se quanto ao seu conteúdo. Com dificuldade, pois algo parecia resistir aos seus esforços, ela abriu a porta alguns poucos centímetros. Mas, naquele momento, uma súbita batida na porta a fez, com um pulo, soltar a porta, que se fechou violentamente. A inconveniente intrusa era a ama da senhorita Tilney, enviada pela sua patroa para ajudá-la. Embora Catherine a tenha dispensado imediatamente, voltou-lhe o senso do que ela deveria fazer, forçando-a, apesar de seu ansioso desejo de penetrar nesse mistério, a continuar a se vestir sem mais atrasos. Seu progresso não foi rápido, pois seus pensamentos e seus olhos estavam ainda voltados ao objeto tão bem calculado a interessar e assustar. Embora ela não ousasse perder um momento com uma segunda tentativa, ela não podia permanecer a muitos passos do cofre. Por fim, porém, tendo deslizado um braço por entre seu vestido, sua preparação parecia quase terminada a ponto de que a impaciência de sua curiosidade não pudesse ser mais combatida. Certamente um momento podia ser poupado. Tão desesperado deveria ser o uso de sua força que, a menos que fosse protegido por forças sobrenaturais, a porta deveria ser escancarada a qualquer momento. Com este espírito, ela se jogou adiante e sua confiança não a enganou. Seu esforço decidido fez a porta ceder e deu a seus olhos surpresos a visão de uma colcha branca de algodão, devidamente dobrada, repousando em um canto do cofre esperando uma não disputada posse!

Ela estava observando, corada por conta da surpresa, quando a senhorita Tilney, ansiosa para que sua amiga estivesse pronta, entrou no quarto e, à vergonha crescente por ter acalentado uma expectativa absurda por alguns minutos, acrescentou-se a vergonha de ser pega em uma busca inútil.

– É um cofre velho e deveras curioso, não é? – perguntou a senhorita Tilney, enquanto Catherine o fechava apressadamente e se virava para a janela. – É impossível dizer há quantas gerações está aqui. Nem sei como veio parar aqui, mas não o mudei de lugar porque achei que poderia ser útil, às vezes, para colocar chapéus e gorros. O pior dele é que seu peso o faz difícil de abrir. Neste canto, porém, pelo menos não atrapalha os corredores.

Catherine não tinha tempo para falar, pois, de uma só vez, ela corava, amarrava seu vestido e tomava sábias decisões com a mais violenta pressa. A senhorita Tilney deu a entender, gentilmente, seu medo por estar atrasada e, em meio minuto, correram pelas escadas juntas, em um alarme não totalmente infundado, pois o general Tilney estava andando pela sala de estar, relógio em punho, e tendo, no instante em que elas entravam, puxado a sineta com violência, ordenando "O jantar na mesa, já!"

Catherine estremeceu com a ênfase com a qual ele falou, e sentou-se pálida e sem respirar, de modo bem humilde, preocupada com os filhos dele, e detestando cofres velhos. O general, recuperando sua polidez enquanto olhava para ela, passou o resto de seu tempo ralhando com sua filha por tolamente apressar sua bela amiga, a qual estava completamente sem fôlego pela afobação, quando não havia a menor ocasião para pressa nesse mundo. Mas Catherine não podia, de modo algum, superar o incômodo duplo de ter envolvido sua amiga em uma bronca e ter sido ela mesma uma simplória, até que todos se sentaram felizes à mesa de jantar, e os sorrisos complacentes do general e o bom apetite dela mesma devolveram-lhe a paz. A sala de jantar era nobre, adequada em suas dimensões para uma sala de estar bem mais larga do que aquela em uso comum, e com uma decoração em um estilo de luxo e de gostos, a qual se perdeu aos olhos sem prática de Catherine, que via pouco mais que seu espaço e o número de habitantes. Sobre o primeiro, ela pronunciou em voz alta sua admiração, e o general, com um rosto muito gracioso, reconheceu que não era, de modo nenhum, uma sala de tamanho inadequado e, depois, confessou que, embora tão indiferente em tais assuntos quanto à maioria das pessoas, ele considerava que uma sala de jantar razoavelmente grande era uma necessidade da vida. Ele supunha, porém, "que ela devia estar acostumada com cômodos de tamanho muito melhor na casa do senhor Allen".

– Na verdade, não... – foi a garantia honesta de Catherine. – A sala de jantar do senhor Allen não é nem metade da sua. – E ela nunca vira uma sala tão grande quanto aquela em toda a sua vida.

A alegria do general aumentou. Ora, como tinha tantos quartos, ele pensou que seria simples não fazer uso de todos, mas, pela sua honra, ele acreditava que poderia haver mais conforto em salas somente com a metade daquele tamanho. A casa do senhor Allen, ele estava certo, deveria ser do tamanho verdadeiro da felicidade racional.

A noite passou sem mais perturbações e, na ausência ocasional do general Tilney, com muito mais alegria, decerto. Somente na presença dele que Catherine sentia a menor fadiga pela viagem, e, mesmo assim, em momentos de abatimento ou contenção, um senso de felicidade geral prevalecia, e ela pensava em seus amigos em Bath, sem desejo algum de estar com eles.

A noite foi tempestuosa. O vento piorava em intervalos, pela tarde inteira. E, ao horário em que o grupo se desfez, ventava e chovia de forma violenta. Catherine, enquanto atravessava o corredor, ouvia a tempestade com muito medo. Quando ela ouviu a chuva fustigar um canto do velho edifício e fechar com súbita fúria uma porta distante, Catherine sentiu pela primeira vez que realmente estava em uma abadia. Sim, aqueles eram sons característicos. Traziam, até ela, lembranças de incontáveis variedades de terríveis situações e cenas horríveis que tais edifícios haviam testemunhado e que tais tempestades haviam levado. Ardorosamente ela se alegrou com as circunstâncias mais felizes de entrar e estar protegida por paredes tão solenes! Ela nada tinha a temer sobre assassinos da meia-noite ou galãs bêbados. Certamente Henry estava apenas zombando sobre tudo o que havia dito naquela manhã. Em uma casa tão fornida e tão guardada, ela nada teria a explorar ou fazer, e podia ir para cama tão segura quanto se estivesse em sua própria câmara em Fullerton. Assim, fortificando sabiamente sua mente enquanto subia as escadas, ela teve condições, especialmente ao perceber que a senhorita Tilney dormia a apenas duas portas dela, de entrar em seu quarto com um coração razoavelmente corajoso, e seu humor foi imediatamente ajudado pelo alegre brilhar de uma lareira acesa.

– Quão melhor é isso – ela disse, enquanto caminhava até a grade da lareira. – Como é muito melhor encontrar o fogo já aceso do que ter de tremer de frio até que toda a família se deite, como muitas garotas pobres têm sido obrigadas a fazer, ou então ter um fiel e velho criado assustando alguém ao entrar com um pacote! Como estou feliz por Northanger ser o que é! Se fosse como em outros lugares, imagino que, numa noite com esta, eu não poderia garantir a minha coragem. Mas agora, certamente, não há nada com que me alarmar.

Ela olhou ao redor do quarto. As cortinas da janela pareciam se mover. Não podia ser nada além da violência do vento penetrando por entre as divisões das persianas. Ela avançou resoluta, assobiando indiferentemente uma melodia para assegurar sua resolução, espiou com coragem atrás de cada cortina, nada viu no parapeito da janela baixa que a assustasse e, ao colocar uma mão sobre a persiana, sentiu a mais forte convicção da força do vento. Um olhar de relance ao velho cofre, enquanto se voltava deste exame, não foi de todo inútil. Ela desdenhou os medos infundados de uma fantasia tola e começou, com a mais feliz indiferença, a se preparar para dormir. Ela deveria se dar um tempo. Ela não deveria se apressar. Ela não se importava se fosse a última pessoa a despertar na casa. Mas ela não acenderia o fogo. Isso pareceria covardia, como se quisesse a proteção da luz depois de se deitar. O fogo, portanto, esmaeceu, e Catherine, tendo passado boa parte da hora em seus preparativos, estava começando a pensar em se deitar quando, ao dar um relance de despedida ao quarto, surpreendeu-se com a aparição de um alto e antiquado armário negro que, embora em uma situação bastante evidente, nunca tinha chamado sua atenção. As palavras de Henry e sua descrição do armário de ébano, o qual deveria escapar de sua percepção imediata, logo vieram à memória de Catherine. Embora não pudesse realmente haver algo nele, havia algo fantástico. Era certamente uma coincidência muito notável! Ela pegou sua vela e olhou o armário de perto. Não era todo de ébano e ouro, mas era de laquê, preto e amarelo, mas do mais belo laquê e, enquanto segurava sua vela, o amarelo ganhava em muito o efeito do ouro. A chave estava na porta, e ela teve a estranha fantasia de olhar dentro dele. Não, porém, com a menor expectativa de encontrar algo, mas era muito estranho depois do que Henry havia dito. Em resumo, ela não dormiria enquanto não o inspecionasse. Assim, colocando a vela com grande cuidado sobre uma cadeira, ela agarrou a chave com a mão bem trêmula e tentou girá-la, mas a chave resistiu ao seu esforço mais extremo. Alarmada, mas não frustrada, ela tentou de outra maneira. A trava se moveu e ela acreditou ter conseguido. Mas que estranho mistério! A porta ainda estava imóvel. Ela parou por um momento em uma surpresa sem fôlego. O vento se despejava pela chaminé, a chuva batia em torrentes contra as janelas, e tudo parecia pronunciar o pavor de sua situação. Voltar para a cama, porém, insatisfeita com aquilo, seria em vão, já que o sono seria impossível sabendo que um armário tão misteriosamente fechado estava perto dela. Novamente, portanto, ela tentou virar a chave e, depois de movê-la de todos os modos possíveis por alguns instantes, com a celeridade determinada da esperança pelo último esforço, a porta subitamente cedeu à sua mão. Seu coração pulou de contentamento por tal vitória e, tendo aberto cada porta, sendo que a segunda estava presa apenas por parafusos de construção, menos maravilhosos que a trava, embora nisso seus olhos nada pudessem perceber de diferente, uma dupla fileira de gavetas se mostrou, com algumas gavetas mais largas acima e abaixo dela. Ao centro, uma pequena porta, também fechada com uma trava e com uma chave, assegurava, entre todas as probabilidades, uma importância escondida.

O coração de Catherine bateu acelerado, mas sua coragem não lhe faltou. Com o rosto corado pela esperança e os olhos pulsando de curiosidade, seus dedos agarraram o puxador de uma gaveta e o puxaram. Estava totalmente vazia. Com menos alarme e maior ansiedade, ela abriu uma segunda, uma terceira, uma quarta. Cada uma igualmente vazia. Nenhuma foi deixada sem investigação, e em nenhuma algo foi encontrado. Bem entendida na arte de ocultar um tesouro, a possibilidade de revestimentos falsos nas gavetas não lhe escapou, e ela apalpou cada uma delas com ansiosa precisão, mas em vão. Apenas aquele lugar ao meio permanecia inexplorado. Embora ela nunca, desde o começo, tivesse a menor ideia de encontrar algo em parte alguma do armário, e não estava nem ao menos desapontada com seu fracasso até então, seria tolo não o examinar completamente, enquanto ela estava nisso. Levou algum tempo, porém, até que pudesse destrancar a porta, com a mesma dificuldade ocorrendo no cuidado com a trava interna, quanto com a externa. Mas por fim ela a abriu, e não em vão, como era sua busca, até então. Seus olhos rápidos logo se deitaram sobre um rolo de papéis empurrados para o fundo da cavidade, aparentemente por esconderijo, e seus sentimentos naquele momento foram indescritíveis. Seu coração palpitou, seus joelhos tremeram e seu rosto empalideceu. Com mãos incertas ela pegou o precioso manuscrito, pois meio relance garantiu que havia letras escritas. Enquanto reconhecia com terríveis sensações esta surpreendente coincidência com o que Henry tinha previsto, ela resolveu ler atenciosamente cada linha antes de dormir. A fraqueza da luz que sua vela emitia fez com que ela se voltasse com alarme. Mas não havia perigo de que se apagasse subitamente. Ainda queimaria por algumas horas. Para que não tivesse maior dificuldade em distinguir a escrita mais do que sua antiga data poderia ocasionar, ela apressadamente cortou o que já havia queimado do seu pavio. Pronto! Isso foi feito e a vela imediatamente se apagou. Uma lamparina não poderia ter expirado com efeito ainda mais terrível. Catherine, por alguns momentos, ficou imóvel de espanto.

Apagou-se por completo. Nem um resto de luz no pavio poderia dar esperança a sua respiração vacilante. A escuridão impenetrável e imóvel preencheu o quarto. Um violento jorro de vento, erguendo-se com inesperada fúria, acrescentou novo terror ao momento. Catherine tremeu dos pés à cabeça. Na pausa que se sucedeu, um som como passos se afastando e o bater de uma distante porta chegaram aos seus ouvidos assustados. A natureza humana não podia mais aguentar. O frio suor surgiu em sua testa, o manuscrito caiu de suas mãos e, buscando seu caminho para a cama, pulou nela apressadamente e buscou suspender sua agonia ao tremer debaixo das cobertas. Ela sentia que fechar seus olhos para dormir naquela noite estava inteiramente fora de questão. Com a curiosidade tão recentemente despertada e os sentimentos agitados de todo jeito, repousar seria absolutamente impossível. A tempestade lá fora estava terrível! Ela não acostumava se alarmar com o vento, mas agora cada rajada parecia carregada com terríveis informações. O manuscrito, tão surpreendentemente encontrado, cumpriu exemplarmente com a predição da manhã. Como isso deveria ser explicado? O que ele conteria? A quem foi escrito? De que jeito ele foi por tanto tempo escondido? E como era singularmente estranho que coubesse a ela descobri-lo! Até que ela se tornasse dona de seu conteúdo, porém, ela não teria nem repouso ou conforto. E com os primeiros raios do sol, ela estava determinada a lê-lo. Porém, muitas ainda eram as horas tediosas que deveriam se suceder. Ela tremeu, virou-se em sua cama e invejou cada um que dormia tranquilo. A tormenta ainda caía pesada e vários eram os ruídos. Mais terrível ainda era o vento que se chocava intermitentemente em seu ouvido assustado. As próprias cortinas de sua cama pareciam se mover em um momento, e em outro, a tranca da sua porta era agitada, como se alguém tentasse entrar. Murmúrios ocos pareciam crepitar ao longo da galeria e, mais de uma vez, seu sangue ficou gelado com o som de gemidos ao longe. As horas se passaram uma a uma, e a cansada Catherine ouviu todos os relógios baterem três horas, antes que a tempestade brandeasse, ou ela caísse no sono.

CAPÍTULO 22

A governanta abrindo suas persianas às oito da manhã no outro dia foi o primeiro som que despertou Catherine. Ela abriu os olhos, perguntando-se se chegaram a fechar. Sua lareira já estava acesa e uma bela manhã se sucedeu à tempestade da noite. Instantaneamente, com a consciência da existência, voltou-lhe a lembrança do manuscrito e, pulando da cama assim que a empregada se foi, ela ansiosamente recolheu cada folha espalhada que havia se soltado do rolo ao cair no chão e voltou para apreciar o luxo de sua leitura ao travesseiro. Ela via claramente, agora, que não deveria esperar por um manuscrito de igual tamanho com a generalidade que a tinha feito estremecer nos livros, pois o rolo, parecendo consistir somente de algumas folhas soltas, era, no conjunto, muito menor do que ela supôs.

Seus olhos ambiciosos passaram rapidamente por uma página. Ela assustou com o que leu. Poderia ser possível ou seus sentidos a enganavam? Um inventário de linho, em letras comuns e modernas, parecia tudo o que estava diante dela! Se a evidência da visão devesse ser confiada, ela tinha uma conta de lavanderia em suas mãos. Ela pegou outra folha e viu os mesmos artigos, com pequenas mudanças. Uma terceira, uma quarta e uma quinta não apresentaram nada de novo. Camisas, meias, gravatas e coletes a encaravam em cada folha. Duas outras, escritas pela mesma mão, marcavam uma despesa pouco mais interessante, em letras, pó de cabelo, cadarço e limpador de calças. E a folha maior, que continha as demais, parecia, pela sua linha inicial uma conta de veterinário! Tal era a coleção de papéis (deixados, talvez, como ela supunha, pela negligência de um criado no lugar de onde ela os pegou) que a encheu de expectativa e de alarme e a roubou metade de uma noite de descanso! Ela se sentia rebaixada ao pó. Não pôde a aventura com o cofre lhe ter ensinado algo? Um canto dele, surgindo aos seus olhos enquanto ela se deitava, parecia se erguer em julgamento dela. Nada poderia estar mais claro agora do que o absurdo de suas fantasias recentes. Supor que um manuscrito de muitas gerações atrás pudesse permanecer oculto em um quarto como aquele, tão moderno, tão confortável! Ou que ela fosse a primeira a possuir a habilidade de destrancar um armário, cuja chave estava ao alcance de todos! Como ela pôde dominar tanto a si mesma? Que os céus não deixem Henry Tilney saber de sua fantasia! E foi, em larga medida, tudo coisa dele, pois, se não tivesse o armário aparecido tão exatamente quanto a coincidir com a descrição das suas aventuras, ela nunca teria sentido a menor curiosidade sobre ele. Este era o único consolo que lhe ocorria. Impaciente para se ver livre dessas odiosas provas de sua folia, desses detestáveis papéis então espalhados pela cama, ela imediatamente se levantou e, dobrando-os ao máximo na mesma forma em que estavam antes, devolveu-os ao mesmo local dentro do armário, com um desejo bem sincero de que nenhum acidente desagradável pudesse revelá-los novamente, para desgraçá-la, até mesmo consigo mesma.

O motivo de as fechaduras terem sido tão difíceis de abrir, porém, era ainda algo marcante, pois agora ela podia manejá-las com bastante facilidade. Nisso certamente havia algo misterioso, e ela cedeu à atraente sugestão por meio minuto, até que a possibilidade da porta estar primeiramente aberta, e de ter ela mesmo a trancado, passou pela sua cabeça, e custou a ela corar novamente.

Assim que pôde, ela deixou o cômodo no qual sua conduta tinha produzido tais desagradáveis reflexões e seguiu rapidamente à sala de desjejum, como foi apontado pela senhorita Tilney na noite anterior. Sozinho, Henry estava ali. Sua esperança imediata de que ela não tivesse se perturbado com a tempestade, com uma sutil referência ao tipo de edifício que habitavam, foi bem incômoda. Por nada no mundo ela teria sua fraqueza suspeitada e, ainda incapaz de falsidade absoluta, estava limitada a reconhecer que o vento a manteve desperta por pouco tempo.

– Mas que bela manhã – ela acrescentou, desejando se ver livre do assunto –, e tempestades e insônia não são nada depois que passam. Que belos jacintos! Acabei de aprender a apreciar jacintos.

– De que maneira você aprendeu? Por coincidência?

– Sua irmã quem me ensinou. Não posso dizer como. A senhora Allen costumava se incomodar, ano após ano, a me ensinar a apreciá-los, mas nunca pude, até que os vi dia desses em Milson Street. Sou naturalmente indiferente a flores.

– Porém, agora você adora os jacintos. Tanto melhor. Você ganhou nova fonte de diversão, e é muito bom ter algumas que contenham a felicidade quanto possível. Além disso, gosto por flores é algo desejável para mulheres, como um meio de se sair e praticar mais exercícios do que frequentemente se faria. Embora o amor pelo jacinto possa ser bem doméstico, quem pode dizer que, uma vez surgido tal sentimento, você não possa, com o tempo, apreciar uma rosa?

– Não quero tal busca para me levar a sair de casa. O prazer de caminhar e respirar o ar puro já me basta e, quando o tempo está bom, saio mais que a metade de meu tempo. Minha mãe diz que nunca paro.

– De qualquer maneira, fico contente por você ter aprendido como apreciar um jacinto. O simples hábito de amar é o principal, e a tendência de ensinar uma disposição em uma jovem dama é uma grande bênção. Minha irmã tem um modo agradável de ensinar?

Catherine foi salva do embaraço de responder com a entrada do general, cujos sorridentes elogios anunciaram um feliz estado de espírito.

A elegância do café da manhã chamou atenção de Catherine quando se sentaram à mesa, e claramente tinha sido a escolha do general. Ele ficou encantada com a aprovação dela pelo seu gosto, confessou que a mesa era bonita e simples e pensou ser certo incentivar a manufatura de seu país. Da parte dele, ao seu paladar nada crítico, o chá estava muito bom de Staffordshire, como as de Dresden ou do Save. Mas aquele era um conjunto bem velho, comprado dois anos atrás. A manufatura tinha melhorado muito desde então. Ele já tinha visto alguns belos conjuntos quando esteve pela última vez na cidade e, não fosse ele tão perfeitamente sem vaidade deste tipo, poderia ser tentado a comprar um novo conjunto. Ele confiava, porém, que uma oportunidade não demoraria muito para que ele comprasse um, embora não para ele mesmo. Catherine era provavelmente a única do grupo que não o compreendeu.

Logo após o café da manhã, Henry seguiu para Woodston, cujo

negócio o requeria por dois ou três dias. Todos se juntaram ao corredor para vê-lo montar em seu cavalo e, imediatamente ao voltar para a sala do café da manhã, Catherine foi até a janela com a esperança de capturar outro relance de sua figura.

– Este é um duro desafio para seu irmão – observou o general para Eleanor. – Woodston não será mais do que uma aparência sombria, hoje.

– É um lugar bonito? – perguntou Catherine.

– O que você acha, Eleanor? Mostre sua opinião, pois as damas podem falar melhor sobre o gosto das damas, quanto a lugares, e também quanto aos homens. Acho que isso seria reconhecido pelos olhos mais imparciais a ter muitas recomendações. A casa fica entre cinco belos bosques, virada para o sudeste, com um excelente jardim de cozinha, no mesmo aspecto. Os muros que a circundam, eu mesmo construí e empilhei, cerca de dez anos atrás, para meu filho. É uma residência familiar, senhorita Morland. A propriedade sendo principalmente minha, você poderá crer que farei de tudo para que não seja tão ruim. Se a renda de Henry dependesse apenas deste aluguel, ele não passaria necessidades. Talvez pareça estranho que, com apenas dois filhos jovens, eu ache que uma profissão seja necessária para ele, e certamente há momentos em que desejamos que ele se livre de todos os laços comerciais. Porém, embora eu não possa converter vocês, jovens damas, estou certo de que seu pai, senhorita Morland, concordaria comigo ao achar útil dar a todos os jovens rapazes algum emprego. O dinheiro não é nada, não é um objetivo, mas o emprego é o que importa. Mesmo Frederick, meu filho mais velho, você vê, que talvez herde uma propriedade tão considerável quanto qualquer outro cidadão neste condado, tem sua profissão.

O efeito deste último argumento foi igual aos desejos dele.

O silêncio da dama provou que não havia resposta.

Foi dito algo para que a casa fosse mostrada a Catherine na noite anterior e, agora, ele se oferecia como seu guia. Embora Catherine tivesse esperado explorá-la acompanhada apenas de sua filha, era uma proposta tão feliz em si mesma, sob quaisquer circunstâncias, para que não fosse aceita com satisfação, pois ela já estava a dezoito horas na abadia, e tinha visto apenas alguns de seus cômodos. A caixa de rendas, aberta apenas para matar o tempo, foi fechada com alegre pressa, e ela estava pronta para se juntar a ele em um momento.

E quando eles saíram pela casa, ele prometeu ainda mais o prazer de acompanhá-la pelos arbustos e pelo jardim. Ela reverenciou sua aprovação. Mas talvez seja mais agradável para ela fazer disso o primeiro objeto. O clima está tão favorável agora e, nesta época do ano, a incerteza é muito grande de que continue assim. O que ela preferiria? Ele estava igualmente ao seu dispor. O que sua filha achava que estaria mais em consonância com os desejos de sua bela amiga? Mas ele achou que poderia descobrir. Sim, ele certamente lia nos olhos da senhorita Morland um desejo judicioso de aproveitar o clima sorridente de agora. Mas, e quando ela errar no julgamento? A abadia sempre será segura e seca. Ele cedeu implicitamente, agarrou seu chapéu e se juntou a elas em um instante. Ele deixou a sala, e Catherine, com um rosto desapontado e ansioso, começou a falar de sua falta de vontade de que ele as levasse para fora contra sua própria inclinação, sob a ideia equivocada de agradá-la, mas ela foi interrompida pela senhorita Tilney dizendo, um pouco confusa, "Acredito que será melhor aproveitar a manhã enquanto está boa; e não se perturbe com meu pai; ele sempre caminha a esta hora do dia." Catherine não sabia exatamente como entender essa situaão. Por que estava a senhorita Tilney desconcertada? Poderia haver alguma falta de vontade, da parte do general, para lhe mostrar a abadia? A proposta tinha sido dele. E não era estranho que ele sempre caminhasse tão cedo? Nem seu pai e nem o senhor Allen faziam isso. Certamente que era muito provocador. Ela estava muito impaciente em ver a casa, e mal tinha alguma curiosidade sobre os arredores. Se Henry ainda estivesse com eles! Mas agora ela não devia saber o que era pitoresco ao ver. Tais eram seus pensamentos, mas ela os mantinha consigo mesma, colocando seu chapéu em paciente descontentamento.

A surpresa dela, porém, foi além de suas expectativas, pela grandeza da abadia, como ela a via do gramado pela primeira vez. O prédio inteiro abrigava um grande pátio. Dois lados do quadrilátero, rico em ornamentos góticos, destacavam-se para admiração. O restante estava bloqueado por montículos de velhas árvores, ou abundantes arvoredos, e as colinas repletas de árvores, sendo que estas serviam como abrigos, eram belas mesmo no mês de março.

Catherine nada tinha visto para ter uma comparação, e seus sentimentos de prazer eram tão fortes que, sem esperar por maior autoridade, vigorosamente despejou sua surpresa e seu elogio. O general ouvia com assentida gratidão. Parecia como se a própria estima dele por Northanger tivesse aguardado, indefinida, até aquele momento.

A horta era a próxima a ser admirada, e ele abriu o caminho até ela pelo parque.

O número de acres contido nessa horta era tamanho, que Catherine não podia ficar senão boquiaberta, pois era mais que o dobro da extensão de toda a propriedade do senhor Allen, assim como a de seu pai, incluindo o jardim da igreja e o orquidário. Os muros pareciam incontáveis em termos de número, infinitos em extensão. Uma vila de estufas parecia se erguer entre eles, e uma paróquia inteira a trabalhar dentro de seus limites. O general estava convencido pelos olhares de surpresa dela, os quais lhe diziam bem claramente, e logo ele a forçou a dizer em palavras, que ela nunca tinha visto jardins sequer iguais àqueles antes. Ele então reconheceu modestamente que sem qualquer ambição deste tipo nele próprio, sem pedido para isso, ele acreditava que não tinham rivais no reino. Se ele tivesse um cavalo de passeio, seria isso. Ele amava um jardim. Embora indiferente o bastante em questões de alimentação, ele amava boas frutas, ou, se ele não, seus amigos e filhos sim. Havia grandes inconvenientes, porém, em cuidar de um jardim como o dele. O extremo cuidado nem sempre poderia garantir as mais valiosas frutas. A plantação de abacaxis tinha produzido apenas cem frutas no último ano. O senhor Allen, ele supunha, deveria sentir estas inconveniências tanto quanto ele. Não, nem um pouco. O senhor Allen não se preocupa com o jardim, e nunca vai até ele.

Triunfante, o general desejou que ele pudesse fazer o mesmo, pois ele nunca entrou no próprio jardim sem se irritar de uma maneira ou de outra, por sempre faltar algo em seu plano.

– Como funcionavam os viveiros do senhor Allen? – descrevendo a natureza das dele próprias enquanto adentravam por elas.

– O senhor Allen tinha apenas uma pequena estufa, a qual a senhora Allen usava para suas plantas no inverno, e havia incêndios de vez em quando.

– Ele é um homem feliz! – disse o general com um olhar de desprezo muito alegre.

Tendo a levado em cada divisão e a conduzido a cada muro até que ela estivesse entusiasticamente cansada de ver e de se deslumbrar, ele fez com que as garotas, ao fim, se aproveitassem de uma porta externa e, então expressando seu desejo de examinar os efeitos de algumas mudanças recentes na estufa de chá, propôs que fosse uma extensão nada desagradável de sua caminhada, se a senhorita Morland não estivesse cansada.

– Eleanor, onde está indo? Porque você escolheu esse caminho frio e úmido? A senhorita Morland ficará molhada. O melhor caminho é atravessar o parque.

– Gosto tanto deste caminho – disse a senhorita Tilney – que sempre penso ser o melhor e mais rápido. Mas talvez esteja úmido.

Consistia em uma estreita através de um espesso bosque de velhos abetos escoceses. Catherine, surpresa com seu aspecto sombrio, e ansiosa por entrar nele, não podia, mesmo com a desaprovação do general, ser impedida de avançar. Ele percebeu sua vontade, e tendo renovado ao argumento sobre a saúde em vão, foi muito polido para se opor ainda mais. Ele evitou, porém, juntar-se a elas: "Os raios do sol não estavam muito animadores para ele, e ele se juntaria a elas por outro caminho". Ele se voltou, e Catherine se chocou ao descobrir o quanto seu humor se aliviou com a separação. O choque, porém, sendo menos verdadeiro que o alívio, não a afligia, e ela começou a falar com tranquila alegria da deliciosa melancolia que tal bosque inspirava.

– Particularmente, eu gosto muito desse lugar – disse sua companheira com um suspiro. – Era o caminho preferido da minha mãe.

Catherine nunca tinha ouvido a senhora Tilney ser mencionada pela família antes, e o interesse surgiu com esta terna lembrança demonstrada diretamente em seu rosto alterado e na pausa atenta com que ela esperou por algo mais.

– Eu andava por aqui tantas vezes com ela! – acrescentou Eleanor. – Embora eu não amasse este lugar como amo desde então. Naquele tempo, de fato, eu costumava me surpreender com a escolha dela. Mas sua memória o faz querido agora.

– E não deveria – refletiu Catherine – fazer-se querido para o marido dela? Porém, o general não entra aqui.

Com a senhorita Tilney ainda em silêncio, ela se aventurou a dizer:

– A morte dela deve ter sido uma grande aflição!

– Grande e crescente – replicou a outra em voz baixa. – Eu tinha apenas treze anos quando aconteceu. Embora eu sentisse a minha perda talvez tão forte quanto alguém muito jovem pudesse sentir, eu não sabia, eu não poderia saber então, saber que perda era aquela.

Ela parou por um momento e então acrescentou com muita firmeza:

– Você sabe que não tenho irmãs, embora meus irmãos sejam bem afetuosos, e Henry fique muito tempo aqui, pelo que sou muito grata, é impossível, para mim, não me sentir sozinha às vezes.

– Tenho certeza de que você sente muita saudade dele.

– Uma mãe estaria sempre presente. Uma mãe teria sido uma amiga constante. Sua influência superaria todas as outras.

– Ela era bonita? Há algum retrato dela na abadia? E por que ela gostava tanto deste bosque? Era para aliviar a tristeza?

Eram perguntas agora despejadas ansiosamente. As três primeiras receberam uma pronta afirmativa, as outras duas foram ignoradas. O interesse de Catherine na falecida senhora Tilney aumentava com cada questão, respondida ou não. Ela se sentia convencida da infelicidade dela com o casamento. O general certamente foi um mau marido. Ele não gostava do passeio dela. Poderia, portanto, tê-la amado? E, além disso, bonito como ele era, havia algo no jeito de seus traços denunciando que ele não se comportou bem com ela.

– Suponho que seja o quadro dela. – Corando com a artimanha consumada em sua própria questão. – Está no quarto de seu pai?

– Não; foi planejado para a sala de estar, mas meu pai ficou insatisfeito com a pintura e, por algum tempo, ele ficou sem lugar. Logo depois da morte dela, eu fiquei com ele e o pendurei em meu quarto de dormir, onde ficarei feliz em lhe mostrar. É muito parecido. Eis outra prova. Um retrato, bem semelhante, de uma esposa que se foi, não prezado pelo marido! Ele deve ter sido terrivelmente cruel com ela!

Catherine não mais tentou esconder de si mesma a natureza dos sentimentos, os quais, apesar de toda sua atenção, foram previamente causados por ele. E o que foi terror e desprazer antes, agora era aversão absoluta. Sim, aversão! Sua crueldade com tal encantadora mulher o fez odioso a ela. Ela tinha lido com frequência sobre tais personagens, personagens que o senhor Allen se acostumou a chamar de artificiais e exagerados, mas eis uma prova positiva do contrário.

Ela tinha acabado de se acertar neste ponto quando o fim do caminho as levou diretamente para o general. Apesar de toda sua virtuosa indignação, ela se encontrou novamente obrigada a caminhar com ele, ouvi-lo, e mesmo a sorrir quando ele sorria. Não sendo mais capaz, porém, de obter prazer dos objetos adjacentes, ela logo começou a caminhar com lassidão. O general se apercebeu e, preocupado com sua saúde, o que parecia reprová-la quanto a sua opinião por ele, urgiu ainda mais para que retornasse com sua filha para casa. Ele as seguiria em quinze minutos. Novamente se separaram, mas Eleanor foi chamada de volta em meio minuto para receber uma ordem estrita para não levar sua amiga ao redor da abadia até que ele voltasse. Este segundo exemplo da ansiedade dele em atrasar o que ela tanto queria pareceu muito notável a Catherine.

CAPÍTULO 23

Antes que o general aparecesse, uma hora se passou, e sua jovem convidada fez uma consideração não muito favorável para com seu caráter:

– Esta prolongada ausência, estes passeios solitários, não anunciam uma mente tranquila, ou uma consciência vazia de condenações.

Por fim, ele apareceu e, fosse como fosse a tristeza de suas meditações, ainda podia sorrir com ela. A senhorita Tilney, compreendendo em parte a curiosidade de sua amiga em ver a casa, logo trouxe o assunto à tona novamente. Seu pai, que, contrariamente às expectativas de Catherine, foi desguarnecido de pretensões por mais atrasos, além daquele de parar por cinco minutos para ordenar que refrescos estivessem na sala quando voltassem, estava, por fim, pronto para acompanhá-las.

Seguiram em frente com um passo sério, o que atraía o olhar, mas que não balançava as dúvidas da bem informada Catherine, ele abriu caminho através do corredor, por entre a sala de estar comum e uma inútil antecâmara, para uma sala magnífica, tanto em tamanho quanto em mobília: a verdadeira sala de estar, usada apenas com visitas importantes. Era muito nobre. Muito imponente. Muito encantadora! Foi tudo o que Catherine tinha a dizer, pois seus olhos indiscriminados mal discerniam a cor da seda. Todos os elogios pormenorizados e todos os elogios que tinham muitos significados foram dados pelo general. A opulência ou a elegância da decoração de qualquer sala não poderia ser nada para ela, visto que ela não se importava por nenhuma mobília mais contemporânea do que a do século XV. Quando o general satisfez sua própria curiosidade, em uma detalhada inspeção de todos os conhecidos ornamentos, eles seguiram para a biblioteca, um cômodo, a seu modo, de igual magnificência, onde se exibia uma coleção de livros, a qual um homem modesto teria olhado com orgulho. Catherine ouviu, admirou e se surpreendeu com mais sentimentos genuínos do que antes. Ela reuniu tudo o que podia deste depósito de conhecimento, ao passar pelos títulos de meia estante, e estava pronta para continuar. Mas as suítes de cômodos não corresponderam aos seus desejos. Grande como era o edifício, ela já havia visitado a maior parte. Embora, ao lhe ser dito isso, com a adição da cozinha, as seis ou sete salas que ela tinha visto compreendiam três lados do pátio, ela mal podia acreditar ou suspeitar de que houvesse mais câmaras escondidas. Foi com algum alívio, porém, que retornavam aos cômodos de uso comum, ao passar por alguns de menor importância, olhando para o pátio que, com passagens ocasionais, não totalmente ocultas, conectava diferentes lados. Ela ficou ainda mais aliviada com seu progresso ao lhe contarem que ela estava caminhando por onde tinha sido um claustro, com os traços de celas lhe sendo mostrados, e observando várias portas que não estavam nem abertas, e tampouco lhe foram explicadas, e, depois, encontrando-se sucessivamente na sala de bilhar e no cômodo privado do general, sem compreender sua conexão ou ser capaz de se virar ao lado certo quando ela os deixou. Por fim, ao passar por uma pequena sala escura, reconheceu a autoridade de Henry, pois era preenchida com a desordem dos livros, armas e sobretudos dele. Da sala de jantar, a qual, tendo já sido vista, e sempre a ser vista às cinco horas, o general não podia abrir mão do prazer de percorrer sua extensão, dando mais algumas informações para a senhorita Morland, quanto ao que ela não duvidava nem se importava, eles seguiram por uma rápida passagem à cozinha, a antiga cozinha do convento, rica em sólidas paredes e fumaça dos velhos dias, e em fornos e armários aquecidos do presente.

O toque de perfeição do general não havia se desperdiçado aqui. Cada invenção moderna para facilitar o trabalho dos cozinheiros foi adotada dentro desse espaço teatral deles. Quando o gênio de outros falhou, o dele próprio produziu a melhora desejada. Seus dotes a este único local poderiam, a qualquer tempo, tê-lo colocado bem alto entre os benfeitores do convento. Com as paredes da cozinha, terminava-se toda a antiguidade do convento. Já o quarto lado do pátio foi, por causa de seu estado decadente, removido pelo pai do general, e o atual, construído em seu lugar. Tudo o que era venerável terminava aqui. O novo edifício não era apenas novo, mas se declarava assim. Planejado apenas para serviços e contido atrás por estábulos, nenhuma uniformidade arquitetônica se julgou necessária. Catherine poderia ter se enfurecido com a mão que destruiu o que teria valor maior que o resto, com o propósito de simples economia doméstica, e teria, de bom grado, poupado a humilhação de um passeio por cenários tão decaídos, tivesse o general permitido. Mas, se ele fosse vaidoso, seria com o arranjo de suas áreas de trabalho. Como ele estava convencido de que, para uma mente como a da senhorita Morland, ver as acomodações e o conforto, pelos quais o trabalho de seus subordinados era atenuado, sempre deveria ser gratificante, ele não se desculpou ao conduzi-la para lá. Fizeram uma leve inspeção de tudo, e Catherine estava impressionada, além de suas expectativas, pela sua multiplicidade e pela sua conveniência. Os fins pelos quais algumas copas deformadas e uma área de lavagem sem conforto foram julgadas suficientes em Fullerton, aqui, elas eram efetuadas em divisões apropriadas, cômodas e amplas. O número de criados que apareciam constantemente não a surpreendeu menos do que o número dos seus compartimentos. Aonde eles iam, alguma garota uniformizada os parava para cumprimentá-los, ou algum lacaio em roupa de dormir os espiava. E isso ainda era uma abadia!

Que diferença sem expressão destes arranjos domésticos em comparação aos que ela já tinha lido sobre abadias e castelos, nos quais, embora certamente maiores que Northanger, todo o trabalho sujo da casa deveria ser feito por dois pares de mãos femininas, ao máximo. Como elas podiam dar conta de tudo, às vezes, surpreendia Catherine e, quando ela viu o que era necessário aqui, começou ela mesma a se surpreender. Voltaram ao corredor para que subissem a escada principal, e a beleza de sua madeira e os ornamentos de fino entalhe poderiam ser indicados. Tendo chegado ao topo, tomaram a direção oposta a da galeria onde ficava o quarto de Catherine, e logo entraram em uma no mesmo plano, mas superior em extensão e amplitude. Ela foi levada sucessivamente a três grandes quartos de dormir, com salas de vestir mais completas e sofisticadamente decoradas. Tudo que o dinheiro e o gosto poderiam fazer para dar conforto e elegância aos apartamentos foi investido neles, sendo que eles foram mobiliados nos últimos cinco anos e eram perfeitos e agradáveis em tudo o que poderiam ser, mas também tudo o que poderia dar prazer a Catherine. Enquanto examinavam o último, o general, depois de mencionar de passagem alguns dos distintos nomes por quem já foram honrados em certas ocasiões, voltou-se com um rosto sorridente para Catherine e se aventurou a esperar que, de agora em diante, alguns dos seus próximos inquilinos pudessem ser nossos amigos de Fullerton. Ela sentiu o inesperado elogio e lamentou profundamente a impossibilidade de pensar bem de um homem tão bondosamente disposto para com ela e tão cheio de civilidades para com a sua família.

A galeria era terminada em portas fechadas, as quais a senhorita Tilney, avançando, abriu e passou. Parecendo que iria fazer o mesmo com a primeira porta à esquerda.

Em outro longo braço da galeria, o general, adiantando-se, chamou-a apressadamente e, enquanto Catherine pensava, bem nervoso, perguntou para onde ela estava indo, o que mais havia para ser visto, se a senhorita Morland já não tinha visto tudo o que valia sua atenção, e se ela não deveria supor que a amiga pudesse ficar feliz com algum refresco depois de tantos exercícios. A senhorita Tilney recuou imediatamente, e as pesadas portas se fecharam sobre a constrangida Catherine, a qual viu, em um relance momentâneo atrás delas, uma passagem mais estreita, mais numerosas aberturas e sinais de uma ampla escada, o que ela acreditou, por fim, ser algo que valia sua atenção. Ela sentiu ainda, enquanto caminhava de má vontade de volta pela galeria, que ela preferiria ser permitida a explorar aquele canto da casa do que ver toda a sofisticação do restante. O evidente desejo do general de evitar tal exame foi um estimulante adicional. Algo certamente deveria ser escondido. Sua imaginação, embora lhe tenha trespassado uma ou duas vezes, ultimamente, não poderia enganá-la ali. Sobre isso, uma curta frase da senhorita Tilney, enquanto seguiam o general a certa distância, escada abaixo, parecia pontuar.

"Estava para levá-la ao quarto que era de minha mãe. O quarto onde ela faleceu", foram suas palavras. Mas poucas como eram, entregaram páginas de informação a Catherine. Não surpreendia que o general recuasse ante a visão de tais objetos que aquele quarto deveria conter. Um quarto provavelmente nunca adentrado por ele desde que terrível cenário se passou, desde que sua sofredora esposa foi libertada e o deixou às aferroadas da consciência.

Ela se aventurou, quando novamente a sós com Eleanor, a expressar seu desejo de ser permitida a ver o quarto, assim como tudo mais daquele lado da casa, e Eleanor prometeu levá-la lá, quando fosse o momento apropriado. Catherine a compreendeu: o general deveria estar fora de casa, antes que pudessem entrar naquele quarto.

– Suponho que ele permaneça como era? – disse Catherine, em um tom melancólico.

– Sim, totalmente.

– E há quanto tempo sua mãe faleceu?

– Nove anos.

Catherine sabia que nove anos era pouquíssimo tempo, comparado com o que se passava depois da morte de uma esposa adoentada e antes que seu quarto pudesse ser usado novamente.

– Suponho que você esteve com ela até o fim...

– Não – disse a senhorita Tilney ofegante. – Infelizmente, eu não estava em casa. Sua doença foi súbita e curta e, antes que eu chegasse, tudo estava acabado.

Catherine tremeu com as terríveis sugestões que saltaram naturalmente destas palavras. Seria possível? Seria possível que o pai de Henry...? E ainda muitos eram os exemplos para justificar até mesmo as mais obscuras suspeitas! E quando ela o viu à noite, embora trabalhasse com sua amiga, caminhando lentamente pela sala de estar por uma hora inteira, em silenciosos pensamentos, com os olhos baixos e a fronte cerrada, ela se sentiu segura de toda a possibilidade de estar equivocada com ele. Era o tom e a atitude de um Montoni! O que mais claramente poderia anunciar os sombrios trabalhos de uma mente não totalmente morta a qualquer senso de humanidade em seu assustado reviver de cenas passadas de culpa? Homem infeliz! E a ansiedade de seus espíritos direcionou os olhos àquela figura tão repetidamente, a ponto de captar a atenção da senhorita Tilney.

– Meu pai – ela suspirou – muitas vezes caminha pela sala deste jeito; é comum.

“Tanto pior!”, pensou Catherine. Tal exercício fora de hora era um pouco da estranha irracionalidade dos seus passeios matinais, e não prenunciava nada bom.

Depois de uma noite, cuja pouca variedade e aparente extensão a fez peculiarmente sensível à importância de Henry entre eles, ela ficou sinceramente feliz de ser dispensada, embora fosse por um olhar do general, planejado para que ela não visse, que fez sua filha tocar a sineta. Quando o mordomo foi acender a vela de seu patrão, porém, isso não foi permitido. Ele ainda não iria se retirar.

– Tenho muitos panfletos a terminar – ele disse para Catherine – antes que eu possa fechar meus olhos, e talvez tenha de me afundar nos assuntos da nação por horas depois de você dormir. Pode cada um de nós estar mais bem empregado? Meus olhos cegarão pelo bem dos outros, e os seus, preparando-se com o descanso para enganos futuros.

Entretanto, nem a alegada ocupação, nem o belíssimo elogio poderiam conquistar Catherine em não pensar que algum objeto muito diferente deveria causar um atraso tão sério de um descanso apropriado. Ficar acordado por horas, depois que a família tenha se deitado, por causa de estúpidos panfletos, não era muito provável. Deveria haver algum motivo mais profundo, algo que só deveria ser feito enquanto o lar dormisse. A probabilidade de que a senhora Tilney ainda vivesse trancada por razões desconhecidas e recebendo, das mãos inclementes de seu marido, uma porção noturna de péssima comida, foi a conclusão que se seguiu naturalmente. Chocante como era a ideia, ao menos era melhor do que uma morte injustamente apressada, pois, no curso natural das coisas, ela não levaria muito tempo para ser libertada. A rapidez de sua atribuída doença, a ausência de sua filha, e provavelmente de seus outros filhos, naquele momento, tudo favorecia a suposição de seu aprisionamento. Sua causa: ciúme, talvez, ou crueldade... ainda estava a ser descoberta.

Enquanto lembrava estas ideias ao se despir, ocorreu a ela, como não improvável, que ela tenha passado, durante a manhã, próximo ao lugar exato do confinamento desta desafortunada mulher – Catherine poderia ter estado a alguns passos da cela na qual ela penava seus dias. Pois qual parte da abadia seria mais apropriada para este fim do que aquele que ainda carregava os traços de monástica divisão? Na passagem de alta abóbada, pavimentada de pedras, que ela já tinha pisado com peculiar pavor, ela bem se lembrava das portas que o general não tinha dado conta. Para onde aquelas portas levavam? A ajudar na plausibilidade desta conjectura, ocorreu-lhe ainda que devessem levar para a galeria proibida, na qual ficavam os cômodos da desafortunada senhora Tilney, tão certo quanto sua memória poderia guiá-la, exatamente para essa fileira suspeita de celas, e a escadaria ao lado daqueles quartos, da qual ela tinha tido um rápido relance, unindo por algum meio secreto aquelas celas, poderia ajudar os bárbaros rituais de seu marido. Talvez descendo aquela escada ela fosse levada em um estado de insensibilidade bem preparado!

Catherine se assustava com suas próprias premissas e, às vezes, esperava ou temia que tivesse ido muito longe, mas elas se apoiavam pelas mesmas aparências que tornavam impossível sua rejeição.

O lado do pátio, no qual ela supunha que a condenável cena fosse executada, sendo, como ela acreditava, apenas oposto ao quarto dela, então lhe ocorreu que, se cuidadosamente observada, alguns raios de luz da vela do general poderiam reluzir pelas janelas inferiores, enquanto ele passava para a prisão de sua esposa. Por duas vezes antes de entrar na cama, ela saiu silenciosamente de seu quarto para a janela correspondente, na galeria, para ver se apareciam, mas tudo adiante era escuro, e ainda deveria ser muito cedo. Os vários ruídos que subiam a convenciam de que os criados ainda deveriam estar de pé. Até a meia-noite, ela supunha ser inútil observar. Mas, então, quando o relógio batesse doze, e tudo estivesse quieto, ela sairia, se não estivesse muito atemorizada pela escuridão, e olharia mais uma vez. O relógio bateu doze, e Catherine dormia há meia hora.

CAPÍTULO 24

O próximo dia não deixou oportunidades para a investigação dos misteriosos cômodos. Era domingo, e todo o tempo, entre as missas da manhã e da tarde, o general exigiu que se fizessem exercícios externos ou frias refeições em casa. A coragem de Catherine não era a mesma quanto o desejo de explorar a abadia depois do jantar, tanto com a luz baça do céu entre as seis e as sete horas, como pela mais parcial, porém mais forte iluminação de uma traiçoeira vela. O dia não foi marcado, portanto, por nada que instigasse seu pensamento, além da visão de um monumento muito elegante à memória da senhora Tilney, o qual estava diretamente defronte ao assento da família na igreja. Por ele, seus olhos foram imediatamente atraídos e, por muito tempo, retidos. A leitura do epitáfio muito manchado, no qual cada virtude lhe era atribuída pelo inconsolável marido, o qual deveria ser, de um modo ou de outro, seu destruidor, afetou-a a ponto de chorar.

Que o general, tendo erguido tamanho monumento, ficasse o encarando, não era algo muito estranho e, ainda que ele pudesse se sentar tão imponentemente composto, podendo vê-lo, manter um ar tão elevado, um olhar tão corajosamente alheio, não que ele sequer devesse entrar na igreja, parecia muito bonito a Catherine. Não, porém, que muitos exemplos de seres igualmente embrutecidos pela culpa não pudessem ser produzidos. Ela poderia se lembrar de dúzias que perseveraram em cada vício possível, indo de crime em crime, assassinando qualquer um que eles quisessem, sem sentimento algum de humanidade ou remorso, até que uma morte violenta ou um retiro religioso encerrava suas negras carreiras. A construção do próprio monumento não podia, ao menos, afetar suas dúvidas sobre a verdadeira morte da senhora Tilney. Fosse ela mesma descer à catacumba da família onde suas cinzas deveriam repousar, fosse ela observar o caixão no qual eles disseram que ela deveria estar encerrada, o que isso poderia ajudar neste caso? Catherine tinha lido o bastante para não estar perfeitamente ciente da facilidade com que uma figura de cera poderia ser introduzida, e um falso funeral.

A próxima manhã prometia algo melhor. A caminhada matutina do general, inconveniente como era de todos os modos, ajudou-a nesse ponto. Quando ela soube que ele estaria fora de casa, propôs imediatamente à senhorita Tilney que cumprisse com sua promessa. Eleanor estava pronta a satisfazê-la, mas, como Catherine a lembrou de outra promessa, sua primeira visita, em consequência, seria ao retrato em seu quarto de dormir. O retrato representava uma mulher muito amável, com uma suave e pensativa feição, justificando, até então, as expectativas de sua nova observadora. Mas elas não foram atendidas em nenhum aspecto, pois Catherine achou que encontraria traços, cabelo e compleição que seriam as próprias contrapartidas, a própria imagem, senão de Henry, de Eleanor, os únicos retratos dos quais ela tinha o hábito de pensar, tendo sempre igual lembrança da mãe e da filha. Um rosto emoldurado permanece por gerações. Então ela era obrigada a olhar, considerar e buscar a semelhança. Ela o contemplava, porém, apesar dessa decepção, com muita emoção e, não fosse um interesse mais forte, teria o deixado de má vontade.

A agitação dela, enquanto entravam pela grande galeria, era demais para qualquer tentativa de conversa. Ela podia apenas olhar sua companheira. As feições de Eleanor estavam prostradas, ou melhor, sedadas. Sua compostura denunciava estar acostumada a todos os objetos sombrios por onde avançavam. Novamente ela passou pelas portas fechadas e novamente sua mão estava sobre a importante tranca. Catherine, mal podendo respirar, voltava-se para fechar as portas anteriores com temeroso cuidado, quando a figura, a terrível figura do próprio general, na ponta extrema da galeria ficou diante dela! O nome de "Eleanor", no mesmo instante, em seu tom mais alto, ressoou pelo edifício, dando a sua filha a primeira intimação de sua presença, e a Catherine, terror em cima de terror. Uma tentativa de se esconder foi seu primeiro movimento instintivo ao percebê-lo, ainda que ela mal pudesse esperar ter escapado dos olhos dele.

Quando sua amiga, que com um olhar de desculpas lançado apressadamente a ela, juntou-se e desapareceu com ele, Catherine correu por segurança para seu próprio quarto e, trancando-se nele, acreditou que nunca teria coragem de descer novamente. Ela permaneceu lá por pelo menos uma hora, na maior agitação, lamentando profundamente o estado de sua própria amiga e esperando um chamado para ela mesma do bravo general, para encontrá-lo em seu próprio quarto. Nenhum chamado, porém, chegou. Por fim, ao ver uma carruagem subir até a abadia, ela se encorajou a descer e encontrá-lo sob a proteção de visitantes. A sala de desjejum estava alegre com companhias, e ela foi nomeada pelo general como a amiga de sua filha, em um estilo elogioso, que tão bem ocultava sua ressentida ira, fazendo-a sentir-se segura, pelo menos naquele momento. E Eleanor, com um controle de aparência que honrava sua preocupação pelo caráter dele, aproveitou a primeira ocasião para dizer a ela:

– Meu pai apenas queria que eu respondesse uma mensagem.

Ela começou a ter esperanças de que sequer teria sido vista pelo general, ou que, por alguma consideração de política, ela fosse permitida a se supor assim. Assim confiando, ela ousou ainda permanecer em sua presença, depois que os visitantes os deixaram, e nada ocorreu para perturbá-la. No decorrer das reflexões matinais, ela decidiu fazer sua próxima tentativa sozinha à porta proibida. Seria muito melhor, sob todos os pontos de vista, que Eleanor nada soubesse sobre isso. Envolvê-la no perigo de uma segunda detecção, acompanhá-la a um quarto que deveria apertar o coração dela, não poderia ser o ofício de uma amiga. A mais extrema ira do general não poderia ser, para ela, o que seria a uma filha. Além disso, ela achava que a própria inspeção seria mais satisfatória se feita sem nenhuma companhia. Seria impossível explicar a Eleanor as suspeitas das quais tinha sido, com todas as probabilidades, até então, felizmente isenta. Nem ela podia, portanto, na presença dela, buscar por aquelas provas da crueldade do general, embora ainda tenham escapado da descoberta, ela sentia-se confiante de obtê-las em algum lugar, na forma de alguma página de um diário, indo até o último fôlego. Ela dominava completamente o caminho até o quarto. Como desejava ir até lá antes da volta de Henry, o qual era esperado no dia seguinte, não havia tempo a perder. O dia estava brilhante, sua coragem, alta. Seria às quatro, o sol ainda duas horas acima do horizonte, apenas meia hora antes de ela se retirar habitualmente para se vestir. Isso foi feito. Catherine se encontrava sozinha na galeria, antes que os relógios parassem de bater. Não havia tempo para pensar. Ela se apressou, deslizou com o menor ruído possível por entre as portas fechadas e, sem parar para olhar ou respirar, correu adiante para aquela em questão. A tranca cedeu à sua mão e, por sorte, sem nenhum som súbito que pudesse alarmar um ser humano. Entrou na ponta dos pés. O quarto estava diante dela, mas, só alguns minutos depois, deu outro passo. Observou o que a fixava ao local e reparava em cada traço. Viu um quarto grande e bem distribuído, uma bela cama de pique, arrumada com um cuidado de criada, um brilhante forno de Bath, guarda-roupas de mogno, e aconchegantes cadeiras pintadas, sobre as quais um sol ocidental alegremente despejava por duas vidraças seus cálidos raios! Catherine esperava que seus sentimentos operassem. E eles operaram.

Primeiro, a surpresa e a dúvida as agarraram. Um rio de senso comum, que logo se seguiu, acrescentou um pouco de amargas emoções de vergonha. Ela não poderia ter se equivocado quanto ao quarto. Mas como tinha se enganado redondamente quanto ao resto, na interpretação da senhorita Tilney e nos próprios cálculos! Este quarto, ao qual ela tinha dado uma data tão antiga, uma posição tão terrível, provou estar situado na extremidade em que o pai do general tinha construído. Havia outros dois quartos na câmara, levando provavelmente às salas de vestir, mas ela não tinha vontade de abrir nenhum. Seria o véu com o qual a senhora Tilney tinha caminhado pela última vez, ou o volume que tinha lido por último, permanecendo para dizer que nada mais era permitido sussurrar? Não. Quaisquer que tenham sido os crimes do general, ela certamente teve muito gênio para deixar pistas. Catherine estava cansada de explorar e desejou estar segura em seu quarto, com seu próprio coração apenas fechado em sua fantasia. Ela estava a ponto de voltar, tão suavemente como havia entrado, quando o som de passos – mal podia dizer de onde – a fez parar e tremer. Ser encontrada ali, mesmo por um criado, seria desagradável, mas pelo general e ele sempre parecia estar por perto quando menos desejado, muito pior! Ela ouvia. O som tinha parado e, resolvendo não perder um momento, passou adiante e fechou a porta. Naquele instante, uma porta abaixo foi rapidamente aberta. Alguém parecia, com passos ágeis, subir a escada, pelo fim da qual ela ainda tinha de passar, antes de ganhar a galeria. Ela não tinha forças para se mover. Com um sentimento de terror não muito definível, fixou os olhos na escada e, em poucos momentos, Henry apareceu diante dela.

– Senhor Tilney! – exclamou em voz de surpresa mais do que comum. Ele também parecia surpreso. – Bom Deus! – ela continuou não respondendo a ele. – Como veio até aqui? Como você subiu aquela escada?

– Como subi aquela escada? – ele replicou, surpreso. – É o caminho mais perto do estábulo para o meu próprio quarto. E por que eu não deveria subir?

Recompondo-se, Catherine corou profundamente e nada mais podia dizer. Ele parecia procurar no rosto dela por aquela explicação que seus lábios não podiam dar. Ela se moveu na direção da galeria.

– Não posso eu – ele disse, enquanto abria as portas –, perguntar-lhe como você chegou aqui? Esta passagem é, ao menos, um caminho extraordinário da sala de café da manhã para seu apartamento, como aquela escada pode ser dos estábulos para o meu.

– Estive – disse Catherine, baixando os olhos – vendo o quarto de sua mãe.

– O quarto de minha mãe?! O que há de interessante para ser visto lá?

– Nada... Pensei que você não fosse voltar até amanhã.

– Eu também não esperava, quando fui embora; mas três horas antes, tive o prazer de nada encontrar o quê me deter. Você está pálida. Temo tê-la alarmado por ter subido tão rápido estes degraus. Talvez você não soubesse... você não sabia que era de uso comum aos criados?

– Não sabia. Você teve um bom dia para sua cavalgada?

– Muito. Eleanor a deixou descobrir o caminho de todos os quartos na casa sozinha?

– Ah! Não... ela me mostrou a maior parte no sábado... e estávamos vindo juntas a estes quartos, mas só que – baixando o tom de voz – seu pai estava conosco.

– Isso as impediu – disse Henry, olhando sinceramente para ela. – Você já conheceu todos os quartos nesta passagem?

– Não, mas gostaria. Não é muito tarde? Talvez eu deva ir para me vestir.

– São apenas quatro e quinze – mostrando seu relógio –, e você não está agora em Bath. Nada de teatros, nem salões para se preparar. Meia hora em Northanger deve bastar.

Ela não podia contradizê-lo e, portanto, sujeitou-se a ser detida, embora seu terror por mais perguntas a fez, pela primeira vez desde que se conheceram, desejar deixá-lo. Eles caminharam lentamente pela galeria.

– Você recebeu alguma carta de Bath desde que a vi?

– Não, e estou bem surpresa. Isabella prometeu fielmente escrever logo.

– Prometeu tão fielmente? Uma promessa fiel! Isso me intriga. Ouvi algo sobre um desempenho fiel. Mas uma promessa fiel... a fidelidade de prometer? Pouco vale saber, porém, já que isso pode enganar e machucá-la. O quarto de minha mãe é bem cômodo, não é? Grande e de aparência alegre, e as salas de vestir tão bem dispostas! Sempre me surpreende que seja o mais confortável quarto na casa, e muito me pergunto se Eleanor não deveria ficar com ele. Ela lhe pediu para que o olhasse?

– Não.

– Foi tudo obra sua?

Catherine ficou em silêncio e após um curto período de tempo durante o qual ele a observou de perto, ele acrescentou:

– Como nada há no quarto para suscitar curiosidade, isso deve ser consequência de um sentimento de respeito pelo caráter de minha mãe, como descrito por Eleanor, que honra a memória dela. O mundo, acredito, nunca viu uma mulher melhor. Mas não é muito comum que a virtude possa levantar um interesse tal como este. Os méritos domésticos e despretensiosos de uma pessoa nunca conhecida nem sempre criam este tipo de fervente e venerável ternura que acarretaria em uma visita como a sua. Eleanor, suponho, falou muito sobre ela?

– Sim, muito. Quero dizer... não, não muito, mas o que ela disse foi bem interessante. Ela morrer tão subitamente...

Lentamente, e com que hesitação isso foi falado.

– E vocês, nenhum de vocês estando em casa, e seu pai, eu pensei, talvez não estivesse muito apaixonado por ela.

– E destas circunstâncias – ele replicou com seus rápidos olhos fixados aos dela – você deduz, talvez, a probabilidade de alguma negligência, algum...

Ela balançou a cabeça involuntariamente.

– Ou pode ser, de algo ainda menos perdoável.

Ela ergueu seus olhos para ele ainda mais abertos do que jamais tinha feito antes.

– A doença de minha mãe – ele continuou – o ataque que resultou em sua morte foi súbito. A própria doença, aquela que ela frequentemente tinha sofrido, uma febre biliosa... sua causa, portanto, foi constitucional. No terceiro dia, em resumo, assim que ela pôde ser convencida disso, um médico lhe atendeu, um homem muito respeitável, e alguém em quem ela sempre colocava grande confiança. Com a opinião do perigo que ela passava, dois outros foram chamados no dia seguinte, e permaneceram em quase atendimento constante por vinte e quatro horas. No quinto dia, ela faleceu. Durante a evolução de sua doença, Frederick e eu, estávamos ambos em casa, vimo-la repetidamente. Pela nossa própria observação, podemos testemunhar que ela recebeu toda atenção possível que poderia nascer daqueles ao redor dela, ou que a situação dela na vida poderia exigir. A pobre Eleanor estava longe, somente conseguiu chegar a tempo de ver a mãe no velório.

– E quanto a seu pai – disse Catherine –, ele ficou aflito?

– Muito... por um tempo. Você errou ao supor que ele não fosse ligado a ela. Ele a amava, eu estou convencido, tanto quanto era possível ele amar. Nem todos nós temos, você sabe, a mesma ternura de disposição, e não pretenderei dizer que, enquanto ela viveu, ela não teve muito com o que se preocupar, às vezes, mas, embora o temperamento dele a tenha ferido, seu julgamento, nunca. O valor que ele lhe dava era sincero e, se não permanente, ele foi verdadeiramente afligido pela sua morte.

– Estou muito feliz por isso – disse Catherine –, teria sido muito chocante!

– Se a entendi corretamente, você formou premissas de tal horror que eu mal tenho palavras para... querida senhorita Morland, considere a horrível natureza das suspeitas que você acalentou. O que você estava julgando? Lembre-se do país e da época em que vivemos. Lembre-se de que somos ingleses, que somos cristãos. Consulte sua compreensão, seu próprio senso do provável, sua própria observação do que está se passando ao seu redor. Nossa educação nos prepara para tais atrocidades? Nossas leis se conluiam com elas? Podem elas ser cometidas sem serem descobertas, em um país como este, onde o relacionamento social e literário é em tal base, onde cada homem é cercado por uma vizinhança de voluntários espiões, e onde estradas e jornais se abrem em todos os lugares? Querida senhorita Morland, quais ideias você estava admitindo?

Chegaram ao final da galeria e, vergonhosa, ela correu para seu próprio quarto.

CAPÍTULO 25

O romance havia terminado. Catherine estava completamente alvoroçada. O discurso de Henry, curto como foi, tinha aberto completamente seus olhos para a extravagância de suas últimas fantasias, mais do que todos os vários desapontamentos tinham feito. Ela estava humilhada e muito triste. Chorou com muito amargor. Não era apenas por si mesma que estava arrasada, mas por Henry. Sua fantasia, que agora parecia até mesmo criminosa, tinha sido totalmente exposta a ele, e ele deveria desprezá-la para sempre. A liberdade com que a imaginação dela ousava tomar o caráter de seu pai poderia ser perdoada? O absurdo da curiosidade e dos medos dela poderia ser esquecido? Ela se odiava mais do que poderia expressar. Ele tinha – ela pensou que tinha –, uma ou duas vezes antes desta manhã fatal, mostrado algo como afeição por ela. Mas, agora, em resumo, ela se fez tão miserável quanto possível por cerca de meia hora, desceu quando o relógio deu cinco horas, com o coração partido, e mal podia dar uma resposta inteligível para Eleanor quando esta perguntou se ela estava bem. O formidável Henry logo a seguiu para a sala, e a única diferença em seu comportamento para com ela é que ele agora lhe dava mais atenção do que habitualmente. Catherine nunca quis mais conforto do que antes, e ele parecia estar ciente disso.

A noite se passou sem nenhum abatimento a esta refrescante polidez, e seus espíritos se ergueram gradualmente para uma tranquilidade modesta. Ela não sabia como esquecer e nem defender o que tinha se passado, mas tinha esperança de que nunca se espalhasse, e de que, talvez, isso pudesse não custar toda a consideração de Henry. Estando seus pensamentos ainda fixados no que ela, com tanto terror, sem fundamento, tinha sentido e feito, tudo estaria esclarecido tão logo se fosse uma ilusão voluntária e criada por ela mesma, se cada insignificante circunstância não recebesse informações de uma imaginação baseada em alarme. Tudo foi forçado a se inclinar a um propósito por uma mente que, antes de adentrar na abadia, tinha sido cravada a ficar assustada. Ela se lembrava com quais sentimentos tinha se preparado para conhecer Northanger. Ela via que a paixão tinha sido criada, o engano estabelecido, muito antes de deixar Bath, e parecia como se tudo pudesse ser traçado à influência daquele tipo de leitura à qual ela havia se entregado.

Admiráveis como eram todos os trabalhos da senhora Radcliffe, e encantadores mesmo como eram os trabalhos de todos os seus imitadores, não estavam neles, talvez, o que a natureza humana, pelo menos nos condados em Midland, na Inglaterra, deveria buscar. Dos Alpes e dos Pireneus, com seus pinheirais e seus vícios, eles podiam dar uma fiel delineação. A Itália, a Suíça e o sul da França poderiam ser fartos em horrores, como eram representados. Catherine não ousava duvidar além de seu próprio país, e mesmo dele, se duramente pressionada, cederia às extremidades norte e oeste.

Mas, na parte central da Inglaterra, certamente haveria alguma segurança mesmo para a existência de uma esposa não amada, nas leis da terra e nos modos do tempo. O assassinato não era tolerado, criados não eram escravos, e nem venenos ou poções de dormir eram solicitados, como o ruibarbo, para qualquer químico. Entre os Alpes e os Pireneus, talvez não existissem personagens promíscuos. Lá, não haveria ninguém tão manchado quanto um anjo que pudesse ter as disposições de um demônio. Mas, na Inglaterra, não era assim. Entre os ingleses, ela acreditava, em seus corações e em seus hábitos, havia uma mistura geral, se bem que desigual, entre bons e maus.

Com esta convicção, ela não se surpreenderia se mesmo em Henry e em Eleanor Tilney alguma pequena imperfeição pudesse, então, surgir. Por esta convicção, ela não precisaria temer algumas verdadeiras manchas no caráter do pai deles, o qual, embora absolvido das repulsivas e insultantes suspeitas que ela sempre se envergonharia de ter acalentado, ela acreditava, depois de séria consideração, não era perfeitamente amigável. Tendo se decidido sobre esses vários assuntos, e tomado sua resolução de sempre julgar e agir com o maior bom senso, ela nada mais tinha a fazer senão se perdoar e ser mais feliz do que nunca. A leniente mão do tempo lhe fez muito com as imperceptíveis gradações do decorrer do dia seguinte. A surpreendente generosidade e a nobreza da conduta de Henry em nunca aludir, de modo algum, ao que tinha se passado eram de grande ajuda para ela. Mais rápido do que ela supunha ser possível ao começo de sua agonia, seu humor se tornou absolutamente confortável e capaz, como até então, de contínua melhora por tudo o que ele dizia. Ainda havia alguns assuntos, de fato, sob os quais acreditava que deveria tremer, como a menção de um cofre ou de um armário, por exemplo; e ela não gostava da visão de laquê em nenhum formato, mas concederia que, em um momento ocasional de passadas fantasias, embora doloroso, não ficaria sem uso.

As preocupações da vida rapidamente deram lugar às ansiedades do romance. Seu desejo de saber como estava Isabella crescia todos os dias. Ela estava muito impaciente para saber como o mundo de Bath ia e como eram frequentados os salões. Em especial, estava ansiosa pela certeza de Isabella ter encontrado um pouco de bom algodão para coser, para o qual ela tinha deixado seu intento, e ter continuado em bons termos com James. Sua única confiança de informação de qualquer tipo estava em Isabella. James tinha protestado em escrever para ela até que voltasse para Oxford, e a senhora Allen não tinha lhe dado esperança alguma de carta até que retornasse para Fullerton. Mas Isabella prometeu e prometeu de novo. Quando ela prometia algo, era tão escrupulosa em cumprir! Isso tornava o caso particularmente esquisito!

Por nove sucessivas manhãs, Catherine se surpreendeu com a repetição de um desapontamento, o que tornava mais severa cada manhã. Porém, na décima, quando ela adentrou na sala de desjejum, seu primeiro objeto era uma carta, a qual era segurada pela mão caridosa de Henry. Ela lhe agradeceu tão sinceramente como se ele mesmo a tivesse escrito.

– É de James, apenas – enquanto olhava ao remetente. Ela a abriu. Era de Oxford, e com este propósito:

"Querida Catherine,

Embora, Deus sabe, com pouca vontade de escrever, acho que é meu dever lhe contar que tudo terminou entre a senhorita Thorpe e eu. Deixei-a, e deixei Bath, ontem, para nunca mais vê-los novamente. Não entrarei em detalhe. Eles apenas a machucarão mais. Logo você saberá o bastante, de outra parte, para saber quem culpar. Espero que você isente seu irmão de tudo, além da fantasia de pensar tão facilmente que sua afeição fosse retribuída. Graças a Deus! Meus olhos se abriram em tempo! Mas foi um duro golpe! Depois que o consentimento de meu pai foi dado tão bondosamente... mas, nada mais sobre isso. Ela me fez triste para sempre! Escreva-me logo, querida Catherine. Você é minha única amiga. Sobre seu amor eu me apoio. Desejo que sua visita a Northanger termine antes que o capitão Tilney comunique seu noivado, ou você passará por constrangimentos. O pobre Thorpe está na cidade. Temo vê-lo. Seu honesto coração sentiria muito. Escrevi para ele e para meu pai. A traição dela me machucou mais do que tudo. Até o último minuto, se eu pensasse com ela, ela se declarava tão ligada a mim como nunca, e ria de meus medos. Tenho vergonha em pensar por quanto tempo suportei isso, mas se algum homem tivesse motivos para se acreditar amado, eu seria este homem. Não posso compreender ainda agora o que ela pretendia, pois não haveria necessidade de brincar comigo para lhe assegurar Tilney. Separamo-nos, finalmente, de mútuo acordo. Feliz estaria eu se nunca nos encontrássemos! Não posso esperar nunca conhecer outra mulher igual! Querida Catherine, cuidado como você dá seu coração.

Acredite em mim."

Catherine mal tinha lido três linhas, antes da súbita mudança de feição, e curtas exclamações de magoadas surpresas declaravam que ela tinha recebido desagradáveis notícias. Henry, observando-a fixamente durante a carta inteira, viu claramente que ela tinha terminado nada melhor do que começado. Porém, foi impedido sequer de olhar para sua surpresa, por causa da entrada de seu pai. Seguiram imediatamente ao café da manhã, mas Catherine mal podia comer qualquer coisa. Lágrimas enchiam seus olhos e corriam pelo seu rosto enquanto ela se sentava. A carta estava em um momento em suas mãos, então, em seu colo, e depois, em seu bolso. Ela parecia sem saber o que fazer. O general, entre seu chocolate e seu jornal, por sorte, não tinha tempo para notá-la, mas, para os outros dois, sua agonia era igualmente visível. Assim que ela deixou a mesa, correu para seu quarto, mas as criadas estavam ocupadas nele, e ela foi forçada a descer novamente. Ela se voltou para a sala de estar, pela privacidade, mas Henry e Eleanor se retiraram igualmente para lá, e estavam, naquele momento, em profundas consultas sobre ela. Ela se retirou, tentando obter o perdão deles, mas foi, com gentil violência, forçada a voltar. Os outros saíram, depois de Eleanor afetuosamente expressar seu desejo de lhe ser útil ou confortá-la.

Depois de se entregar livremente ao pesar e à reflexão por meia hora, Catherine se sentiu em condições de estar com seus amigos, mas se ela deveria contar sua agonia a eles, era outra consideração. Talvez, se perguntada com minúcias, ela pudesse dar uma ideia, apenas uma deixa distante, porém, nada mais. Expor uma amiga, uma amiga tal como Isabella foi para com ela, e então, o próprio irmão deles, tão intimamente envolvido nisso! Ela acreditava que deveria evitar o assunto completamente. Henry e Eleanor estavam sozinhos na sala de desjejum. Cada um, assim que ela entrou, olhou para ela com ansiedade.

Catherine ocupou seu lugar à mesa e, depois de um curto silêncio, Eleanor passou a dizer:

– Torço para que não tenha recebido nenhuma má notícia de Fullerton. Espero que ninguém na família Morland esteja doente.

– Não, obrigada – suspirando enquanto falava. – Estão todos muito bem. A carta era de meu irmão que está em Oxford.

Passaram-se alguns instantes de silêncio. E, então, falando por meio de suas lágrimas, ela acrescentou:

– Não acredito que desejarei outra carta novamente! Ela continha algo pior do que qualquer um poderia supor! Pobre James, tão infeliz! Vocês logo saberão o motivo.

– Ter uma irmã tão generosa e tão afetuosa – replicou Henry calorosamente –, deve ser um conforto para ele sob qualquer problema.

– Peço um favor... – disse Catherine, logo depois – se seu irmão vier para cá, vocês me avisem antes, para que eu possa ir embora.

– Nosso irmão? Frederick?

– Sim; estou certa de que sentiria muito em deixá-los tão rápido, mas algo aconteceu que faria estar na mesma casa que o capitão Tilney muito difícil para mim.

Interrompendo seu trabalho, Eleanor olhava com crescente surpresa. Mas Henry começou a suspeitar a verdade, e algo em que se incluiu o nome da senhorita Thorpe passou pelos seus lábios.

– Quão rápido você é! – exclamou Catherine. – Você adivinhou, eu declaro! E, ainda, quando conversamos sobre isso em Bath, você mal pensou que terminaria assim. Isabella... sim, agora não me surpreendo que não tenha me escrito, abandonou meu irmão e irá se casar com o de vocês! Você acreditaria que houve tanta inconstância e instabilidade e tudo o que é ruim no mundo?

– Espero, no que diz respeito ao meu irmão, que você esteja mal informada. Espero que ele não tenha tido nenhuma participação material no desapontamento do senhor Morland. Seu casamento com a senhorita Thorpe não é provável. Acho que, até agora, você está enganada. Lamento muito pelo senhor Morland. Lamento que qualquer um que você ame esteja infeliz, mas minha surpresa seria maior com Frederick casando-se com ela, do que com qualquer outra parte da história.

– Isso é verdade. Leia você mesmo a carta de James. Aqui. Eis uma parte... – lembrando-se, com um corar, a última linha.

– Você se incomoda em ler para nós as passagens que se relacionam ao meu irmão?

– Não... leia você mesmo – exclamou Catherine, com pensamentos novos e mais claros. – Não sei o que passou pela minha cabeça. – Corando novamente por ter corado antes. – James apenas deseja me dar um bom conselho.

Ele recebeu animado a carta e, tendo-a lido inteira com forte atenção, devolveu-a dizendo:

– Bem, se é para ser assim, posso apenas lamentar. Frederick não será o primeiro homem a escolher uma esposa com menos senso do que sua família esperava. Não invejo a situação dele, tanto como um enamorado quanto como um filho.

A senhorita Tilney, por um convite de Catherine, agora lia a carta da mesma maneira e, tendo também expressado sua preocupação e sua surpresa, começou a perguntar pelas conexões e pela fortuna da senhorita Thorpe.

– Sua mãe é de um bom tipo de mulher – foi a resposta de Catherine. – Qual era a profissão do pai dela?

– Advogado, acho. Vivem em Putney.

– Eles são uma família rica?

– Não muito. Não acho que Isabella seja rica, mas isso não tem valor para sua família. Seu pai é tão liberal! Ele me disse, um dia desses, que apenas valorizava o dinheiro que o permitisse promover a felicidade de seus filhos.

O irmão e a irmã se entreolharam.

– Mas –, disse Eleanor depois de uma curta pausa –, seria para promover a felicidade dele, capacitar a casar com tal garota? Ela deve ser uma sem princípios, ou não teria usado seu irmão assim. E como é estranho! Uma paixão do lado de Frederick! Uma garota que, diante de seus olhos, está violando um noivado que ela começou voluntariamente com outro homem! Não é inconcebível, Henry? Frederick também, que sempre ostentou seu coração tão orgulhosamente! Que não encontrou mulher boa o suficiente para ser amada!

– Esta é a circunstância menos promissora, a mais forte presunção contra ele. Quando penso em suas declarações passadas, eu desisto dele. Além do mais, tenho uma boa opinião sobre a prudência da senhorita Thorpe para supor que ela se separaria com um cavalheiro, antes que o outro estivesse garantido. Está tudo acabado com Frederick também! Ele é um morto. Um defunto de compreensão. Prepare-se para sua cunhada, Eleanor. Tal cunhada que você terá muito prazer! Franca, cândida, inocente, sincera, com afeições fortes, porém simples, sem formar ambições e sem saber disfarçar.

– Com tal cunhada, Henry, eu teria muito prazer – disse Eleanor com um sorriso.

– Talvez – observou Catherine –, embora ela tenha se comportado tão mal com a nossa família, ela possa se comportar melhor com a sua. Agora que ela tem de fato o homem que ela quer, ela pode ser uma pessoa melhor.

– Verdade, acredito que ela será – replicou Henry –, temo que ela seja muito constante, a menos que um barão passe pelo caminho dela; esta é a única chance de Frederick. Pegarei o jornal de Bath e verei as chegadas.

– Então você acredita que é tudo por ambição? E, com a minha palavra, há algumas coisas que se parecem com isso. Não posso esquecer que, quando ela primeiro soube o que meu pai faria por eles, ela ficou bem desapontada por não ter sido mais. Nunca fui tão enganada sobre o caráter de uma pessoa em minha vida, antes.

– Entre a grande variedade que você conheceu e estudou.

– Meu próprio desapontamento e minha perda com ela são muito grandes. Mas, quanto ao próprio James, suponho que ele dificilmente se recupere disso.

– Seu irmão está certamente se lamentando muito agora, mas não devemos, na preocupação pelos sofrimentos dele, desvalorizar os seus. Você sente, suponho, que ao perder Isabella, você perca metade de si mesma. Você sente um vazio em seu coração que nada mais pode ocupar. A companhia se torna irritante. Quanto às diversões as quais você se habituou em Bath, a própria ideia delas, sem ela, é abominável. Você não iria, por exemplo, a um baile por nada neste mundo. Você sente que não tem mais amigas com quem possa conversar abertamente, ou possa confiar alguma consideração, ou, ainda, em qualquer dificuldade, possa contar. Você sente tudo isso?

– Não – respondeu Catherine, depois de pensar um pouco –, não sinto. Deveria? Para dizer a verdade, embora esteja machucada e magoada, ainda que eu não possa amá-la, que eu nunca mais saiba dela e, talvez, nunca mais a veja novamente, não me sinto tão aflita o quanto alguém pode pensar.

– Você sente, como sempre, que é mais coisa da natureza humana. Tais sentimentos devem ser investigados para que se possa conhecê-los.

Catherine se sentiu tão aliviada com esta conversa que não se arrependeria por ter sido levada a dizer a circunstância que a tinha causado.

CAPÍTULO 26

A partir daquele momento, o assunto foi frequentemente tratado pelos três jovens. Catherine descobriu, com alguma surpresa, que seus dois amigos concordavam perfeitamente em considerar o desejo de Isabella por importância e fortuna, como se estivessem lançando grandes dificuldades no caminho do casamento com o irmão deles. Estavam convencidos de que o general, baseado apenas nisso, independentemente da objeção que poderia ser colocada contra o caráter dela, iria se opor ao casamento, e isso influenciou seus sentimentos, deixando-a mais preocupada ainda consigo mesma. Ela era tão insignificante e talvez tão mal aquinhoada, quanto Isabella. Se o herdeiro das propriedades dos Tilney não tivesse grandeza e fortuna o bastante consigo mesmo, a quais pontos de interesse eram as exigências de seu irmão mais novo quanto ao resto? As próprias reflexões às quais isto levava poderiam ser apenas dispersas por uma confiança no efeito daquela particular parcialidade, a qual, como se deu a ela compreender pelas palavras dele, assim como por suas ações, ela foi, desde o começo, tão afortunada a excitar, em geral. Pela lembrança de alguns dos mais generosos e desinteressados sentimentos sobre o tema financeiro, o qual ela o ouviu expressar mais de uma vez, ela tentava pensar apenas que sua disposição sobre estes assuntos era incompreendida pelos seus filhos. Estavam todos tão convencidos, porém, de que o irmão deles não teria coragem de pedir pessoalmente o consentimento de seu pai, e tão repetidamente eles lhe asseguraram que nunca na vida ele deveria vir a Northanger, quanto no presente momento, que isto fez com que sua mente se tranquilizasse, quanto à necessidade de partir abruptamente. Mas como não se deveria supor que o capitão Tilney, quando fizesse seu pedido, daria ao seu pai uma ideia exata da conduta de Isabella, Catherine achou, como altamente necessário, que Henry explicasse ao pai todo o caso como o era de fato, possibilitando ao general, assim, formar uma opinião fria e imparcial, e preparar suas objeções em bases mais honestas do que pela desigualdade de situações. Ela assim lhe propôs, mas ele não adotou o plano tão ansiosamente quanto ela tinha esperado.

– Não – disse ele –, as mãos de meu pai não precisam ser fortalecidas, e a confissão da fantasia de Frederick não precisa ser antecipada. Ele deve contar sua própria história.

– Ele contará apenas metade.

– Um quarto já será o suficiente.

Um ou dois dias se passaram sem notícias do capitão Tilney. Seu irmão e sua irmã não sabiam o que pensar. Às vezes, parecia que o silêncio deles era o resultado natural do noivado suspeito, e em outros momentos, era a total incompatibilidade com isso. O general, no meio tempo, embora ofendido a cada manhã pela negligência de Frederick em escrever, estava livre de qualquer verdadeira ansiedade com relação a ele e não tinha maior preocupação do que aquela em fazer a estada da senhorita Morland, em Northanger, passar mais agradavelmente. Ele frequentemente expressava sua intranquilidade com o assunto; temia a mesmice da companhia diária e das ocupações que a fariam desgostosa com o lugar; desejava que Lady Frasers estivesse no campo; falava de vez em quando em ter um grande grupo para o jantar e, por uma ou duas vezes, começou mesmo a calcular o número de jovens dançarinos na vizinhança. Porém, era um tempo tão morto no ano. Nada de caça às aves, ou de caça alguma, e as Lady Frasers não estavam no campo. E tudo terminou, quando ele disse a Henry, em uma manhã, que, quando ele fosse da próxima vez a Woodston, eles o visitariam de surpresa algum dia ou outro, e comeriam um carneiro com ele. Henry ficou muito honrado e feliz, e Catherine ficou deveras prazerosa com o plano.

– Senhor, quando acredita que eu posso esperar por este prazer? Devo estar em Woodston na segunda-feira para comparecer à reunião da paróquia e, provavelmente, serei obrigada a permanecer por dois ou três dias.

– Vamos arriscar em algum destes dias. Não precisamos agendar. Você não precisa se incomodar muito. Que seja aquilo que você tiver em sua casa, estaremos de acordo. Acho que posso responder pelas jovens damas, que nos satisfaremos com uma mesa de solteiro. Deixe-me ver. Segunda-feira será um dia ocupado para você, então não iremos na segunda. Terça-feira será um dia ocupado para mim. Espero pelo meu pesquisador de Brockham com seu relatório pela manhã. Depois, não posso, pela decência, não comparecer ao clube. Realmente não poderia encarar meus conhecidos se me mantivesse distante agora, pois, como sabem que eu estou no campo, isso seria excessivamente indevido. É uma regra para mim, senhorita Morland, nunca ofender qualquer um de meus vizinhos, se um pequeno sacrifício de tempo e atenção puder ser evitado. Eles são um grupo de homens muito digno. Recebem uma pequena pensão de Northanger por duas vezes ao ano. Eu janto com eles sempre que posso. Terça-feira, portanto, podemos dizer que está fora de questão. Mas, na quarta-feira, eu acho, Henry, que você poderá nos esperar. Devemos estar com você bem cedo, para que tenhamos tempo de nos cuidar. Aproximadamente três horas nos levarão até Woodston. Devemos embarcar na carruagem às dez horas, assim, perto de meio-dia e quarenta e cinco, na quarta, você poderá nos aguardar.

Nada teria sido mais bem recebido por Catherine do que esta pequena excursão, tanto era seu desejo de conhecer Woodston. Seu coração ainda transbordava de alegria quando Henry, cerca de uma hora depois, de botas e de sobretudo, foi até a sala onde ela e Eleanor se sentavam e disse:

– Venho, jovens damas, com uma sugestão bem moralizadora, a observar que nossos prazeres neste mundo sempre devem ser pagos, e que nós frequentemente os adquirimos a um alto preço, dando já uma felicidade verdadeira e já paga por um esboço de futuro, a qual não possa ser honrada. Sou minha própria testemunha, nesta presente hora. Por mais que o tempo ruim, ou vinte outras causas, possam impedi-las, devo esperar pela satisfação de vê-las em Woodston, na quarta-feira, no entanto devo partir imediatamente, dois dias antes do que eu queria.

– Ir embora? – disse Catherine contrariada. – E por que motivo?

– Ora! Como você pode perguntar isso? Porque não há tempo a perder em assustar minha velha governanta a ponto de ela perder o humor, porque devo ir e preparar um jantar para vocês, estejam certas.

– Ah! Você não deve estar falando sério!

– Oh, e com tristeza também, pois bem que eu queria ficar.

– Mas como você pode pensar nisso, depois das palavras do general? Quando ele tão particularmente desejou não lhe trazer problemas.

Henry apenas sorriu.

– Sei que é bem desnecessário, pela minha irmã e por mim. Você deve saber que é assim.

– O general deixou bem claro que você não deve providenciar nada de extraordinário. Além disso, se ele não tivesse dito metade do que disse, sendo que ele sempre tem um jantar tão excelente em casa, sentar-se em um jantar mais humilde, por um dia, não faria nenhuma diferença.

– Queria pensar como você, pelo bem dele e o meu próprio. Adeus. Como amanhã é domingo, Eleanor, não devo aparecer.

Ele saiu. Sempre sendo uma operação muito mais simples para Catherine duvidar de seu próprio julgamento do que o de Henry, ela logo foi obrigada a lhe dar crédito por estar certo, embora fosse desagradável para ela que ele partisse. Mas a impossibilidade de explicar a conduta do general se deteve muito nos pensamentos dela. Que ele fosse detalhista com sua alimentação, ela tinha, pela sua própria independente observação, já descoberto. Mas por que ele deveria dizer uma coisa tão clara e dar a entender outra, durante o tempo todo, era o mais inexplicável! Como as pessoas deveriam, desta forma, ser compreendidas? Quem, além de Henry, poderia estar ciente do que seu pai queria dizer?

Portanto, de sábado à quarta ficariam sem Henry. Este foi o triste final de cada reflexão: a carta do capitão Tilney certamente chegaria em sua ausência e, quarta-feira, ela tinha certeza de que estaria úmido. O passado, o presente e o futuro estavam igualmente sombrios. Seu irmão, tão infeliz, e a perda da amizade com Isabella, tão grande. E o humor de Eleanor sempre afetado pela ausência de Henry! O que havia para interessá-la ou entretê-la? Ela estava cansada de árvores e arbustos, sempre tão rápidos e tão secos. E a própria abadia não era mais para ela do que qualquer outra casa. A dolorosa lembrança da fantasia que a ajudou a nutrir e a aperfeiçoar era a única emoção que poderia nascer de uma consideração sobre o prédio. Que revolução em suas ideias! Ela que tanto ansiou por estar em uma abadia! Agora, não havia nada tão encantador na imaginação dela, quanto o despretensioso conforto de uma casa paroquial bem planejada, algo como Fullerton, porém melhor. Fullerton tinha suas falhas, mas Woodston, talvez, nenhuma. Se a quarta-feira pudesse chegar!

E ela chegou, exatamente quando deveria ser racionalmente esperada. Chegou e estava ótima. Às dez horas, a carruagem levou as duas da abadia. Depois de um agradável passeio de quase trinta e dois quilômetros, eles adentraram em Woodston, uma grande e populosa vila, em uma situação nada desagradável. Catherine estava envergonhada em dizer como achou a vila bonita, enquanto o general parecia achar necessário se desculpar pela planura do campo e pelo tamanho da vila. Mas, em seu coração, ela preferia este lugar a qualquer outro em que já estivera, e olhava com grande admiração a cada aconchegante casa acima da classificação de cabana, e em todas as pequenas lojas de velas pelas quais passavam. Na ponta extrema da vila, e razoavelmente separado de todo o resto, ficava o presbitério, uma casa de pedras portentosa e recém-construída, com sua curva semicircular e portões verdes. Enquanto seguiam até a porta, Henry, com os amigos de sua solidão, um grande filhote newfoundland e dois ou três terriers, estava pronto para recebê-los e ficar com eles. A mente de Catherine estava tão repleta, enquanto entrava pela casa, para que observasse ou falasse muita coisa. Quando chamada pelo general para dar sua opinião sobre a casa, ela mal tinha ideia do cômodo em que estava. Olhando ao redor, então, ela percebeu, em um momento, que era o cômodo mais confortável no mundo. Mas ela era muito reservada para dizer isso, e a frieza de seu elogio o desapontou.

– Não estamos a chamando de uma boa casa – ele disse. – Não estamos a comparando com Fullerton ou Northanger. Estamos considerando como um mero presbitério, pequeno e confinado, mas o concedemos como decente, talvez, e habitável, em seu todo, porém não inferior ao que se tem por aí. Em outras palavras, acredito que haja poucos presbitérios na Inglaterra que, nem pela metade deste, sejam tão bons. Pode ser que precise de melhoras, porém. Longe de mim dizer o contrário. Qualquer coisa em razão, um arco quebrado, talvez, embora, entre nós, se há algo mais que outro que desperte minha aversão, é um arco remendado.

Catherine não ouviu o bastante deste discurso para compreender ou ser molestada por ele. Outros assuntos sendo meticulosamente abordados e sustentados por Henry, ao mesmo tempo em que uma bandeja cheia de refrescos era levada pelo seu criado, fizeram com que o general logo retornasse a sua complacência, e Catherine, a toda sua habitual tranquilidade de humor.

Tal cômodo era de um bom tamanho, confortavelmente distribuído, e decorado como uma sala de jantar. Ao deixá-lo para caminhar pelos arredores, primeiro, em um pequeno cômodo, pertencendo peculiarmente ao dono da casa, e extraordinariamente limpo para a ocasião e, depois, no que deveria ser a sala de estar – com a aparência de uma, embora desmobiliada –, Catherine gostou o suficiente para satisfazer o general. Era uma sala de formato bonito, as janelas dando para os arredores e a vista por elas agradável, embora apenas para bosques verdes. Ela demonstrava sua admiração, naquele instante, com toda a honesta simplicidade com que ela a sentia.

– Ah! Por que você não decora este cômodo, senhor Tilney? Que pena não esteja decorado! É a sala mais bonita que já vi; é a mais bela sala de todo o mundo!

– Acredito – disse o general, com um sorriso muito satisfeito – que será rapidamente mobiliada. Espera apenas pelo gosto de uma dama!

– Se fosse minha casa, eu nunca me sentaria em qualquer outro lugar. Oh! Que doce cabaninha entre as árvores. Também macieiras! É a mais bela cabana!

– É o bastante você gostar. Henry, lembre-se de falar com Robinson sobre ela. A cabana permanece.

Tal elogio trouxe de volta toda a consciência a Catherine e a silenciou imediatamente. Embora evidentemente solicitada pelo general a dar sua escolha da cor predominante do papel e das cortinas, nada como uma opinião sobre o assunto pôde ser arrancado dela. A influência dos novos objetos e do ar fresco, porém, foi de grande utilidade para dissipar estas constrangedoras associações. Tendo chegado à parte ornamental da casa, o que consistiu em uma caminhada ao redor de dois lados de um bosque, no qual o gênio de Henry tinha começado a agir há meio ano, ela estava suficientemente recuperada para achá-lo mais belo do que qualquer jardim em que estivera antes, embora não houvesse um arbusto nele mais alto do que o banco verde ao canto.

Um passeio por outros bosques e por parte da vila, com uma visita aos estábulos para examinar alguns cavalos melhores, e uma encantadora brincadeira com alguns filhotes, os quais eram capazes de rolar ao chão, levaram-nos até às quatro horas, quando Catherine mal pensava que poderiam ser três. Às quatro deveriam jantar, e às seis, ir embora. Nunca um dia passou tão rápido! Ela não podia deixar de observar que a abundância do jantar não parecia criar a menor surpresa ao general. Não que ele mesmo estivesse olhando a mesa de lado pelo rosbife que não estava lá. As observações de seu filho e de sua filha eram de tipos diferentes. Eles raramente o tinham visto comer tão vigorosamente em qualquer mesa, além da dele própria, e nunca o viram tão pouco incomodado por a manteiga derretida estar oleosa.

Assim que o general terminou de tomar seu café, a carruagem os recebeu. Tão gratificante foi o tom de sua conduta por toda a visita, tão certo estava seu pensamento sobre o assunto de suas expectativas que, pudesse ela sentir-se igualmente confiante dos desejos de seu filho, Catherine teria deixado Woodston com pouca ansiedade sobre o como e o quando ela poderia retornar para lá.

CAPÍTULO 27

A manhã seguinte trouxe a seguinte carta inesperada de Isabella:

Bath, abril:

Querida Catherine, recebi suas duas bondosas cartas com o maior prazer, e receba mil desculpas por não tê-las respondido mais cedo. Realmente estou envergonhada de minha ociosidade, mas, neste lugar horrível, é possivel encontrar tempo para nada. Tive minha pena na mão para começar uma carta para você quase todos os dias desde que você deixou Bath, mas sempre fui impedida por alguma coisinha tola ou outra. Por favor, escreva-me rapidamente e diretamente para minha casa. Graças a Deus, partimos deste lugar vil amanhã. Desde que você foi embora, não tive prazer aqui. O pó supera a tudo. E todo mundo com quem nos importamos se foi. Acredito que se eu pudesse vê-la, não deveria me importar com o resto, pois você é mais querida para mim do que qualquer um pode conceber. Estou bem intranquila com seu querido irmão, não tendo notícias dele desde que voltou para Oxford. Estou temerosa de algum erro de entendimento. Seus bons serviços ajustarão tudo. Ele é o único homem que eu sempre amei e eu confio que você o convença disso. As modas da primavera estão parcialmente caídas e os chapéus são os mais assustadores que você poderia imaginar. Espero que passe seu tempo agradavelmente, mas temo que nunca pense em mim. Não direi tudo o que poderia sobre a família com quem você está, porque não serei maldosa, ou não a colocaria contra aqueles que você estima. Mas é muito difícil saber em quem confiar e os jovens homens nunca sabem o que querem por dois dias seguidos. Fico contente em dizer que o jovem rapaz que, entre todos os outros, eu mais abomino deixou Bath. Você saberá, por esta descrição, que me refiro ao capitão Tilney, o qual, como você pode lembrar, estava sur-

preendentemente disposto a me seguir e a me provocar, antes de você ir embora. Ele ficou pior depois e bem que se tornou minha sombra. Muitas garotas teriam cedido, pois nunca teriam tais atenções, mas eu conheço o sexo instável muito bem. Ele partiu para seu regimento há dois dias, e confio que nunca serei aborrecida por ele novamente. Ele é a maior soberba que já vi e surpreendentemente desagradável. Ele esteve sempre ao lado de Charlotte Davis nos dois últimos dias. Lamentei seu gosto, mas não dei atenção a ele. A última vez em que nos encontramos foi na Bath Street, e entrei diretamente em uma loja para que ele não pudesse falar comigo. Nem mesmo olharia para ele. Depois, ele foi para a casa de bombas, mas eu não o segui por nada deste mundo. Que contraste entre ele e seu irmão! Por favor, mande-me notícias sobre o último. Estou bem infeliz com ele. Ele parecia tão desconfortável quando foi embora, com uma febre ou algo que afetava seu humor. Eu mesma escreveria para ele, mas não encontro seu endereço. Como dei a entender acima, não quero que ele pense que algo de minha conduta tenha sido inadequada. Por favor, explique tudo para satisfazê-lo. Ou se ele ainda tiver alguma dúvida, uma linha dele mesmo para mim, ou uma visita em Putney quando estiver na cidade, poderia acertar tudo. Não fui aos salões nessa fase, nem ao teatro, exceto na noite passada, com os Hodges, por uma brincadeira, a meio preço. Levaram-me a isso. Fui determinada para que não pensassem que me tranquei porque Tilney se foi. Aconteceu de que me sentei ao lado dos Mitchell e eles fingiram estar bem surpresos em me ver sair. Conheço a maldade deles. Em um momento não podiam ser educados comigo, mas agora são todos amigos. Porém não sou tão tola a ponto de ser enganada por eles. Você sabe que tenho um humor muito bom. Anne Mitchell tentou colocar um turbante como o meu, igual ao que eu usava na semana anterior ao concerto, mas fez um mau trabalho com ele. Aconteceu de fazer meu rosto ficar estranho, acredito, pelo menos Tilney assim me disse na ocasião, e disse que todos os olhos estavam sobre mim, mas ele é o último homem de quem eu consideraria a palavra. Não uso nada mais do que púrpura agora. Sei que fico horrível nele, mas não importa. É a cor favorita de seu irmão. Não perca tempo, minha querida, minha doce Catherine, em escrever para ele e para mim.

Que sempre estará etc.”

A pressão de tal artifício não poderia se impor sobre Catherine. Suas inconsistências, contradições e falsidade a atingiram desde o começo. Ela estava envergonhada por ter a amado. Suas juras de união eram agora tão desgostosas quanto suas desculpas eram vazias.

"Escrever para James por ela! Não, James nunca ouvirá o nome de Isabella mencionado novamente."

Quando Henry chegou de Woodston, ela comunicou para ele e para Eleanor a segurança do irmão deles, felicitando-os com sinceridade por isso, e lendo em voz alta as passagens mais significativas da carta dela com forte indignação. Quando ela terminou, exclamou:

– Tanto por Isabella e por toda a nossa intimidade! Ela deve achar que sou idiota, ou não poderia ter escrito isso. Mas, talvez, isso tenha servido para fazer seu caráter melhor conhecido para mim do que o meu para ela. Vejo o que ela tramou. Ela é uma paqueradora vã e seus truques não funcionaram. Não acredito que ela tenha tido alguma consideração por James ou por mim, e queria nunca tê-la conhecido.

– Logo será como se você nunca tivesse – disse Henry.

– Existe algo que não consigo entender. Vejo que ela tinha planos para o capitão Tilney, os quais falharam. Mas não entendo quais eram as intenções do capitão Tilney durante esse tempo. Por que ele deveria dar tantas atenções a ela, a ponto de fazê-la brigar com meu irmão, e então ele mesmo ir embora?

– Sobre os motivos de Frederick tenho quase nada a dizer, tais como acredito que foram. Ele tem suas vaidades, assim como a senhorita Thorpe tem as dela; a grande diferença é que, tendo ele mais argúcia, estas ainda não o feriram. Se a consequência do comportamento dele não lhe oferece explicação, melhor não buscarmos a causa.

– Então você não supõe que ele realmente tenha se importado com ela.

– Tenho certeza de que ele nunca se importou. – Apenas fez acreditar se importar, por puro engano?

Henry indicou sua concordância.

– Veja, então devo dizer que não gosto nem um pouco dele. Embora tudo tenha acabado tão bem para nós, não gosto dele nem um pouco. Como se passou, e nenhum mal foi feito, não acho que Isabella tenha algum coração a perder. Mas suponha que ele a tenha feito se apaixonar por ele?

– Primeiro devemos supor que Isabella tenha tido um coração a perder. Consequentemente, ela teria sido uma criatura bem diferente, e nesse caso, ela deveria ter recebido um tratamento bem diferente.

– É justo que você fique ao lado de seu irmão.

– E se você ficasse do lado do seu, não ficaria tão incomodada pelo desapontamento da senhorita Thorpe. Mas sua mente está distorcida pelo princípio inato da integridade geral e, portanto, não está acessível ao frio pensamento da parcialidade familiar, ou de um desejo de vingança.

De uma amargura ainda maior, Catherine foi salva. Frederick não podia ser imperdoavelmente culpado, embora Henry o tenha pintado tão agradável. Ela decidiu não responder a carta de Isabella e tentou não mais pensar sobre aquilo.

CAPÍTULO 28

Logo após, o general se viu obrigado a ir até Londres por uma semana; ele deixou Northanger, lamentando avidamente por qualquer necessidade que o roubasse, por uma hora que fosse, da companhia da senhorita Morland, e ansiosamente recomendando o estudo de seu conforto e diversão para seus filhos, como o principal objetivo na ausência dele. Sua partida deu a Catherine a primeira convicção prática de que uma perda pode ser, às vezes, um ganho. A felicidade com que o tempo deles agora se passava, cada ocupação voluntária, cada risada solta, em cada jantar uma cena de tranquilidade e bom humor, caminhando por onde queriam e quando queriam, suas horas, prazeres e cansaços, ao comando deles mesmos, tudo isso a fez inteiramente ciente quanto ao controle que a presença do general lhes impunha, e muito grata ao sentir a presença dos dois irmãos, livre do pai. Tal tranquilidade e tais prazeres a fizeram amar o lugar e as pessoas mais e mais, a cada dia. Se não fosse a apreensão de não ser igualmente amada por um, e pelo terror de logo ter de deixar a outra, ela teria, a cada momento de cada dia, sido perfeitamente feliz. Mas ela estava agora na quarta semana de sua visita. Antes de o general voltar para casa, a quarta semana estaria findada, e talvez parecesse uma intrusão se ela ficasse por mais tempo. Esta era uma consideração dolorosa, sempre que lhe ocorria. Ansiosa por se livrar de tal peso em sua mente, ela logo decidiu falar com Eleanor sobre isso de uma vez, propor ir embora e ser guiada pela conduta dela, conforme o modo com que sua proposta fosse recebida.

Ciente de que, se desse muito tempo, ela sentiria dificuldade em tocar em um assunto tão desagradável, Catherine aproveitou a primeira oportunidade de estar repentinamente sozinha com Eleanor, estando esta no meio de uma conversa sobre algo bem diferente, para adiantar sua obrigação de ir embora em breve. Eleanor a olhou e se declarou bem preocupada. Ela ansiava pelo prazer de sua companhia por muito mais tempo, mas se enganou em supor que uma visita bem mais longa fosse prometida, e não podia deixar de pensar que, se o senhor e a senhora Morland soubessem do prazer que era, para ela, tê-la ali, eles seriam muito generosos em não apressar seu retorno.

Catherine explicou:

– Ah! Quanto a isso, papai e mamãe não tinham pressa alguma. Enquanto ela estivesse feliz, eles sempre estariam bem.

– Então, se me permite perguntar, por que há tanta pressa em nos deixar?

– Porque já fiquei aqui por muito tempo.

– Não, se você pode usar tal palavra, não lhe pedirei mais. Se você acha que é muito...

– Não, não acho de forma alguma. Pelo meu próprio prazer, eu poderia ficar o mesmo tanto novamente.

E foi imediatamente acertado que, até que ela fosse obrigada, sua partida não seria sequer considerada. Por ter esta causa de intranquilidade tão agradavelmente dissipada, a força de outra igualmente se enfraqueceu. A bondade e a sinceridade dos modos de Eleanor em pressioná-la a ficar, e o olhar grato de Henry ao saber que a permanência dela estava decidida, eram tais doces provas da sua importância para eles, como depositar nela tanta consideração, quanto a mente humana nunca poderia ficar tranquila, se não a tivesse. Ela acreditava, quase sempre, que Henry a amava e, quase sempre, que seu pai e sua irmã a amavam também e mesmo queriam que ela pertencesse a eles. Acreditando a este ponto, suas dúvidas e seus anseios eram apenas irritações travessas. Henry não pôde obedecer à ordem de seu pai de permanecer o tempo inteiro em Northanger, acompanhando as damas durante sua ausência em Londres, pois os compromissos de seu pároco, em Woodston, obrigaram-no a deixá-las, no sábado, por duas noites. Sua perda não era, agora, como teria sido se o general estivesse em casa. Diminuiu a alegria, mas não destruiu o conforto. As duas garotas, concordando em ocupação e aproximando a intimidade, descobriram que se bastavam tanto naquele momento, antes de deixarem a sala de jantar, no dia da partida de Henry. Tinham acabado de chegar ao fim da escada, quando pareceu, tanto quanto a espessura das paredes permitiria julgar, que uma carruagem se dirigia para a porta e, o momento seguinte, confirmou a ideia pelo alto ruído da sineta de entrada. Depois que a primeira perturbação de surpresa se passou em um "Pelos céus! O que pode ser?", foi-se rapidamente percebido por Eleanor que seria seu irmão mais velho, cuja chegada era frequentemente abrupta, senão tão irracional e, de acordo, ela desceu apressadamente para recebê-lo.

Catherine foi para o seu quarto, tomando a decisão de travar relações com o capitão Tilney, consolando a si mesma pela desagradável impressão que a conduta dele tinha lhe causado, convencida de que certamente ele seria um fino cavalheiro para aceitá-la, e que, ao fim, eles não deveriam, sob nenhuma circunstância, se encontrar, pois tal encontro se tornaria substancialmente doloroso. Ela confiava que ele nunca mencionaria a senhorita Thorpe. De fato, enquanto ele estivesse envergonhado do papel que interpretara, não poderia haver perigo quanto a isso. Enquanto todas as menções às cenas de Bath fossem evitadas, ela achava que poderia se comportar muito educadamente para com ele. Em tais considerações, passou-se o tempo, e era certamente por causa do irmão que Eleanor estava tão feliz e tinha tanto a dizer, pois quase meia hora tinha se passado desde sua chegada, e Eleanor não tinha subido.

Naquele instante, Catherine pensou ouvir os passos dela na galeria, e esperou sua continuidade, mas tudo era silêncio. Mal, porém, ela tinha se convencido da fantasia de seu erro, quando o barulho de algo se movendo próximo à sua porta a fez se assustar. Parecia como se alguém estivesse tocando a porta e, em outro momento, um leve movimento da fechadura provou que alguma mão deveria estar sobre ela. Ela tremeu um pouco com a ideia de alguém se aproximando tão cuidadosamente, mas, resolvida a não ser dominada novamente por triviais aparências de alarme, ou enganada por uma imaginação exacerbada, ela deu um passo tranquilo e abriu a porta. Eleanor e apenas Eleanor estava lá. O humor de Catherine, porém, ficou tranquilo por apenas um instante, pois o rosto de Eleanor estava pálido, e seus modos, muito agitados. Embora evidentemente querendo entrar, parecia ser um esforço adentrar ao quarto, e um ainda maior falar, uma vez lá dentro. Catherine, supondo alguma intranquilidade por causa do capitão Tilney, e apenas expressando sua preocupação por uma silenciosa atenção, obrigou-a a se sentar, esfregou sua têmpora com água de lavanda e se sentou ao seu lado com afetuosa solicitude.

– Querida Catherine, você não deve... – foram as primeiras palavras concatenadas por Eleanor. – Estou muito bem. Esta bondade me distrai, não posso suportá-la, venho até você com tal missão!

– Missão? Por mim?!

– De que maneira devo lhe dizer? Ah! Como devo lhe contar?

Uma nova ideia então se lançou através da mente de Catherine e, ficando tão pálida quanto sua amiga, ela exclamou:

– É um mensageiro de Woodston!

– Na verdade, você está errada – devolveu Eleanor, olhando para ela com muita compaixão. – Não é ninguém de Woodston. É meu próprio pai.

Sua voz lhe faltou e seus olhos caíram ao chão enquanto mencionava seu nome. Seu retorno inesperado era, por si só, de fazer murchar o coração de Catherine e, por alguns momentos, ela mal supôs que houvesse algo pior a ser dito. Ela não disse nada. Eleanor, tentando se recompor e falar com firmeza, mas com os olhos ainda baixos, logo continuou.

– Tenho certeza de que você é muito boa para pensar o pior de mim por causa do papel que sou obrigada a executar. De fato, sou uma mensageira indesejável. Depois do que se passou ultimamente, do que acertamos ultimamente, de modo tão alegre, tão grato de meu lado, sobre você continuar aqui, como eu esperava, por muitas, muitas semanas mais, como posso lhe dizer que sua bondade não pode ser aceita, e que a felicidade que sua companhia até agora nos deu deve ser retribuída, mas não devo confiar em mim mesma com as palavras. Minha querida Catherine, devemos nos separar. Meu pai se lembrou de um compromisso que exige a saída de toda nossa família na segunda-feira. Devemos ir à casa de Lorde Longtown, próximo a Hereford, por uma quinzena. Explicações e desculpas são igualmente impossíveis. Não posso tentar nenhuma delas.

– Querida Eleanor! – exclamou Catherine, escondendo seus entimentos tão bem quanto podia. – Não devemos ficar agoniadas. Um segundo compromisso deve dar sequência ao primeiro. Lamento muito, muito, pela nossa separação, tão rápida, e tão abrupta também, mas não ofendida, de fato que não. Posso encerrar minha visita aqui, você sabe, a qualquer tempo. Ou espero que você me visite. Você pode, quando voltar desse lorde, ir até Fullerton?

– Não estará em meu controle, Catherine.

– Então vá quando puder.

Eleanor não respondeu e Catherine, recorrendo em seus pensamentos a algo mais imediatamente interessante, acrescentou:

– Segunda, tão rápido como segunda. E todos vocês irão. Bem, estou certa de que serei capaz de me despedir. Não preciso ir até quase você partir, você sabe. Não se incomode, Eleanor, posso partir segunda muito bem. Que meu pai e minha mãe não saibam disso é de pequena monta. O general enviará um criado comigo, ouso dizer, até a metade do caminho e, então, logo estarei em Salisbury e, depois, a apenas quase quinze quilômetros de casa.

– Oh, Catherine! Fosse isso assim ajustado, seria um pouco menos intolerável, embora por tais comuns atenções você teria recebido apenas metade do que deveria. Mas, como posso lhe dizer? Sua despedida está marcada para amanhã de manhã, e nem mesmo a hora você pode escolher. A carruagem foi solicitada e estará aqui às 7 horas e nenhum criado lhe foi oferecido.

Catherine sentou, sem respirar e calada.

– Mal pude acreditar em meus sentidos, quando ouvi isso. Nenhum desprazer, nenhum ressentimento que você possa sentir neste momento, embora justamente grande, pode ser maior que o meu próprio, mas não devo falar o que eu senti. Oh! Se eu pudesse sugerir qualquer coisa para aliviar! Bom Deus! O que dirão seu pai e sua mãe! Depois de tirá-la da proteção de amigos verdadeiros para isso! Quase o dobro da distância de sua casa! Ter você levada daqui, sem mesmo as considerações de decente educação! Querida, querida Catherine, ao ser a portadora de tal mensagem, pareço eu mesma culpada por todo este insulto. Ainda confio que você me absolverá, pois você esteve o bastante nesta casa para ver que sou uma patroa apenas no nome, que meu poder real é nada.

– Eu ofendi o general? – questionou Catherine, com uma voz debilitada.

– Pelos meus sentimentos como filha, tudo o que sei, tudo o que posso responder é que você não lhe deu nenhuma causa justa de ofensa. Ele certamente está muito, muito descomposto. Raramente eu o vi assim. Seu temperamento não está feliz, e algo ocorreu para agitá-lo a um grau incomum. Algum desapontamento, alguma irritação que, justo neste momento, parece importante, mas que eu mal posso supor se você está envolvida, pois como é possível?

Era com dor que Catherine podia falar, e era apenas pelo bem de Eleanor que ela tentou.

– Tenho certeza – ela disse – que lamento muito se eu o ofendi. Era a última coisa que eu teria feito de bom grado. Mas não fique triste, Eleanor. Um compromisso, você sabe, deve ser mantido. Apenas lamento que não tenha sido lembrado antes, para que eu pudesse ter escrito para casa. Mas isso não tem tanta importância.

– Sinceramente, espero que para sua verdadeira segurança, isso não seja nada. Mas, para tudo o mais, é de grande consequência: ao conforto, aparência, propriedade, para sua família, para o mundo. Estivessem seus amigos, os Allen, ainda em Bath, você poderia voltar com eles com relativa tranquilidade. Em poucas horas você estaria lá, mas uma jornada de praticamente cento e treze quilômetros, a ser tomada por correio, na sua idade, sozinha, desacompanhada!

– A jornada não é nada. Nem pense a respeito. E se devemos nos separar, poucas horas antes ou depois, você sabe, não faz diferença. Posso estar pronta às sete horas. Faça com que eu seja chamada em tempo.

Eleanor viu que ela queria ficar sozinha; e, acreditando ser melhor para cada uma que elas evitassem qualquer outra conversa, a deixou com:

– Vejo você pela manhã.

Dolorido, o coração de Catherine necessitava de alívio. Na presença de Eleanor, a amizade e o orgulho tinham igualmente contido suas lágrimas mas, assim que ela se foi, elas jorraram em torrentes. Dispensada da casa, e de que maneira! Sem nenhum motivo que pudesse justificar, sem desculpa que pudesse reparar a brusquidão, a rudeza, a insolência. Henry longe, nem mesmo capaz de se despedir dela. Cada esperança, cada expectativa por ele em suspenso, pelo menos, e quem poderia dizer por quanto tempo? Quem poderia dizer quando se veriam novamente? E tudo isso por tal homem como o general Tilney, tão polido, tão educado e, até então, tão particularmente apaixonado por ela! Isso era tão incompreensível quanto constrangedor e triste. De tudo o que isso poderia sugerir, e aonde isso poderia chegar eram considerações de igual perplexidade e preocupação. A maneira como isso foi feito foi tão rudemente grosseira, apressando sua despedida, sem nenhuma referência à própria conveniência dela, ou lhe permitindo mesmo a aparência de escolha quanto ao tempo ou modo de sua viagem. De dois dias para o quanto antes a ser marcado, e quase na primeira hora do dia, como se tivesse decidido a tê-la distante antes de se espreguiçar pela manhã, para que não fosse mesmo obrigado a vê-la. O que isso tudo poderia significar, além de uma afronta intencional? Por algum meio ou outro, ela teve o infortúnio de ofendê-lo. Eleanor quis poupá-la de uma ideia tão dolorosa, mas Catherine não acreditava ser possível que qualquer ofensa ou infortúnio poderia provocar tamanha má vontade contra uma pessoa não relacionada, ou, pelo menos, aparentemente não relacionada com ela.

A noite passou-se pesada. O sono, ou o repouso que merecia o nome de sono, estava fora de questão. Aquele quarto, no qual sua imaginação perturbada atormentou sua chegada, era novamente o cenário de mente agitada e descansos intranquilos. Como ainda era diferente a fonte de sua inquietude pelo que então tinha acontecido, e quão era melancolicamente superior em realidade e substância! Sua ansiedade era fundamentada em fatos, e seus medos, em probabilidade. Com uma mente tão ocupada na contemplação de males verdadeiros e naturais, a solidão de sua situação, a escuridão de sua câmara e a idade do edifício eram sentidos e considerados sem a menor emoção. Embora o vento estivesse veloz e frequentemente produzindo estranhos e súbitos ruídos por toda a casa, ela os ouvia enquanto insone, hora após hora, sem curiosidade ou terror.

Logo após as seis horas, Eleanor entrou em seu quarto, ansiosa para mostrar atenção ou ajudar no que fosse possível, mas pouco restava a ser feito. Catherine não se demorou. Estava quase vestida e suas malas quase prontas. A possibilidade de alguma mensagem conciliadora do general lhe ocorreu quando sua filha apareceu. O que era mais natural, já que a ira deveria se dissipar e o arrependimento sucedê-la. Porém, ela apenas queria saber até que ponto, depois do que tinha se passado, uma desculpa seria apropriadamente recebida por ela. Mas o conhecimento teria sido inútil aqui. Isso não ocorreu. Nem clemência nem a dignidade se puseram à prova. Eleanor não trazia mensagem alguma. Pouco se passou entre elas durante o encontro. Cada uma encontrou mais segurança no silêncio, e poucas e triviais foram as frases trocadas enquanto permaneceram no quarto, com Catherine em ocupada agitação, completando suas vestes, e Eleanor, com mais boa vontade do que experiência, tentando encher o baú. Quando tudo estava pronto, deixaram o quarto, com Catherine apenas se demorando meio minuto atrás de sua amiga, pois lançou um olhar de despedida para cada objeto, querido e bem conhecido, e desceu para a sala de desjejum, onde o café da manhã era preparado. Catherine tentou comer, assim como se poupar da dor de ser levada a fazer sua amiga confortável, mas ela não tinha apetite e não poderia engolir muitas mordidas. O contraste entre este e seu último café da manhã, no dia anterior, naquela sala, dava-lhe nova tristeza, e fortalecia seu desgosto por tudo diante dela. Não se passou nem um dia desde que se encontraram para aquele mesmo repasto, mas em circunstâncias tão diferentes! Com que alegre tranquilidade, que feliz, porém falsa, segurança ela tinha então olhado ao seu redor, apreciando tudo no presente e temendo pouco no futuro, além de Henry ir para Woodston por um dia! Feliz, feliz desjejum! Pois Henry estava lá. Henry tinha se sentado ao seu lado e a tinha ajudado. Estas reflexões foram, por muito tempo, apreciadas sem perturbação de qualquer frase pela sua companheira, a qual se sentava tão imersa em seus pensamentos como ela mesma. E a aparição da carruagem foi a primeira coisa a despertar e a lembrá-las do presente momento. A cor de Catherine mudou ao vê-la, e a indignidade com que foi tratada, atingindo-a naquele instante em sua mente, com força peculiar, a fez, por pouco tempo, sensível apenas ao ressentimento. Eleanor parecia agora empurrada a falar.

– Você tem de escrever para mim, Catherine! – ela exclamou. – Você tem de me avisar tão logo quanto possível. Até que eu saiba que você está segura em casa, não terei uma hora de conforto. Pois uma carta, por todos os riscos, todos os perigos, eu posso rogar. Deixe-me ter a satisfação de saber que você chegou segura em Fullerton e que encontrou sua família bem e, então, até que eu possa pedir para me corresponder com você, como deverei fazer, não esperarei mais. Envie para a casa de Lorde Longtown e, eu devo pedir, como se fosse para Alice.

– Não, Eleanor, se você não está autorizada a receber uma carta de mim, estou certa de que é melhor não escrever. Não haverá dúvidas de que chegarei com segurança em casa.

Eleanor apenas respondeu:

– Não posso me surpreender com seus sentimentos. Não a importunarei. Confiarei na própria bondade de seu coração, quando estiver longe de você.

Mas isto, com o olhar de mágoa que acompanhava, foi o bastante para derreter o orgulho de Catherine em um momento, e ela imediatamente disse:

– Ah, Eleanor, certamente escreverei para você.

A senhorita Tilney estava ansiosa para acertar ainda outro assunto, embora um pouco embaraçada em mencionar. Ocorreu-lhe que depois de tão longa ausência de casa, Catherine poderia não ter dinheiro suficiente para os gastos da sua jornada e, ao dar deixas sobre isso com as mais afetuosas ofertas de acomodação, provou-se ser exatamente o caso. Catherine nunca tinha pensado no assunto até aquele momento, mas, ao examinar sua bolsa, ficou convencida de que se não fosse pela bondade de sua amiga, ela sairia da casa sem mesmo ter os meios para voltar; e o incômodo que ela teria tido, portanto, envolvendo as mentes das duas, fez com que mal trocassem outras palavras durante o tempo em que ficaram juntas. Curto, porém, foi este tempo.

Logo se anunciou que a carruagem estava pronta. Catherine, ergueu-se instantaneamente; um longo e afetuoso abraço substituiu a linguagem, ao se despedirem. Enquanto adentravam o corredor, Catherine, incapaz de deixar a casa sem mencionar aquele cujo nome ainda não tinha sido falado por ambas, parou um momento e, com trêmulos lábios, apenas fez inteligível que ela deixava "sua terna lembrança pelo amigo ausente". Mas esta aproximação ao nome dele terminou com qualquer possibilidade de conter seus sentimentos. Escondendo seu rosto tão bem quanto podia, com seu lenço, ela correu através do corredor, pulou para a carruagem e, em um momento, saiu de perto da porta.

CAPÍTULO 29

Muito triste para ser temerosa, a jornada em si não atemorizou Catherine, e ela começou, sem que Catherine sentisse por sua duração ou sentisse solidão. Apoiando-se no canto da carruagem, em um violento irromper de lágrimas, ela foi levada por alguns quilômetros além dos muros da abadia, antes de erguer sua cabeça. E o mais alto ponto dos arredores dentro do parque estava quase oculto de sua visão, antes que ela fosse capaz de voltar seus olhos para lá. Infelizmente, a estrada em que agora viajava era a mesma que, há apenas dez dias, ela tinha transcorrido tão feliz, indo e voltando de Woodston. E, por quase vinte e três quilômetros, cada sentimento amargo se tornava mais severo pela lembrança dos objetos que ela viu pela primeira vez sob impressões tão distintas. Cada milha que a levava para mais perto de Woodston aumentava seus sofrimentos e, quando a menos de oito quilômetros de distância ela passou a curva que conduzia para lá, e com o pensamento em Henry, tão perto, e ainda tão inconsciente, sua tristeza e sua agitação foram excessivas. O dia em que passou naquele lugar foi um dos mais felizes de sua vida. Foi ali, naquele dia, que o general fez uso de tais expressões com respeito a Henry e ela mesma, dando-lhe, daquele modo que falou e olhou, a mais certa convicção de querer realmente o casamento deles. Sim, apenas dez dias atrás ele a tinha glorificado pela sua acentuada consideração. Ele tinha mesmo a confundido pela sua deveras significativa referência! E agora, o que ela tinha feito, ou que se omitido a fazer, para merecer tamanha mudança? A única ofensa contra ele da qual ela poderia se acusar era tão minimamente possível que chegasse ao seu conhecimento. Henry e o próprio coração dela eram muito particulares às chocantes suspeitas que ela tinha tão ociosamente acalentado e, igualmente segura, ela acreditava em seu segredo com ambos.

Henry, pelo menos intencionalmente, não poderia traí-la. Se, de fato, por algum acidente, ou se pudesse ter descoberto o que ela ousava pensar e procurar de suas infundadas fantasias e ofensivos exames, ela não poderia se surpreender em grau algum com a indignação dele. Se ele estava ciente de que ela o viu como assassino, ela não poderia se admirar por ele mesmo a ter dispensado da casa. Mas uma justificativa tão cheia de tortura contra ela própria, ela confiava, não poderia estar no poder dele. Ansiosa com todas as suas hipóteses sobre este assunto, ela não mais se demorou com elas. Havia um pensamento ainda mais próximo, uma preocupação mais forte e mais impetuosa. O que Henry pensaria, sentiria e veria, ao retornar no dia seguinte para Northanger e ouvir que ela se fora, era uma questão de força e de interesse para se erguer sobre todas as outras, a ser nunca findada, o que irritava e consolava Catherine, alternadamente.

Às vezes, sugeria o terror de sua calma aceitação, em outras era respondida pela mais doce confiança em seu arrependimento e ressentimento. Ao general, claro, ele não ousaria falar, mas para Eleanor... o que ele não poderia dizer a Eleanor sobre ela?

Em meio a esta inacabável mistura de dúvidas e perguntas, em qualquer artigo do qual sua mente seria incapaz de, mais do que momentaneamente, se deter, as horas se passaram e sua viagem avançava bem mais rápida do que ela esperava. As prementes ansiedades de pensamento que a evitavam perceber qualquer coisa diante dela, somente os arredores de Woodston, pouparam-na, ao mesmo tempo, de observar seu progresso. Embora nenhum objeto na estrada pudesse atrair um momento de atenção, ela não achou nada entediante. Por isso, ela também foi preservada por outra causa, ao sentir nenhuma ansiedade pela conclusão de sua jornada. Retornar daquela maneira a Fullerton era quase destruir o prazer de se encontrar com aqueles que ela mais amava, mesmo depois de uma ausência como a dela, uma ausência de onze semanas. O que ela tinha a dizer que não humilhasse a si mesma e machucasse sua família, que não aumentasse sua própria tristeza pela confissão disso, que prolongasse um inútil ressentimento e talvez envolvesse os inocentes com os culpados em uma abrangente má vontade? Ela nunca poderia fazer justiça aos méritos de Henry e de Eleanor. Ela sentia tudo muito fortemente para expressar. Por um desgosto ser tomado contra eles, ou por eles serem considerados desfavoravelmente, ou por causa do pai deles, isso muito a machucaria.

Com estes sentimentos, ela mais temia do que buscava a primeira visão daquele bem conhecido pináculo, o qual anunciaria estar a menos de trinta e dois quilômetros de casa. Ela sabia que Salisbury era seu ponto ao deixar Northanger, mas, depois da primeira fase, ela estava em dívida com os carteiros pelos nomes dos lugares por onde deveriam conduzi-la, em razão de sua ignorância do caminho. Ela não encontrou nada, porém, a incomodar ou assustá-la. Sua juventude, seus modos educados e o livre pagamento atraíam para Catherine toda a atenção que uma viajante como ela poderia exigir. Parando apenas para trocar de cavalos, ela viajou por onze horas sem acidente ou preocupação e, entre seis e sete horas, encontrou-se adentrando em Fullerton. Uma heroína retornando, ao fim de sua carreira, a sua vila nativa, com todo o triunfo de uma reputação recuperada e toda a dignidade de uma condessa, com um longo encadeamento de nobres amigos em suas várias carruagens, e três amas em outra carruagem, atrás dela, era um evento o qual a pena da escritora poderia bem se deliciar ao se deter. Isso dá crédito a todo final, e a autora deveria compartilhar a glória que ela tão liberalmente proporciona. Mas meu caso é bem diferente. Levo minha heroína de volta a casa solitária e desgraçada, e nenhuma doce elação de espírito pode me levar aos detalhes. Uma heroína em uma carruagem alugada dos correios é tal golpe contra o sentimento, que nenhuma tentativa de grandeza ou paixão desmedida pode superar. Rapidamente, portanto, deveria o carteiro conduzi-la pela vila, entre o olhar dos grupos dominicais, e, velozmente, ela deveria descer da carruagem.

Porém, seja qual fosse a agonia da mente de Catherine, enquanto ela assim avançava pelo presbitério, e seja qual fosse a humilhação de sua biógrafa ao relatar, ela estava preparando uma alegria de uma natureza incomum por aqueles a quem ela ia encontrar. Primeiro, na aparição de sua carruagem e, em segundo, nela mesma. A carruagem de um viajante, sendo uma rara visão em Fullerton, fez com que toda a família fosse imediatamente à janela. Ver que a carruagem parou no portão de entrada era um prazer a acender todos os olhos e a ocupar todas as fantasias, um prazer bem inesperado por todos, menos os dois filhos mais novos, um garoto de seis anos e uma garota de quatro, que esperavam um irmão ou uma irmã em qualquer carruagem. Feliz o relance que primeiro revelou Catherine! Feliz a voz que anunciou a descoberta! Mas se tal felicidade foi propriedade de direito de George e de Harriet, nunca pôde ser exatamente compreendido.

Seu pai, sua mãe, Sarah, George e Harriet, todos reunidos à porta para recebê-la com afetuosa ansiedade, era uma visão para despertar os melhores sentimentos do coração de Catherine. No abraço de cada, enquanto descia da carruagem, ela se descobria aliviada, além de tudo o que acreditava possível. Assim cercada, assim acariciada, ela era mesmo feliz! Na alegria do amor familiar, tudo, por um tempo, subjugou-se e, com o prazer de vê-la, deixando-os no início com pouco tempo para calma curiosidade, todos se sentaram ao redor da mesa de chá, a qual a senhora Morland apressou para o conforto da pobre viajante, cuja aparência pálida e esgotada logo atraiu sua atenção, antes de qualquer pergunta mais direta quanto a exigir uma resposta clara lhe fosse dirigida.

Hesitantemente, ela então começou com o que, talvez, ao fim de meia hora, poderia ser chamado, pela cortesia dos seus ouvintes, de explicação. Mas mal podiam, naquele momento, descobrir a causa ou juntar os detalhes de seu súbito retorno. Estavam longe de ser uma raça irritável. Longe de qualquer rapidez em compreender, ou amargura em ressentimentos a afrontas. Mas, aqui, quando tudo foi revelado, era um insulto não ser ignorado, nem, pela primeira meia hora, ser facilmente perdoado. Sem sofrer nenhuma preocupação romântica na consideração da longa e solitária jornada de sua filha, o senhor e a senhora Morland não poderiam deixar de sentir que poderia ser produtivo tanto desagrado para com ela. Era o que eles nunca poderiam a ter feito passar voluntariamente, e que, ao forçá-la a tal medida, o general Tilney não tinha agido nem honrável ou sentimentalmente, nem como um cavalheiro ou como um pai. O porquê de ele assim ter feito, o que o teria provocado a tal falta de hospitalidade, e tão subitamente inverter sua parcial consideração pela sua filha em verdadeira má vontade, eram perguntas que eles estavam tão longe de adivinhar quanto a própria Catherine. Mas isso não os oprimia tanto, de modo algum. Depois de um devido decorrer de inúteis conjecturas, que "era um negócio estranho, e que ele deveria ser um homem muito estranho", em muito aumentou a surpresa e a indignação deles. Embora Sarah, de fato, entregava-se às doçuras da incompreensão, exclamando e supondo com jovem ardor.

– Oh! Minha querida, você se entrega muito para um problema tão pequeno – disse sua mãe, por fim –, confie nisso, que não é algo que mereça tanta atenção.

– Apenas concordo com ele querer que Catherine se fosse, ao se lembrar deste compromisso – disse Sarah –, mas por que não fazer isso educadamente?

– Lamento pelos jovens – respondeu a senhora Morland. – Eles devem ter tido horas bem tristes, mas quanto ao resto, não importa agora; Catherine está segura em casa, e nosso conforto não depende do general Tilney.

Catherine suspirou.

– Veja – continuou sua filosófica mãe –, estou feliz por ter sabido de sua viagem em tempo, mas, agora que tudo terminou, talvez não haja nenhum mal. É sempre bom para os jovens serem colocados em extremo esforço. Você sabe, minha querida Catherine, que você sempre foi uma triste criatura de pouco cérebro, mas agora você foi forçada a usar seu gênio, com tanta troca de carruagens e tal. Espero que você não tenha gasto além do que podia.

Catherine esperava também e tentou se interessar em sua própria melhora, mas seu humor não estava nada bem. Só desejava ficar sozinha e em silêncio, ela prontamente concordou com o próximo conselho de sua mãe: de logo ir para a cama. Seus pais, não vendo nada na má aparência dela e em sua agitação, senão a consequência natural dos constrangidos sentimentos, e do esforço incomum e da fadiga de tal jornada, despediram-se de Catherine sem qualquer dúvida de que logo ela dormiria. Embora, quando se encontraram na manhã seguinte, sua recuperação não correspondeu às esperanças deles, ainda assim estavam perfeitamente sem suspeita de haver algum mal maior. Nunca pensaram nos sentimentos dela, o que, para os pais de uma jovem dama de dezessete anos, recém-egressa da primeira excursão longe de casa, era muito esquisito...

Logo que o café da manhã chegou ao fim, ela se sentou para cumprir sua promessa para com a senhorita Tilney, cuja confiança no efeito do tempo e da distância sobre a disposição de sua amiga já se justificava, pois Catherine já tinha se reprovado por ter se separado tão friamente de Eleanor, sem ter valorizado seus méritos ou bondade o bastante, e nunca ter lamentado com ela o bastante pelo que ela tinha suportado no dia anterior. A força destes sentimentos, porém, estava longe de ajudar sua pena.

Nunca foi tão difícil para ela escrever do que endereçar para Eleanor Tilney. Compor uma carta que faria, de uma vez, justiça aos seus sentimentos e à sua situação, levar gratidão sem arrependimento servil, estar protegida da frieza, e ser honesta sem ressentimento, uma carta que não machucaria Eleanor com sua leitura e, acima de tudo, que não a deixasse corada se Henry tivesse uma chance de ler, era uma tarefa a espantar todos os seus poderes de desempenho. Depois de muito pensar e muita perplexidade, ser bem breve foi tudo o que ela decidiu com toda a confiança da segurança. O dinheiro que Eleanor tinha emprestado também foi anexado com pouco mais do que agradecimentos e mil bons desejos de um coração bem afetuoso.

– Este foi um relacionamento complicado – observou a senhora Morland quando a carta foi terminada –, logo iniciado e logo encerrado. Lamento que tenha sido assim, pois a senhora Allen os julgou ser um bom tipo de jovens. E você também está sem sorte com sua Isabella. Ah! Pobre James! Bem, vivendo e aprendendo. Espero que as próximas amigas que você fizer sejam mais dignas de manter.

Catherine ficou corada enquanto respondia:

– Nenhuma amiga pode ser mais digna de manter do que Eleanor.

– Se é assim, minha querida, ouso dizer que vocês se encontrarão novamente uma hora ou outra. Não se desespere. Dez contra um que vocês se verão novamente no curso de poucos anos. E então, quão bom será isso!

Senhora Morland não ficou contente com sua tentativa de consolar. A esperança de um reencontro no decorrer de alguns anos colocaria apenas na cabeça de Catherine o que poderia acontecer, dentro daquele tempo, para fazer o encontro terrível. Ela não poderia esquecer Henry Tilney, ou pensar nele com menos ternura do que fazia no momento, mas ele poderia esquecê-la. Neste caso, encontrar. Seus olhos se enchiam de lágrimas enquanto ela imaginava sua amizade tão renovada. Sua mãe, percebendo que suas confortáveis ideias não tinham tido um bom efeito, propôs, como outro recurso para restaurar seu espírito, que visitassem a senhora Allen.

As duas casas eram separadas por apenas um quarto de milha e, enquanto caminhavam, a senhora Morland logo despachou tudo o que sentia em relação ao desapontamento de James.

– Sentimos muito por ele – ela disse –, mas, por outro lado, não há mal em que o casamento tenha se desfeito, pois não seria algo desejável tê-lo comprometido com uma garota a quem não temos o menor relacionamento, e quem estava tão inteiramente sem fortuna. Agora, depois de tal comportamento, não poderemos pensar bem sobre ela. Neste momento, é bem difícil para o pobre James, mas isso não durará para sempre. Ouso dizer que ele será um homem mais judicioso por toda sua vida, depois da tolice da sua primeira escolha.

Aquele era o resumo da situação como Catherine escutava. Outra frase poderia arriscar sua gentileza e fazer sua resposta menos racional, pois logo seus poderes de raciocínio se afundaram na reflexão da sua própria mudança de sentimento e de humor desde que trilhou aquela bem conhecida estrada pela última vez. Não se completaram três meses desde que, louca de alegre expectativa, ela tinha corrido para lá e para cá dez vezes ao dia, às vezes, com o coração leve, alegre e independente, esperando por prazeres inéditos e puros, livre da apreensão do mal pelo conhecimento dele. Há três meses, ela viu tudo isso, e agora, como ela voltava diferente.

Fora recebida pelos Allen com toda a bondade que sua aparição inesperada, agindo em firme afeição, naturalmente despertaria. Grande foi a surpresa deles, e calorosos seus desprazeres, ao saber como ela foi tratada, embora o relato da senhora Morland não fosse nenhuma representação exagerada ou um estudado apelo as suas paixões. "Catherine nos pegou bem de surpresa ontem à noite", ela disse. "Ela viajou todo o caminho com o correio sozinha, sem saber que iria embora até a noite de sábado, pois o general Tilney, por alguma estranha fantasia, ou outro motivo, de repente se cansou de tê-la por lá, e quase a dispensou da casa. Pouco amigável, certamente. Ele deve ser um homem bem estranho, mas estamos tão felizes por tê-la entre nós de novo! E é um grande conforto ver que ela não é uma pobre criatura inútil, mas que pode se virar muito bem sozinha."

O senhor Allen se expressou na ocasião com o compreensível ressentimento de um sensível amigo, e a senhora Allen julgou suas expressões boas o suficiente para ser imediatamente usadas novamente por ela mesma.

Sua surpresa, hipóteses e explicações vieram em seguida, com a adição deste único comentário, enchendo qualquer pausa acidental:

– Eu realmente não tenho paciência com o general.

Esta frase foi repetida mais duas vezes depois que o senhor Allen deixou a sala, sem relaxar a ira ou alguma substancial digressão de pensamento. Um grau mais considerável de devaneio se juntou à terceira repetição e, depois de completar a quarta, ela imediatamente acrescentou:

– Apenas pense, minha querida, eu consegui, antes de deixar Bath, que aquele grande rasgo em minha melhor renda fosse tão encantadoramente costurado, o qual só se via com muita dificuldade. Devo lhe mostrar em algum dia desses. Bath é um ótimo lugar, Catherine, no fim das contas. Eu lhe asseguro que não gostei nem a metade de voltar. A senhora Thorpe estando lá foi de muito conforto para nós, não? Você sabe, nós estávamos um pouco isoladas no início.

– De fato, mas isso não durou muito – disse Catherine, com seus olhos brilhando com a lembrança do que primeiro tinha dado espírito a sua existência ali.

– Bem verdade: logo nos encontramos com a senhora Thorpe e, então, não queríamos mais nada. Minha querida, não acha que estas luvas de seda caem muito bem? Eu as coloquei pela primeira vez quando fomos conhecer os Salões Inferiores, você sabe, e eu as tenho usado muito desde então. Você se lembra daquela noite?

– Perfeitamente.

– Foi muito legal, não foi? O senhor Tilney bebeu chá conosco e sempre pensei muito nele, ele é muito agradável. Tenho uma lembrança de que você dançou com ele, mas não estou bem certa. Lembro que usava meu vestido favorito.

Catherine não conseguiu responder. Depois de uma curta análise de outros assuntos, a senhora Allen novamente voltou a falar:

– De fato, não tenho paciência com o general! Um homem tão agradável e digno ele parecia ser! Não suponho, senhora Morland, que você já tenha visto um homem tão educado em sua vida. Suas habitações foram ocupadas no mesmo dia em que ele as deixou, Catherine. Mas não me surpreende. Milson Street, você conhece.

Enquanto caminhavam de volta para casa, a senhora Morland tentou imprimir na mente de sua filha a felicidade de ter aqueles firmes amigos – o senhor e a senhora Allen –, e a ínfima desconsideração que a negligência ou a maldade do leve relacionamento que os Tilney deveriam ter com ela, embora ela pudesse preservar a boa opinião e a afeição de seus amigos mais antigos. Havia muito bom senso nisso tudo. Mas há algumas situações da mente humana nas quais o bom senso tem muito pouco poder. Os sentimentos de Catherine contradiziam quase todas as posições que sua mãe afirmava. Era sobre o comportamento deste ínfimo relacionamento que toda a sua felicidade atual dependia. Enquanto a senhora Morland exitosamente confirmava suas próprias opiniões pela justiça de suas próprias representações, Catherine estava refletindo silenciosamente a respeito de que agora Henry deveria ter chegado em Northanger, agora ele deveria saber de sua partida, e agora, talvez, estivessem todos indo para Hereford.

CAPÍTULO 30

Catherine não era naturalmente sedentária, nem seus hábitos tinham sido muito laboriosos, mas, fossem até então como eram seus defeitos deste tipo, sua mãe não poderia perceber agora, que em muito tinham se elevado. Ela não podia ficar sentada ou se ocupar por dez minutos, e já estava caminhando pelo jardim e pelo orquidário repetidamente, como se nada além do movimento fosse voluntário. Era como se ela pudesse vaguear pela casa tanto quanto permanecer entretida por qualquer tempo na sala de estar. A perda de seu humor era uma alteração ainda maior. Em seu divagar e ócio, ela podia ser apenas uma caricatura de si mesma, mas, em seu silêncio e tristeza, era bem o inverso de tudo o que tinha sido até então.

A senhora Morland permitiu que isso se passasse sem uma deixa mas, quando o descanso da terceira noite não restaurou sua alegria, nem melhorou sua atividade útil ou deu mais vontade para coser, ela não pôde mais se conter em dar uma gentil bronca:

– Minha querida Catherine, temo que você esteja se tornando uma dama muito fina. Não sei quando as gravatas do pobre Richard serão feitas, se ele não tem outra amiga além de você. Sua cabeça está por demais em Bath, mas há um tempo para tudo, um tempo para bailes e teatro, e um tempo para o trabalho. Você se divertiu muito e agora você deve tentar ser útil.

Catherine se entregou ao trabalho imediatamente, dizendo com voz deprimida que sua cabeça não estava muito em Bath.

– Então você está preocupada com o general Tilney, e isso é muito simplório de sua parte, pois dez contra um se você o verá novamente. Você nunca deve se importar com ninharias. – Depois de um curto silêncio – Espero, minha Catherine, que você não esteja perdendo o humor com seu lar porque não é tão grandioso quanto Northanger. Que isso transforme sua visita em um mal, de fato. Você deve se contentar onde estiver, mas, especialmente no seu lar, porque é onde você passará a maior parte de seu tempo. Não gosto muito de ouvir, no café da manhã, você falar tanto sobre pães franceses em Northanger.

– Tenho certeza de que não ligo muito para o pão. Dá tudo na mesma aquilo que eu como.

– Tem um ensaio muito bom em um dos livros lá em cima sobre tal tema, sobre jovens damas que foram mimadas em casa por uma grande amizade. "O espelho", acho. Procurarei por ele um dia desses, pois estou certa de que lhe fará muito bem.

Catherine nada mais disse e, tentando fazer o certo, aplicou-se em seu trabalho, mas, depois de alguns minutos, afundou-se novamente, sem se aperceber disso ela própria, lânguida e desinteressadamente, movendo-se em sua cadeira, por causa da irritação do cansaço, muito mais frequentemente do que movia sua agulha. A senhora Morland observava o progresso de seu relaxamento e, vendo no olhar ausente e insatisfeito de sua filha a prova integral daquele espírito amofinado, ao qual ela agora começava a atribuir a falta de alegria da filha, apressadamente deixou a sala para pegar o livro em questão, ansiosa em não mais perder tempo em atacar tão terrível doença. Levou algum tempo até que ela encontrasse o que procurava e, ocorrendo outras questões familiares para detê-la, quinze minutos se passaram antes que descesse as escadas com o esperado volume. Suas ocupações acima, tendo calado todo o barulho, além do que ela mesma fazia, impediram que soubesse que um visitante havia chegado nos últimos minutos, até que, ao entrar na sala, a primeira coisa que observou foi um jovem rapaz que ela nunca tinha visto antes. Com um olhar de muito respeito, ele ergueu-se imediatamente e, sendo-lhe apresentado como o "senhor Henry Tilney", pela sua consciente filha, visivelmente constrangido, começou a se desculpar pela sua aparição ali, reconhecendo que, depois do que tinha se passado, ele tinha pouco direito de esperar uma boa recepção em Fullerton, e declarando sua impaciência em ser assegurado de que a senhorita Morland tivesse chegado em casa com segurança, como a causa de sua intrusão. Ele não se dirigiu a um implacável juiz ou um coração ressentido.

Longe de incluí-lo ou sua irmã na falha de conduta de seu pai, a senhora Morland sempre esteve bondosamente disposta para com ambos e, instantaneamente satisfeita com sua presença, recebeu-o com as simples atribuições de sincera benevolência, agradecendo-lhe por tanta atenção pela sua filha, assegurando-lhe que os amigos de seus filhos sempre eram bem-vindos lá, e rogando-lhe a não dizer nenhuma outra palavra sobre o passado. Ele não tinha má vontade em obedecer a este pedido, pois, embora seu coração estivesse muito aliviado por tal inesperada amabilidade, não estava, até aquele momento, em seu poder dizer qualquer coisa sobre o propósito. Voltando em silêncio a se sentar, portanto, ele permaneceu por alguns minutos respondendo, com muita educação, a todos os comuns comentários da senhora Morland sobre o clima e sobre as estradas. Enquanto isso, Catherine – a ansiosa, agitada, feliz e febril Catherine – não disse nada, mas seu reluzente rosto e seus olhos acesos fizeram sua mãe confiar que esta honesta visita, pelo menos, tranquilizaria seu coração por um tempo e, contente, ela deixou o primeiro volume de "O espelho" para uma hora futura.

Ansiando pela ajuda do senhor Morland a encorajá-la para encontrar assunto com seu convidado, cujo pai ela podia sinceramente perdoar por ter causado embaraço, a senhora Morland tinha, bem antes, enviado um de seus filhos para chamá-lo, mas o senhor Morland não estava em casa e, estando assim sem sua assistência, ao final de quinze minutos ela nada tinha a dizer. Depois de um silêncio de um par de minutos, Henry, voltando-se para Catherine pela primeira vez, desde que sua mãe tinha adentrado, perguntou-lhe, com súbita rapidez, se o senhor e a senhora Allen estavam, naquele momento, em Fullerton. Dentre toda a perplexidade dela nas palavras da resposta, o significado que uma curta sílaba teria dado, imediatamente expressou sua intenção de lhes prestar seu respeito e, corando, perguntou se ela não teria a bondade de lhe mostrar o caminho. "Você pode ver a casa por esta janela, senhor", foi a informação dada por Sarah, o que produziu apenas uma reverência de reconhecimento por parte do cavalheiro e um meneio de silêncio de sua mãe. A senhora Morland, achando provável, como uma secundária consideração do seu desejo em visitar seus dignos vizinhos, que ele pudesse ter alguma explicação a dar sobre o comportamento de seu pai, e que lhe agradaria dizer apenas para Catherine, de maneira alguma impediu que ela o acompanhasse. Eles começaram sua caminhada, e a senhora Morland não estava totalmente enganada nos motivos dele por tal desejo. Ele tinha alguma explicação a dar sobre seu pai, mas seu primeiro propósito era o de explicar sobre ele mesmo e, antes que chegassem às adjacências do senhor Allen, ele fez isso tão bem que Catherine não achou que seria mesmo repetido muito frequentemente. Ela estava certa da afeição dele, e de que seu coração seria pedido em troca, o qual, talvez, ambos igualmente soubessem que já era totalmente dele. Embora Henry estivesse agora sinceramente ligado a ela, embora ele sentisse e se deliciasse com todas as excelências do caráter dela, e verdadeiramente amasse sua companhia, devo confessar que sua afeição se originava em nada melhor do que gratidão, ou, em outras palavras, que o convencimento da parcialidade dela por ele era a única causa de dar a ela um pensamento sério. É uma nova circunstância em romance, reconheço, e terrivelmente depreciativa da dignidade de uma heroína, mas, se for tão novo para a vida comum, o crédito de uma louca imaginação será, pelo menos, totalmente meu.

Foi uma visita muito curta à senhora Allen, na qual Henry falou aleatoriamente, sem sentido ou conexão, e Catherine, enlevada com a contemplação de sua própria inenarrável felicidade, mal abria seus lábios, dispensando-os ao êxtase de outra conversa em particular. E antes que se passasse ao final, ela era capaz de julgar o quanto ele tinha sido sancionado pela autoridade paternal em seu presente pedido. Em seu retorno de Woodston, dois dias antes, ele se encontrara, próximo à abadia, com seu impaciente pai; e fora apressadamente informado da partida da senhorita Morland, em termos irados, e ordenado a não mais pensar nela.

Essa era a permissão com a qual ele lhe tinha oferecido sua mão. A amedrontada Catherine, dentre todos os terrores da expectativa, enquanto ouvia este relato, não podia senão se regozijar com o bondoso cuidado com que Henry a poupava da necessidade de uma consciente rejeição, ao obter sua fé antes que ele mencionasse o assunto. Enquanto ele prosseguia com os detalhes, explicando os motivos da conduta de seu pai, os sentimentos dela logo se robusteceram a um triunfante prazer. O general nada tinha para acusá-la, nada para apontá-la como culpada, nada além de ela ser o objeto de uma decepção involuntária e inconsciente, decepção a qual o orgulho dele não perdoaria, e que um orgulho melhor teria se envergonhado em reconhecer. Ela foi culpada apenas de ser menos rica do que ele supunha que ela fosse. Sob uma equivocada persuasão de suas posses e direitos, ele tinha cortejado seu relacionamento em Bath, solicitado sua companhia em Northanger e a querido como nora. Ao descobrir seu erro, dispensá-la de casa pareceu o melhor, embora fossem os sentimentos dele uma prova inadequada de seu ressentimento contra ela própria e de seu desprezo pela família dela.

Jhon Torpe foi o primeiro a enganá-la. O general, percebendo que seu filho, em uma noite no teatro, estava prestando considerável atenção à senhorita Morland, perguntou corriqueiramente a Thorpe se ele sabia mais sobre ela do que seu nome. Thorpe, mais do que feliz por estar em condições de conversar com um homem da importância do general Tilney, foi alegre e orgulhosamente comunicativo. Estando, naquele tempo, não apenas na diária expectativa de Morland noivar com Isabella, mas igualmente bem resolvido a se casar com Catherine, Thorpe foi levado pela sua vaidade a representar a família como ainda mais rica do que sua vaidade e avareza o tinha feito acreditar que fosse. Fossem quem fossem as pessoas com quem estivesse, ou provavelmente com quem fosse relacionado, sua própria importância sempre requeria que a deles fosse maior e, à medida que sua intimidade com qualquer amizade crescia, sua fortuna também.

As expectativas de seu amigo Morland, portanto, primeiramente sobrevalorizada, tinha, desde que apresentado a Isabella, aumentado gradualmente. Por ter meramente acrescentado o dobro para a grandeza do momento, duplicado o que escolheu pensar sobre a promoção de Morland, triplicado sua fortuna pessoal, investido em uma tia rica e apagado metade dos filhos, ele foi capaz de representar toda a família com o mais respeitável aspecto ao general. Pois, para Catherine, o peculiar objeto da curiosidade do general, e de suas próprias especulações, ele ainda tinha mais em reserva, e as dez ou quinze mil libras que seu pai poderia lhe dar seriam uma bela adição à propriedade do senhor Allen. A intimidade dela ali fez com que ele seriamente determinasse para ela um belo legado, dali em diante. E falar dela, portanto, como a quase reconhecida futura herdeira de Fullerton, naturalmente se seguiu. Com tais informações, o general avançou, pois nunca lhe ocorreu duvidar de sua veracidade. O interesse de Thorpe sobre a família, pela iminente conexão de sua irmã com um de seus membros, e suas próprias opiniões sobre a outra (circunstâncias das quais ele tinha se gabado com quase igual franqueza), pareciam testemunhas suficientes de sua veracidade. E a estes, juntaram-se os fatos absolutos de os Allen serem ricos e sem filhos, de a senhorita Morland estar sob os cuidados deles e, assim que sua amizade lhe permitiu julgar, de eles a tratarem com bondade paternal. Sua decisão logo estava tomada. Ele já discernia um gostar da senhorita Morland, no rosto de seu filho e, agradecido pela informação do senhor Thorpe, ele quase imediatamente determinou não poupar esforços para enfraquecer seu apregoado interesse e em arruinar suas mais queridas esperanças.

A própria Catherine não poderia estar mais alheia a tudo isso, naquele momento, do que Henry e Eleanor. Os dois, nada percebendo, na situação dela, plausível para obter o respeito particular de seu pai, viram atônitos a rapidez, a continuidade e a extensão de sua atenção. Embora, por algumas deixas que acompanharam um controle quase total do filho, em fazer tudo a seu alcance para se aproximar de Catherine, Henry estivesse convencido de que seu pai acreditava ser aquela uma conexão vantajosa, só foi na última explicação em Northanger, que eles tiveram alguma ideia das falsas maquinações com as quais ele tinha se apressado. Que eram falsas, o general soube da própria pessoa que as sugeriu, do próprio Thorpe, pois ele coincidentemente o encontrou novamente na cidade, e foi quem, sob a influência de sentimentos exatamente opostos, irritado pela recusa de Catherine, e ainda mais pela falha de uma recente tentativa de obter a reconciliação entre Morland e Isabella, convencido de que estavam separados para sempre, e rejeitando uma amizade que não mais lhe seria útil, apressou-se a contradizer tudo o que ele tinha dito antes, em benefício dos Morland, confessando ter se enganado totalmente sobre as circunstâncias e o caráter da família, iludido pela fanfarronice de seu amigo a acreditar que o pai dele era um homem de valor e de crédito, quando as transações das duas ou três últimas semanas lhe provaram não ser nem um nem outro. Depois de ansiosamente adiantar, em primeira mão, um casamento entre as famílias, com as mais liberais propostas, e ser levado ao assunto pela astúcia do contador, o general foi forçado a reconhecer a si mesmo como incapaz de dar aos jovens sequer um suporte decente. Era, de fato, uma família em necessidade, numerosa, de modo algum respeitados em sua própria vizinhança, como ele teve, finalmente, oportunidades específicas de descobrir; almejando um estilo de vida que sua fortuna não poderia garantir; buscando melhorar sua situação por conexões mais ricas; um tipo de gente prepotente, arrogante, astuciosa. O aterrorizado general pronunciou o nome de Allen com um olhar inquisitivo e, aqui também, Thorpe reconheceu seu erro. Os Allen, ele acreditava, viviam perto deles há muito tempo e ele conhecia o jovem rapaz a quem a propriedade de Fullerton deveria ser entregue. O general não precisava de mais nada. Enraivecido com quase todos no mundo, além dele mesmo, ele partiu no dia seguinte para a abadia, onde seus atos foram vistos.

Fica a critério dos meus leitores a sagacidade de determinar quanto disso tudo foi possível a Henry comunicar naquele momento a Catherine, quanto disso ele pôde descobrir de seu pai, em quais assuntos suas próprias hipóteses poderiam lhe ter ajudado, e o que ainda resta a ser dito por uma carta de James. Agreguei, para o caso deles, o que eles devem dividir para o meu. Catherine, de qualquer forma, ouviu o suficiente para sentir que, ao suspeitar que o general Tilney pudesse assassinar ou prender sua esposa, pouco ela tinha pecado contra o caráter dele, ou aumentado sua crueldade.

Por ter relatado tais coisas sobre seu pai, Henry, era quase tão perdoável quanto na primeira declaração deles a ele próprio. Ele corou pelo parecer imbecil que foi obrigado a expor. A conversa entre eles em Northanger tinha sido do tipo mais hostil. A indignação de Henry ao saber como Catherine tinha sido tratada, ao compreender as opiniões de seu pai e ser obrigado a sujeitar-se a elas, foi franca e ousada. O general, acostumado a cada ocasião comum em ditar a lei a sua família, preparou-se para nenhuma resistência, senão a do sentimento. Nenhum desejo adversário que ousasse se revestir de palavras poderia abortar a oposição de seu filho, firme como a sanção da razão e o ditame da consciência poderiam fazê-lo. Porém, em tal caso, sua ira, embora devesse chocar, não poderia intimidar Henry, pois este estava apoiado em seu propósito pela convicção de sua justiça. Ele se sentia unido, tanto pela honra quanto pela afeição, à senhorita Morland e, acreditando que o coração dela seria seu, ao qual ele tinha sido direcionado a conquistar, nenhuma indigna retração de um tácito consentimento, nenhum decreto de injustificável ira poderia balançar sua fidelidade ou influenciar as decisões a que isso levava.

Ele avidamente recusou acompanhar seu pai até Herefordshire, um compromisso tomado quase no momento de se livrar de Catherine e, tão firme quanto antes, declarou sua intenção de pedi-la em casamento. O general se enfureceu e separaram-se, em terrível desacordo. Henry, em uma agitação mental que só poderia ser aplacada por muitas e solitárias horas, retornou imediatamente para Woodston e, na tarde do dia seguinte, começou sua viagem rumo a Fullerton.

CAPÍTULO 31

A surpresa do senhor e da senhora Morland com o pedido do senhor Tilney por seus consentimentos para se casar com sua filha foi, por alguns minutos, considerável, pois nunca entrou em suas cabeças uma suspeita de paixão de lado algum. Mas, como nada, afinal, poderia ser mais natural do que Catherine ser amada, eles logo souberam como considerá-lo, apenas com a feliz agitação de um orgulho satisfeito e, até o ponto em que eles se envolveram, não havia uma única objeção de início. Seus modos agradáveis e seu bom senso eram evidentes recomendações a ele mesmo. Nunca tendo ouvido nada de mal sobre ele, não lhes era possível supor que algo de ruim pudesse ser dito. Com a boa vontade substituindo a experiência, seu caráter não precisava de atestado.

– Catherine seria uma triste e descuidada dona de casa, tenho certeza – foi o comentário agourenta de sua mãe, mas rápido foi o consolo de não haver nada como a prática.

Havia apenas um obstáculo, em resumo, a ser mencionado, mas, até que fosse removido, seria impossível dar prosseguimento ao noivado. O temperamento deles era suave, mas seus princípios, firmes e, enquanto o pai dele proibisse tão claramente a união, eles não poderiam se permitir a encorajá-lo. Eles não eram refinados o suficiente para fazer qualquer exigência de demonstração, como o general se adiantar em solicitar a aliança ou que ele mesmo a aprovasse com ênfase, mas a decente aparência de consentimento teria de ser dada e, uma vez obtida – e os próprios corações deles confiavam que não seria, por muito tempo, negada –, a desejosa aprovação deles seria instantaneamente obtida. O consentimento dele era tudo o que desejavam. Eles não estavam mais inclinados do que capacitados a exigir seu dinheiro. De uma fortuna bem considerável seu filho estava, por acordos matrimoniais, consequentemente seguro. Sua renda atual era uma renda de independência e de conforto e, sob qualquer aspecto financeiro, era um casamento acima do que sua filha poderia pedir.

O jovem casal não poderia ficar surpreso com uma decisão como esta.

Sentiram e lamentaram, mas não podiam se ressentir, e se separaram, tentando manter a esperança de que tal mudança no general, o que cada um acreditava quase impossível, poderia rapidamente ocorrer, para uni-los no todo de uma afeição privilegiada. Henry voltou ao que era agora seu único lar, para cuidar de suas jovens plantações e estender suas melhoras para o bem dela, com quem ele esperava ansiosamente compartilhar, e Catherine permaneceu em Fullerton, para chorar. Não iremos perguntar se as tormentas da ausência foram aliviadas por uma correspondência clandestina. O senhor e a senhora Morland nunca quiseram saber – tinham sido muito bondosos para exigir qualquer promessa. Sempre que Catherine recebia uma carta, o que, naquele momento, acontecia com bastante frequência, eles sempre olhavam para o outro lado. A ansiedade, que neste estado de paixão deveria ser a porção de Henry e de Catherine, e de todos que amavam a ambos, quanto ao seu evento final, mal pode se estender, temo, ao peito de meus leitores, os quais verão na reveladora condensação das páginas diante de si que estamos todos nos apressando juntos para a perfeita felicidade. O modo como seu casamento logo se efetuou pode ser a única dúvida: que provável circunstância poderia operar sobre um temperamento como o do general? O fato que prevaleceu, em grande parte, foi o casamento de sua filha com um homem de fortuna e importância, o que ocorreu no decorrer do verão, um acesso de dignidade que o lançou em um acesso de bom humor, do qual ele não se recuperou até depois que Eleanor obtivesse seu perdão a Henry, e sua permissão para que ele fosse um tolo, caso desejasse assim.

O casamento de Eleanor Tilney, sua partida de todos os males de tal lar como Northanger, os quais foram causados pelo banimento de Henry, o lar de sua escolha e o homem de sua escolha, são eventos que espero dar satisfação geral entre todos os conhecidos dela. Minha própria alegria na ocasião foi muito sincera. Não conheço ninguém mais habilitado, por despretensioso mérito, ou melhor, preparado pelo sofrimento habitual, a receber e a apreciar a felicidade. Sua inclinação para com esse cavalheiro não era de origem recente. Ele apenas se conteve pela inferioridade de situação para se dirigir a ela. Seu acesso inesperado a um título e à fortuna removeu todas as suas dificuldades. O general nunca havia amado tanto sua filha em todas as suas horas de companhia, utilidade e paciente resistência, como quando ele primeiro cumprimentou sua filha por "Vossa Senhoria!". Seu marido realmente a merecia, independente de sua nobreza, sua riqueza e de sua paixão, sendo precisamente o mais encantador jovem rapaz no mundo. Qualquer outra definição de seus méritos é desnecessária. O mais encantador jovem rapaz no mundo está imediatamente diante da imaginação de nós todos. Com relação a este em questão, portanto, tenho apenas a acrescentar que ele era o próprio cavalheiro, cujo negligente criado tinha se esquecido daquela coleção de contas de lavanderia, resultante de uma longa visita a Northanger, situação a qual minha heroína se envolveu em uma das suas mais alarmantes aventuras. A influência do visconde e da viscondessa sobre o caso de seu irmão foi ajudada pela correta compreensão das circunstâncias, as quais, assim que o general se permitiu ser informado, eles estavam qualificados a dar. Isso lhe ensinou que ele tinha sido ligeiramente mais iludido pela primeira maledicência de Thorpe, sobre a riqueza da família, do que pelo subsequente e malicioso destruir dela; que em nenhum sentido da palavra eles eram necessitados ou pobres; e que Catherine teria três mil libras. Isto era uma correção tão substancial de suas passadas expectativas que em muito contribuiu para suavizar a queda de seu orgulho. De modo algum era, sem efeito, a informação confidencial de que ele estava com algum problema em confirmar se a propriedade de Fullerton, estando inteiramente à disposição de seu proprietário atual, estava consequentemente lançada a toda ambiciosa especulação.

Motivado por conta disso, o general, logo após o casamento de Eleanor, permitiu que seu filho voltasse a Northanger, e aí o fez portador de seu consentimento, escrito de modo cortês, em uma página cheia de confissões vazias ao senhor Morland. O evento que tinha sido autorizado logo se seguiu: Henry e Catherine estavam casados, os sinos soaram e todos sorriram. Como isso ocorreu em um ano desde que se encontraram pela primeira vez, não parecerá, depois de todos os terríveis atrasos causados pela crueldade do general, que foram substancialmente feridos por ela. Para começar a perfeita felicidade, com as respectivas idades de vinte e seis e dezoito, estava bastante conveniente.

Mostrando-me mais ainda convencida de que a injusta interferência do general, longe de ser realmente danosa para a felicidade deles, sendo, talvez, o que a conduziu, ao aumentar o conhecimento um do outro, e acrescentar força a sua paixão, deixo que seja determinado, a quem possa se interessar, se a tendência desta obra, em seu todo, é a de recomendar a tirania paterna ou a de compensar a desobediência de filhos.

Pintura a óleo, de 1875, baseada em uma aquarela pintada por sua irmã Cassandra em 1810 – autor desconhecido

JANE AUSTEN (1775 - 1817)

SOBRE A AUTORA

Considerada por muitos como a mais importante escritora inglesa, Jane Austen é conhecida por ter dado aos romances o seu caráter moderno na forma como retrata as pessoas comuns no cotidiano. A autora publicou seis romances durante sua vida: Razão e Sensibilidade, Orgulho e Preconceito, Mansfield Park, Emma, Persuasão e Abadia de Northanger. Em todas essas publicações, Jane Austen retratou de maneira brilhante a sociedade inglesa do século XIX. Seus romances se tornaram clássicos atemporais de sucesso global.